民國文化與文學_{研究}

民國文化與文學 研究文叢

（蘇州大學特輯）

九 編

湯哲聲、李怡 主編

第 1 冊

晚清民國通俗小說論稿（上）

范 伯 群 著

國家圖書館出版品預行編目資料

晚清民國通俗小說論稿（上）／范伯群 著 — 初版 — 新北市：
花木蘭文化事業有限公司，2017〔民106〕
目 2+144 面；19×26 公分
（民國文化與文學研究文叢 九編；第 1 冊）
ISBN 978-986-485-023-5（精裝）
1. 中國小說　2. 通俗小說　3. 文學評論
820.9　　　　　　　　　　　　　　　106012772

特邀編委（以姓氏筆畫為序）：

丁　帆	王德威	宋如珊
岩佐昌暲	奚　密	張中良
張堂錡	張福貴	須文蔚
馮　鐵	劉秀美	

ISBN-978-986-485-023-5

9 789864 850235

民國文化與文學研究文叢

九　編　第　一　冊　　　　　ISBN：978-986-485-023-5

晚清民國通俗小說論稿（上）

作　　　者　范伯群
主　　　編　湯哲聲、李怡
企　　　劃　四川大學現代中國文化與文學研究中心
　　　　　　北京師範大學民國歷史文化與文學研究中心
總 編 輯　杜潔祥
副總編輯　楊嘉樂
編　　　輯　許郁翎、王　筑　美術編輯　陳逸婷
出　　　版　花木蘭文化事業有限公司
社　　　長　高小娟
聯絡地址　235 新北市中和區中安街七二號十三樓
　　　　　　電話：02-2923-1455 ／傳眞：02-2923-1452
網　　　址　http://www.huamulan.tw 信箱 hml810518@gmail.com
印　　　刷　普羅文化出版廣告事業
初　　　版　2017 年 9 月
全書字數　275328 字
定　　　價　九編 8 冊（精裝）新台幣 15,000 元　　　版權所有・請勿翻印

晚清民國通俗小說論稿(上)

范伯群 著

作者簡介

范伯群（1931～），浙江省湖州市人。1955 年畢業於上海復旦大學中文系。曾任蘇州大學中文系教授。2001 年退休後，由復旦大學古代文學研究中心特聘爲專職研究員，從事中國文學古今演變專題研究。20 世紀 80 年代與同窗曾華鵬教授合撰《魯迅小說新論》、《郁達夫評傳》、《冰心評傳》等五本新文學研究專著。從 80 年代初轉型研究中國近現代通俗文學。主編《中國近現代通俗文學史》，曾多次獲省部級和國家級獎項。代表作有獨著的《中國現代通俗文學史（插圖本）》（2007 年北大版），《多元共生的中國文學現代化歷程》（2009 年復旦版）。2013 年出版《填平雅俗鴻溝──范伯群學術論著自選集》（江蘇教育版）。

提　　要

　　本書爲被某些新文學家貶稱爲「鴛鴦蝴蝶派」的這一通俗文學流派進行正名，爲他們戴上「市民大眾文學流派」的桂冠。論證他們是以馮夢龍爲代表的古代農耕文明時期市民文學的嫡系傳人，是中國社會發展到工商機械文明時代市民大眾文學的作家群，通俗文學的多種小說類型是在他們手中正式定型的，而且每種類型都有他們的代表性作家。他們與當前的網絡類型小說也有著血緣關係。馮夢龍們→所謂「鴛蝴派」→網絡類型小說是中國古今市民大眾「文學鏈」。民國時期是市民社會最發達與成熟的時代，可是在許多中國現代文學史中竟沒有「市民大眾文學」的地位，此均源於某些新文學家用「鴛鴦蝴蝶派」的貶詞取代了「市民大眾文學」的稱號，形成了市民社會中竟沒有代表廣大市民自己文學的怪現象。本書較爲全面地論證了民國市民大眾文學中的優秀或較優秀的作家對文學與社會等多方面重大貢獻。也爲「重寫文學史」提出了一個新課題，我們的現代文學史如何克服過去的新文學「一元獨步」的片面性，從而建立起一個「多元共生」的學術新體系，以還民國時期文壇「眾聲共存」的原貌。

《民國文化與文學研究文叢》
蘇州大學特輯序

湯哲聲

　　2015 年，「蘇州大學中國現代通俗文學研究中心」成立，標誌著蘇州大學中國現當代通俗文學研究團隊建設進入了新的階段。爲了總結和展示蘇州大學中國現當代通俗文學研究近 40 年來的科研成果，應李怡教授和臺灣花木蘭文化事業有限公司之約，策劃了《民國文化與文學研究文叢·蘇州大學特輯》。

　　蘇州大學中國現當代通俗文學研究團隊是中國現當代通俗文學研究隊伍最整齊、成果最豐富的研究團體，是中國現當代通俗文學研究的排頭兵。蘇州大學中國現當代通俗文學團隊多年來的研究對學科最重要的貢獻和意義在於：改變了中國現當代文學研究的價值觀念，完善了中國現當代文學史的格局，增添了中國現當代文學教學的新內容，被國內外學界認爲是近 40 年中國文學研究的重大成果之一。

　　20 世紀八十年代初，中國文學研究進入了新時期。1981 年開始，由中國社會科學院文學所牽頭，文學史料在全國範圍內的大規模整理得到開展。大概是考慮到「鴛鴦蝴蝶派」作家作品主要誕生於上海、蘇州、揚州地區，《鴛鴦蝴蝶派文學資料》就由蘇州大學（當時稱之爲「江蘇師範學院」）承擔。經過數年的努力工作，70 多萬字的《鴛鴦蝴蝶派文學資料》於 1984 年出版。署名：芮和師、范伯群、鄭學弢、徐斯年、袁滄洲。這五位學者也成爲蘇州大學中國現當代通俗文學研究的第一個學術團隊。

　　1984 年蘇州大學中文系開始招收現當代文學碩士研究生，中國現當代通俗文學專業被列入招生方向，1990 年蘇州大學現當代文學專業被國務院學位

委員會評爲博士學位授權專業，開始招收中國現當代通俗文學方向博士研究生。特別是 1986 年，以范伯群教授爲主持人的「中國近現代通俗文學史」被評爲國家哲學社會科學首批 15 個重點項目之一。明確了研究方向和研究目標之後，蘇州大學中國現當代通俗文學研究團隊進行了重新組合。該團隊由范伯群教授爲學術帶頭人，主要成員有芮和師教授、徐斯年教授、吳培華教授以及湯哲聲、劉祥安、陳龍、陳子平。學術團隊在資料整理的基礎上，開始了作家作品的整理和研究。經過數年努力，1994 年出版了《中國近現代通俗文學作家評傳》一套 12 本，共收 46 位近現代通俗文學作家小傳及其代表作。在整理和研究作家作品的基礎上，經過團隊成員的相互協作和努力工作，《中國近現代通俗文學史（上、下）》於 2000 年由江蘇教育出版社正式出版。這部著作是中國第一部近現代通俗文學史，共分八卷，分別是「社會文學卷」「武俠文學卷」「偵探文學卷」「歷史文學卷」「滑稽文學卷」「通俗戲劇卷」「通俗期刊卷」「通俗文學大事記」。這部著作的出版對現當代文學研究產生了極大影響，引發了國內外學者的密切關注。

在完成《中國近現代通俗文學史（上、下）》的基礎上，2000 年以後，學術團隊成員根據各自的研究方向進行了學術拓展，出版了一批學術專著，發表了一批學術論文，且精彩紛呈。這些成果進一步奠定了蘇州大學中國現當代通俗文學研究的學術地位，使蘇州大學成爲中國現當代通俗文學的研究重鎮。

2013 年，以湯哲聲教授爲首席專家的「百年中國通俗文學價值評估、閱讀調查及資料庫建設」被評爲國家社科重大項目。該項目側重於現當代通俗文學的理論研究、市場研究和資料數據庫的收集、整理與建設。

2015 年，「蘇州大學中國現當代通俗文學研究中心」成立。該中心以范伯群教授爲名譽主任，以湯哲聲教授爲主任。學術團隊有了新的組合。

2014 年，范伯群教授被蘇州市人才辦公室授予「姑蘇文化名家」稱號。在蘇州大學和蘇州市的支持下，以范伯群教授爲主持人的「中國現代通俗文化研究」課題組成立，開始了中國現代大眾文化與通俗文學的研究。該研究從過去的中國現當代通俗文學研究拓展到中國現當代大眾文化研究。

蘇州大學現當代通俗文學研究的發展軌跡主要有三個特點：（1）以項目爲中心形成團隊。其優勢在於有明確的研究方向和研究成果，容易形成凝聚力。

（2）研究紮實地推進，軌跡是：「資料整理——作家作品研究——文學

史研究——理論的研究——文化研究」。每一個階段都是新的拓展，每一次拓展都有新的成果。認準目標，潛心研究，踏踏實實，用成果說話，是該團隊最爲突出的特點，受到學界認可。

（3）注意學術新人的培養，保證了學術團隊的健康更新。蘇州大學中國現當代通俗文學研究團隊已完成了老中交接，第三代學人也正在培養之中。經過近 40 年傳承，學術團隊歷久彌新，在全國學術界並不多見，有很好的口碑。

經過近 40 年的潛心研究，蘇州大學中國現當代通俗文學研究團隊成果豐碩，這些成果對中國現當代文學研究格局產生了深刻的影響，體現在：

（一）中國現當代通俗文學的認識觀念發生了根本性的變化。中國現當代通俗文學過去被認爲是中國現當代文學中的「逆流」，現在成爲中國現當代文學的重要組成部分，得到了學界較爲普遍的認可。2008 年，國內總結黨的十一屆三中全會以來文學史研究界取得的成績時，學界均肯定了通俗文學研究取得的良好成績。例如《文學評論》上的兩篇總結三十年來近代文學和現當代文學研究的文章都提到了蘇州大學通俗文學的研究成果及其影響。現當代文學研究專家朱德發教授評價《中國近現代通俗文學史》時說：此書的出版「隨之帶動起一場通俗文學『研究熱』」。他指出了這場「研究熱」的時代與社會背景：「自改革開放以來，隨著思想解放運動的深入和新市民通俗文學的崛起，研究者主體突破了雅俗文學二元對立認知模式的羈絆與局限，而且以現代性的視野對以鴛蝴派爲代表的通俗文學從宏觀與微觀的結合上重新解讀重新評價，既爲現代中國文學梳理一條雅俗並舉互補的貫通線索，又把張恨水、金庸等通俗文學納入現代文學史大家的地位……」（朱德發，現代中國文學研究三十年〔J〕，文學評論，2008（4）：9-10）而近代文學研究專家關愛和、朱秀梅在合撰的文章中也充分肯定了《中國近現代通俗文學史》推出後取得的學術影響，認爲這部專著已「由論及史，既意味著論題的相對成熟，也爲以鴛鴦蝴蝶派爲代表的通俗文學進入文學『正史』做了充分的鋪墊……」（關愛和，朱秀梅，中國近代文學研究三十年〔J〕，文學評論，2008（4）：14）

（二）中國現當代文學史的格局得到了更爲合理的調整。自 1950 年代以來，中國現當代文學史均爲新文學史，是「一元獨生」的現當代文學史，承認了通俗文學的文學價值之後，文學史的格局自然就有了很大調整。（1）中國現當代文學將產生「多元共生」的格局。文學史中通俗文學顯然佔有很大

比重。（2）中國現當代文學史的起點需要「向前位移」，直接影響了中國文學古今演變與文學史重新分期的思考。（3）中國大眾文化將成為中國現當代文學產生、發展中的重要文化源泉。不僅僅是精英文化或者意識形態文化，市民文化也成為中國現當代文化的組成部分。（4）中國現當代文學有著魯迅、茅盾等精英文學優秀作家及其作品，也有張恨水、金庸等通俗文學優秀作家及其作品。（5）中國現當代文學的批評標準不再是單純的新文學標準，而是包含著多元指標的現代文學標準。中國現當代文學史成為真正意義上的「現當代文學」。

（三）對中國現當代文學的教學和學科建設產生了影響。20 世紀九十年代以後，中國現當代通俗文學已作為文學史教學的重要的部分，進入了大學課堂，無論是史學研究還是作家作品，通俗文學都成為教學中的重要環節。在本科生、碩士研究生、博士研究生的學位論文答辯中，以通俗文學某一問題為學位論文題目的數量也在逐年增加，逐步成為了學科的「顯學」。

范伯群教授主編的《中國近現代通俗文學史》是學科團隊成果的重要標誌，獲得了多項大獎。

序號	成　果	獎　項	頒獎單位	年　度
1	《中國近現代通俗文學史》（上、下）	第三屆全國高等院校人文社會科學優秀成果獎中國文學一等獎	教育部	2003 年
2	《中國近現代通俗文學史》（上、下）	第二屆「王瑤學術獎」優秀著作一等獎	中國現代文學研究會	2006 年
3	《中國現代通俗文學史（插圖本）》	第二屆「三個一百」原創圖書出版工程	國家新聞出版總署	2008 年
4	《中國近現代通俗文學史（新版）》（上、下）	第三屆「三個一百」原創圖書出版工程	國家新聞出版總署	2011 年
5	《中國近現代通俗文學史（新版）》（上、下）	第四屆中華優秀出版物獎	國家新聞出版總署	2013 年
6	《中國近現代通俗文學史（新版）》（上、下）	第三屆中國出版政府獎	國家新聞出版總署	2014 年

2015 年《中國近現代通俗文學史（新版）》（上、下）又被國家社科外譯基金辦公室審定列為中國學術原創代表作五十本之一，譯為英文，向海外推薦。

　　蘇州大學中國現當代通俗文學學科研究團隊得到了海內外學術界好評。臺灣《國文天地》雜誌在 1997 年第 5 期的《編者報告》中就注意到蘇州大學學術團隊的學術貢獻：「長期被學者否定與批判的鴛鴦蝴蝶派小說，在近年來逐漸受到學界的重視。」當蘇州大學的一批學者開始將現代文學研究的重心轉移到近現代通俗文學中時，當時鄙視通俗小說的學界一片「譁然」，可是經十餘年努力，當他們整理資料並進行理論建設之後，「終於取得豐碩的成果，引起學界的興趣與重視，重新評價通俗小說。」（《編輯部報告》，載臺灣《國文天地》第 12 卷第 12 期（總第 144 期），首頁（無頁碼），1995 年 5 月 1 日出版。）

　　華東師範大學陳子善教授評價蘇州大學通俗文學學術研究成果時說：「上世紀 80 年代以降，蘇州大學理所當然地成了中國現代文學研究界探索通俗文學的大本營，一部又一部鴛鴦蝴蝶派作品精選和研究專著在這裡問世，迄今為止最為完備的長達百萬字的《中國近現代通俗文學史》（范伯群主編）也在這裡誕生。這部由蘇州大學教授湯哲聲所著的《流行百年——中國流行小說經典》則是最新的令人欣喜的研究成果。」（2004 年香港《明報》開卷版）中國社科院楊義研究員認為蘇州大學學術團隊是新時期的「蘇州學派」：「如果從現代文學研究的學者（術？）格局來看，我覺得它是一個蘇州學派……它從一個獨特的角度切入到我們現代文學整體工程中去，做了我們過去沒有做的東西。」（2000 年 9 月 20 日《中華讀書報》）韓穎琦教授認為蘇州大學學術團隊有著承繼和發展：「在中國通俗文學研究領域，范伯群教授是拓荒者，湯哲聲教授則是繼承者，他把研究的目光拓展和延伸到當代，填補了當代通俗小說沒有史論的空白，進一步完整了中國大陸通俗文學史的構建。」（2009 年《蘇州大學學報》第 4 期）

　　2007 年《中國近現代通俗文學史》榮獲第二屆王瑤學術優秀著作獎一等獎時，該獎項評委會的評語是：「范伯群教授領導的蘇州大學文學研究群體，十幾年如一日，打破成見，以非凡的熱情來關注、專研中國近現代通俗文學，顯示出開拓文學史空間的學術勇氣和科學精神。此書即其集大成者。皇皇百多萬字，資料工程浩大，涉及的作家、作品、社團、報刊多至百千條，大部皆初次入史。所界定之現代通俗文學的概念清晰，論證新見迭出，尤以對通俗文學類型（小說、戲劇為主）的認識、典型文學現象的公允評價、源流與演變規律的初步勾勒為特色。而通俗文學期刊及通俗文學大事記的史料價值也十分顯著。這部極大填補了學術空白的著作，實際已構成對所謂『殘缺不

全的文學史』的挑戰，無論學界的意見是否一致，都勢必引發人們對中國現
代文學史的整體性結構性的重新思考。」

這些評價從一定程度上對蘇州大學中國現當代通俗文學研究學術團隊的
學術成績作出了肯定。

蘇州大學中國現當代通俗文學研究正在發展中。這套專輯展示的成果將
保持一貫的團隊精神，老中專家引領，青年學者為主。在這裡出版的青年學
者的著作都曾是受到過答辯委員會高度評價的博士論文。這些青年學者的科
研成果特別關注中國現當代通俗文學和大眾文化的發展趨勢，將中國現當代
通俗文學與大眾文化發展中的新狀態、新動態納入了研究視野，其成果選題
具有相當強的學術敏感性；成果的論證和辨析注意到中西文化的融合，既保
持了團隊的中國化研究的風格，也體現出新一代學者的學理修養；成果的語
言風格有著嚴格地科研訓練的嚴謹的作風，也展示了充滿個性的青春氣息。
任何一個有貢獻的學者都是一步一步地前行者，但願這套叢書成為這些年輕
學者們前行中的一個紮實的腳印。

2015 年 12 月於蘇州市蘇州大學教工宿舍北小區

目次

中國古今「市民大衆文學鏈」
——馮夢龍們→鴛鴦蝴蝶派→網絡類型小說

（一）

　　只要看看《清明上河圖》就能知道北宋汴京是何等繁華的一派景象。當時的汴京是中國第一次人口超百萬的城市。市民階層的人口在宋代的比重已日益增大。由於宋代官方對商業的管制比唐代顯得寬鬆，在城市中也不再將商業區與居住區嚴格分開，商業網點深入到了居民的稠密區，更是興旺便捷；而且宋代又取消了民間的宵禁制度，因此不僅有了早市、晚市，且有深宵的夜市，呈現商貿興盛、市聲鼎沸的喧囂。相應的是酒樓、茶館、瓦肆林立，而瓦肆中表演的「說話」也成為民間最普及和喜聞樂見的娛樂之一。聽眾當然是以市民為主。到了元代，它一改過去漢族將商民視為「四民之末」的積習，不僅重商，而且在文化上也與漢族的一貫重視詩文的傳統相左，過去被視為「小道」的戲劇與小說的地位有了顯著提升，元代雜劇曾輝煌一時，出現了像關漢卿等大師；而元末明初又出現了通俗小說的偉大傑作《三國志通俗演義》和《水滸傳》。中國小說命名中加「通俗」二字是始於《三國志通俗演義》，而古代對「演義」界定是「以通俗喻人，名曰演義」。因此「通俗演義」者，就是「雙重」強調作品面向大衆。而用口語——白話——寫的文學作品，也從元代較為普遍地出現在雜劇的某些曲詞、散曲和若干通俗小說裏，其中通體用白話書寫最為徹底的是《忠義水滸傳》。因此，在元末明初出現了我國通俗小說創作的第一個高潮。

　　都市的興盛，市民意識的增強，說話人「話本」的流傳，通俗小說偉大作品的問世，用白話寫小說迎適市民階層的需求……這是馮夢龍以嶄新的姿

態出現在晚明文壇上的歷史淵源，爲他的蒐集、整理和創作「三言」，開拓白話短篇小說「新紀元」奠下了基石。但是馮夢龍之所以有如此之成就，除了歷史淵源之外，還有其地域優勢。晚明的江南是資本主義初萌的發祥地，特別是蘇州乃江南最繁華的都會，不僅商貿發達，而且手工藝精湛，更是當時的時尚之都。明代有一位可與徐霞客比肩的著名人文地理學家王士性對蘇州十分崇仰。此人自述除福建省外，「余已遍遊海內五嶽與其所轄之名山大川」，他不僅足跡遍全國，而且每到一地，還特別關注當地的風俗人情及經濟狀況，他在《廣志繹》中對明代的蘇州作過較爲詳細的描述：首先指出明代當局對蘇州的賦稅特重，他非常同情「東南民力良可憫也」。但他又指出蘇州之所以沒有被壓垮的原因在於商貿發達，「畢竟吳中百貨所聚，其工商賈人之利又居農之什七，故雖賦重不見民貧。」而對蘇州手工藝之精湛，王士性則讚不絕口：「姑蘇人聰慧好古，亦善仿古法爲之，書畫之臨摹，鼎彝之冶淬，能令眞膺不辯；又善操海內外之權，蘇人以爲雅者，四方隨而雅之；俗者，則隨而俗之。其賞識品第本精，故物莫能違。又如齋頭清玩、几案、床榻，近皆以紫檀、花梨爲尚，向古樸不尚雕鏤，即物有雕鏤，亦皆商、周、秦、漢之式，海古僻遠皆效尤之，此亦嘉、隆、萬三朝爲盛。」〔註1〕生活在萬曆年間的馮夢龍就是居住在這個農業文明的通邑大都會中，當然也會受到更強烈的時代氛圍的薰染，因此，他的「三言」一改過去的小說模式──反映的大多是帝王將相和才子佳人的故事；而在他筆下出現了大量的他所熟悉商民、店員、小販、作坊主、工匠等形象。而當時，「明末時的蘇州，是全國重要的出版中心之一……明末蘇州的書坊（書林），共有六十七家，集中在閶門一帶的就有三十九家之多。……馮夢龍的著名『三言』，就是『應賈人之請』而編纂起來的。」〔註2〕深受馮夢龍影響的「二拍」的作者凌濛初也明確說過，他的《初刻拍案驚奇》也是應出版商賈之請而撰寫結集的。他還說：「賈人一試之而效，謀再試之。」〔註3〕他的《二刻拍案驚奇》就是這樣誕生的。可見在晚明出版業已成爲一種產業，這也是馮夢龍們的「擬話本」能大量出版，加上與馮、凌同類的作者已形成了一個「擬話本」的流派。以上可算是馮夢龍能編纂「三言」的地域優勢。

〔註1〕（明）王士性《廣志繹》卷二。
〔註2〕范培松、金學智主編《蘇州文學史》第873頁，江蘇教育出版社2004年版。
〔註3〕凌濛初：《二刻拍案驚奇・小引》。

在思想上馮夢龍與晚明的哲學家李贄同調。從傳統勢力看來，他們都是為當時新興市民階層代言的異端文人，開始對過去的統治思想進行挑戰。在晚明，隨著城市的擴展，商賈們已不再有昔日的自卑自賤的心態，他們看到自己在城市中所扮演角色的分量，因此就頗有點自豪感：經商亦是善業，不是賤流。在這種形勢之下，必然會有異端思想的潮湧。在哲學思想上的代表人物是李贄，他是商人的後代，當然是站在市民意識的最尖端：「且商賈亦何可鄙之有？挾數萬之貲，經風濤之險，受辱於關吏，忍詬於市易，辛勤萬狀，所挾者重，所得者末。然必交結於卿大夫之門，然後可以收其利而遠於害……」〔註4〕言下之意是對社會的壓力，憤憤不平；對官府的勒索的切齒心頭。這是市民意識在當時民間增強的一種具體反映，說明商賈的勢力正在形成一股反撥的力量。明朝從朱元璋開國後，就嚴厲打擊富民與整肅知識者，特別在蘇州更是變本加厲，因為蘇州是他的政敵張士誠盤據的大本營；明代的扼殺異端思想也是極端兇殘的，李贄就是被關進獄中又不甘屈辱而自殺的。但馮夢龍就是服膺李贄這一套「妖言邪說」，在明代許自昌的《樗齋漫錄》卷六中就提及馮夢龍「酷愛李氏之學，奉為蓍蔡」。李贄認為儒家的程朱理學是偽道學，而馮夢龍在《山歌序》中也曾明確表達他的反叛的思想意識：「借男女真情，發名教之偽藥。」他將當時統治階級所信奉的「理學」封建道德，視為「偽藥」，這與李贄的思想體系是匹配的。

朱元璋和他的兒子雖然使出殘酷的整肅手段，但是市民這一新興階層正處於日益強勢之中，鎮壓也是無法持久的，從明代正統時期起，經濟從明初的破壞中已逐步得到恢復。到弘治、嘉慶、萬曆年間已逐漸走向富庶。正像今天，世界已成「地球村」，再要閉關鎖國是不可能的一樣，改革開放必然成為不可抗拒的潮流。李贄雖遭迫害致死，但他的被禁的作品，不幾年又在社會上流行。這一切都說明，市民階層的力量逐漸壯大，已成不可扼制的勢力，並且會滲透到文化領域中來，而馮夢龍的出現也顯示了市民文化的日益強勢。綜觀馮夢龍所蒐集、整理和創作的「三言」，在兩個方面突出地表現了當時的市民意識。一是對男女誠摯淳真的愛情大加歌頌，對人的正當的欲望也加以肯定。他是「存天理，滅人欲」的對立面。他堅信「情之所鍾，正在我輩」，認為人生除三種永存之事即「立德、立功、立言」之外還應加上「立情」。情死則雖生猶死，情在則雖死猶生。因此，寧作有情之鬼，不作無情的人。

〔註4〕李贄：《焚書》卷二《又與焦弱侯》。

他寫道：「余少負情癡，遇朋儕必傾赤相與，吉凶同患。聞人有奇窮奇枉，雖不相識，求為之地。或力所不及，則嗟歎累日，中夜輾轉不寐。見一有情人，輒欲下拜。」可見，他對「情」的理解是廣泛而普世性的，是大大超越男女之情，因此，他說：「我欲立情教，教誨諸眾生。」他將「情」上升為一種教義的高度：「萬物如散錢，一情為線索，散錢就索穿，天涯成眷屬。」〔註 5〕這「情教」當然為「理學」所不容。他在「三言」中的第一篇《蔣興哥從會珍珠衫》中就發揮了衝破一切「理學」的「三綱五常」的樊籬，把「理學」中的「貞操」戒律擊得粉碎。這篇「擬話本」雖出自宋懋澄的《九籥別集》，情節也大致相同，但卻是馮夢龍用他的「情教」點化過的，使讀者信服二人破鏡重圓的可能性與真實性。在馮夢龍的「整理」中他加上了蔣興哥的心理活動。蔣興哥知道他妻子不貞後，先是怒火衝天，急急地趕回家鄉。看來一場暴風驟雨在所難免。等到他「望見了自家門首，不覺墮下淚來。想起：『當初夫妻何等恩愛，只為我貪著蠅頭微利，撇他少年守寡，弄出這場醜來，如今悔之何及！』在路上性急，巴不得趕回。及至到了，心中又苦又恨，行一步，懶一步。」在這段思想活動中，過去的「情」成了澆滅怒火的一場「人工降雨」，他有了自責的一面：覺得自己為「蠅頭微利」而長期離家，「撇他少年守寡」，就等於承認少婦有「欲」的生理需求的一面。馮夢龍加了這段重要的思想活動，就是蔣興哥以後在處理休妻過程中的種種合情合理的做法，處處留有餘地。他留「情」，他的妻子也領了他的「情」，這才日後表露出對他的「義」，肯「救」蔣興哥一命，而使他能重會「珍珠衫」，在這裡「珍珠衫」就成了他的妻子的「代名詞」了。這一場「大團圓」的結局還是「情」的恩賜，也令讀者信服。馮夢龍在小說中加重「情」的分量，就是用「情」去戰勝「理」的「三綱五常」。這也是李贄的「好貨好色」是人的本性的理論在馮夢龍腦中發揮決定作用的明證。在「三言」的首篇他已經將全書的主調定了下來，蔣興哥重視的是自己財富的增加，表現了「好貨」的強烈願望，即所謂「商人重利輕別離」；而他的夫人三巧兒卻不願「秋月春風等閒度」，她在薛媽媽和陳大郎的強烈誘惑下，也顯露了「好色」的本性。當然，馮夢龍也不會如此「深思熟慮」，在「三言」首篇有意定下全書的主旨，但作為市民意識的代言人，有兩點是深深地嵌在他心間的——市民對財富的不倦追求，只要通過正當的手段去獲取的，就應得到贊許；而男女真摯純潔的愛情，

〔註 5〕馮夢龍：以上關於「情」的論述，均見《情史類略・敘》。

其中包括愛情達到一定高度的欲的需求，也應該得到充分肯定。他的這種觀點不僅表露在普通市民的身上，連爲官的喬太守也會理解「人欲」在某種特定的情勢下的不可抗拒性，才會導演出那場「亂點鴛鴦譜」的喜劇來，竟然能與朱程的「存天理，去人欲」的「僞藥」相悖。

正因爲馮夢龍是站在爲新興市民階層服務的立場，「三言」用純熟的白話體也就理所當然了。他處處宣揚用白話寫「擬話本」的優長：「話須通俗方傳遠，語必關風始動人。」〔註6〕通俗能使廣大市民看得懂，而「關風」的「風」當然指「風化」而言的，他的「風」當然不會是「三綱五常」，而是人應該張揚個性，並有正常欲求。他認爲文言是只能在士大夫間傳播，而白話則能深入民間，在《喻世明言》中說：「大抵唐人選言，入於文心，宋人通俗，諧於里耳。天下文心少而里耳多，則小說之資於選言者少，而資於里耳者多。」而在《醒世恒言》中也強調：文言「尚理或病於艱深，修詞或病於藻繪，則不足以觸里耳而振人心。」

在農業文明時代的都市中，馮夢龍與積累型的長篇小說《三國志通俗演義》和《水滸傳》以及文人獨創型的《金瓶梅》共同創造了小說世界的輝煌，他的歷史功績是在於使中國古代短篇白話小說進入成熟境地。這些長篇和短篇小說都能代表農業文明下的市民文學的最高成就。馮夢龍在中國文學史中被作爲通俗短篇小說大家載入史冊。

（二）

農業文明的都市中的近代化資本因素的發展，必然會迎來一個工商文明的現代化的都市轉型，而上海的開埠又成了我國都市現代化的加速器，許多沿海沿江的城市也接踵躋身工商化都會的行列。自晚清至民國初年，工商文明都市中的新型市民社會正在發育與成長。在文化方面這些城市肯定應有馮夢龍的接班人，也即是有適應工商社會新型市民文學的誕生。可是在中國的現代文學史中，有知識分子的文學（一度曾被定性爲資產階級和小資產階級的文學），在 1942 年後，有毛澤東大力倡導的「工農兵文學」（往往被定性爲無產階級的文學），但中國的現代文學中卻獨缺現代工商社會中的市民大眾文學。有新型的市民社會，卻沒有相應的屬於它的文學，這可能嗎？要解破這個似乎費解的難題，還得先要從界定何謂「市民」作爲「破題」，因爲中國的

〔註 6〕語出馮夢龍《警世通言·卷十二·范鰍兒雙鏡重圓》。

「市民」的概念實在是太模糊了。中國的「市民」一般就是指居於城市裏的本國公民，它好像只用來與鄉居的「鄉民」形成對稱的名詞。它就似乎無所不包，涵蓋了城居的各個階層。但是在我們文學界，卻另外有一種「稱謂」，那就是在現代的「蔣興哥」頭上，加上一個「小」字，名之曰「小市民」，他們倒是有「文學」的，那就是「小市民文學」。而這種文學卻被認為是「封建或半封建性」的，於是它們就沒有資格進入「現代文學」的「排行榜」了。在某些新文學家看來，有的人身體雖然躋身於現代社會，但腦袋還在封建社會之中：「1930 年，中國的『武俠小說』盛極一時⋯⋯武俠小說和影片是純粹的封建思想的文藝。」其理由是「這種『武俠狂』的現象不是偶然的。一方面，這是封建的小市民要求『出路』的反映，而另一方面，這又是封建勢力對於動搖中的小市民給的一碗迷魂湯。」〔註7〕我們不能否認，當時是有人看了武俠小說就想到深山去學道，以便學了一套超人的本領回到社會中來「除暴安良」，但是相信這種「出路」的畢竟是極少數，甚至是個案。至於「迷魂湯」就是讓小市民「他們各自等待著英雄，他們各自坐著，垂下了一雙手。為什麼？因為：『濟貧自有飛仙劍，爾且安心做奴才』。」〔註8〕或者等待「青天大老爺」來救民於水火。「小市民文藝另有一種半封建的形式，那就是《啼笑因緣》。⋯⋯這部小說的讀者大部分是小市民層中的成年人。並且對於群眾心理的作用上，《啼笑因緣》和《火燒紅蓮寺》也截然不同。《啼笑因緣》是感傷的氣氛多，因而血氣方剛的青年人就覺得遠不如《火燒紅蓮寺》那樣對勁了。」〔註9〕從上述的議論，我們就可以知道，所謂「小市民文藝」，就是指那些面向文化水平較低的中下層市民的通俗讀物，如武俠小說和言情小說之類。當時某些新文學作家已給它們戴上「鴛鴦蝴蝶派」或「《禮拜六》派」的帽子。「小市民」這個稱謂或許是源於高爾基所寫的劇本《小市民》，劇中的主人公別斯謝苗諾夫是個庸俗而空虛的角色。而我們又在「小市民」的頭上冠以「封建」二字，大概就是精英分子對狹隘、保守、自私、無聊、迷信的庸眾的一種蔑稱。由此，我們可以得出一個結論，中國的現代文學史上之所以沒有「市民大眾文學」的提法，是因為它已被「鴛鴦蝴蝶派」和「《禮拜六》派」這兩個稱謂所代替。那麼問題是武俠小說難道就只有消極的「迷魂

〔註7〕沈雁冰：《封建的小市民文藝》，《東方雜誌》第 30 卷第 3 號，1933 年 2 月出版。
〔註8〕瞿秋白：《吉訶德時代》，《北斗》第 1 卷第 2 期，1931 年 10 月出版。
〔註9〕同註7。

湯」作用，或者只期待「飛仙劍」和「青天大老爺」來給予小市民以「出路」？這樣的看法是有偏頗的。讀者中有些人是將武俠小說視爲「成人童話」；而武俠小說是最講究分清「邪正善惡」的，這種正義感立場倒是有著積極因素的，它可以鼓勵人們去「見義勇爲」，能「路見不平，拔刀相助」。我們當代有一種「見義勇爲」獎，但是古代好像沒有聽說有過這種獎勵的品種。這是因爲當代出現過一些「路見不平，冷漠旁觀」的令人心寒的景象，因此，我們設此獎倡導並發揚社會「正義感」。而古代人卻因爲讀過或聽過許多俠義故事，「大義凜然」的民族美德常深烙心間，因此，「魯智深們」從來沒有申請過要得「見義勇爲獎」。

我們認爲，被貶稱爲鴛鴦蝴蝶派的作家，如包天笑、李涵秋、張恨水、劉雲若、周瘦鵑、嚴獨鶴、畢倚虹、向愷然、李壽民、宮白羽、程小青、孫了紅、蔡東藩、許指嚴……等一大批擁有大量市民讀者的優秀或較優秀的通俗作家，其實他們就是「馮夢龍們」在現代工商文明都市中的嫡系傳人。這些鴛鴦蝴蝶派作家在現代工商社會中用自己的文學作品發揮了如下的三大功能和對市民文學作出了一大貢獻。

一是它發揮了滿足市民大眾的娛樂功能。一般說來，中下層市民大眾在清苦的物質生活之外，用在精神娛樂方面的消費金額是極有限的。他們想進電影院或戲院也屬奢望。爲了適應他們有限的娛樂消費水平，上海的里弄裏有許多小小的租書攤，租一本小說消磨工餘的閑暇時光，是當時最廉價的娛樂享受。據上海《社會日報》1917 年調查，這樣的租書攤上海市區就有 3721個。新文學主要的讀者群是知識階層，而此類小書攤中的大量的通俗文藝就是面向廣大中下市民大眾的讀物。他們就是通過其中的若干「世情小說」，在潛移默化中得到「寓教於樂」的效應。

據研究「上海學」的歷史學家論證，這些小說在「鄉民市民化」的現代化系統工程中，發揮了很大的作用。這是市民大眾文學的第二個功能。上海開埠後，人口的增加是「爆炸型」的。在晚清和民初天災頻發或軍閥混戰的日子裏，大批鄉民流落上海避難求生，怎麼才能讓他們早日融入市民社會，是一種對鄉民的人文關懷。即使是上海的「原住民」，在這「一市三制」（清政府、公共租界、法租界）的人口多元、法律多元、文化多元、價值觀多元、生活習俗多元的複雜環境中，也難免不一頭霧水，也需要擴大自己的「知識半徑」，去應付這千變萬化的動態社會。而在這些通俗的世情小說中，形象地

向他們講述都市生活的文明習俗、作爲市民應承擔哪些義務才能享受若干權利，告訴他們多種市政新設施的功能與運用途徑、怎樣從只關心家庭或家族的利益過渡到具有都市公共集體意識，解釋契約社會的新型人際關係，洞悉資本社會的新價值觀、熟練地掌握工商生產的內在規律；讓市民們知道，雖然你生活在中國的土地上，但在租界裏受著西方法律的約束；另外，這些世情小説還會著重告訴鄉民，城市雖是文明之都，卻也是罪惡之藪，有多少陷阱與圈套會等著鄉民去「自投羅網」，有多少騙局像埋在路邊的炸彈會將新移民炸得五花粉碎……通過閱讀，可以逐漸懂得這個新型的市民社會，知道應該如何去駕馭，才不至於「翻船」而在黃浦江畔遭受滅頂之災。這才真正叫做「寓教於樂」。歷史學家們研究了這些通俗文化在上海社會的發展過程中所起的作用之後，得出結論是：「晚清上海的市民意識是『讀』出來的。」「除報刊、出版和學堂之外，晚清上海還擁有眾多貼近民眾的、更爲通俗化、大眾化的大眾藝術樣式，如畫報、戲曲、小説、電影、曲藝等等，它們以自己獨具的魅力吸引讀者和觀眾的視線，成爲他們增長見識和休閒解悶的另一渠道……其實，雲蒸霞蔚的大眾文化，並不僅僅具有娛樂功能，對絕大多數城市民眾而言，它更是近代市民意識萌生與滋長的觸媒，或者説是近代市民的啟蒙教科書。」〔註10〕這些世情小説不僅使上海的居民得益，而且對其他城市的居民或廣大鄉民説來也有參考價值，作爲自己的知識儲備，也許「今天」還用不上，但或許可作自己「明天」的不時之需。

市民大眾文學的第三個功能是他們作爲「報人」，用他們所寫的政論構成了市民大眾看得懂的「雜感天地」，成爲引領平頭百姓的政治輿論導向。這個功能過去被長期遮蔽著，爲研究者所忽視。其實他們除創作和編刊物之外，不少市民大眾文學的作家的第二身份是「新聞工作者」。他們當時自稱爲「報人」，例如晚清和民初的上海三大報「申、新、時」（即《申報》1872年創刊，《新聞報》1893年創刊，《時報》1904年創刊）的副刊的主編，都是市民大眾文學的作家，《申報·自由談》的主編有王鈍根、陳蝶仙、陳景韓和周瘦鵑等人；《新聞報》的副刊曾用名《莊諧錄》，主編是張丹斧，後改名《快活林》（1932年後改名《新園林》，後者除日寇佔領上海時除外，主編皆是嚴獨鶴，《時報》中的《小時報》主編是包天笑、畢倚虹和李涵秋。另外，如葉小鳳、

〔註10〕熊月之主編、周武、吳桂龍：《上海通史·第5卷·晚清社會》第387頁、第394頁，上海人民出版社1999年版。

何海鳴、姚鵷雛、張恨水、貢少芹……等都作過「報人」。據統計，周瘦鵑在《申報·自由談》發表過 1046 篇雜感；而據《解放日報》前總編陳念雲的估計，嚴獨鶴在《新聞報》上發表的政論雜感有近萬篇之多。〔註11〕嚴氏是在 1914 年入主《新聞報》，主編副刊達 30 年之久，直到 1949 年 5 月《新聞報》停刊。筆者根據陳念雲的指點，系統查閱了嚴獨鶴在 1915 年在袁世凱稱帝、1917 年張勳復辟、1919 年「五四」、1923 年曹錕賄選、1925 年「五卅」、1926 年 3·18 慘案直到抗戰和蔣介石政權崩潰過程中的近 3 千篇雜感隨筆的主要內容，認為可以根據這些白紙黑字來證明他們能用平頭百姓喜聞樂見的形式和語言，成為平頭百姓政治輿論導向的引領者，發揮了「社會良知」和「市民喉舌」的作用。過去有的批評家說，他們只能供給些「小市民」茶餘飯後的談資。其實誰沒有個「茶餘飯後」，除非他是不食人間煙火的神仙。能在「茶餘飯後」談出一個正確的政治導向來，又何可挑剔之有？我們就舉 1923 年曹錕賄選為例：那時嚴獨鶴在《快活林》上幾乎每天一篇文章揭露賄選醜聞。曹錕把黎元洪趕出北京，黎元洪拉了一批議員到了天津，這樣議員投票的法定人數就不夠了，怎麼辦呢？賄選本是軍閥政府的老花樣，這次曹錕的出價特高，5 千元一票。可是黎元洪說，不參加投票的他給 8 千。史稱這批議員為「豬仔議員」。有些豬仔議員先到天津拿 8 千，然後躲進北京的妓院，投票當天串通警察來抓他們，然後押進會場，再去領曹錕的 5 千。軍警當天開著汽車到處抓議員。生病的用擔架抬進會場。會場牆上還開了許多小洞，讓癮君子議員過癮。這是一次醜態百出、烏煙瘴氣的賄選。周瘦鵑也在《自由談》上尖銳地將豬仔議員比作妓女，說他們拿了錢就會向曹錕打情罵俏大肆獻媚了。由於報人們的尖銳揭露，這些賄選的細節披露後成為平頭百姓的「茶餘飯後」的談資，老百姓目擊軍閥政府的腐敗無能。如果說，北伐能如此摧枯拉朽，和這些政論雜感發揮導向作用也是有一定的關係；而我們後人又可以從中看到比歷史教科書上更豐富的知識。〔註12〕《新聞報》和《申報》日銷量最高均達到 18 萬份，影響之巨可想而知。「報人」們的「雜感天地」的作用是無論如何不能抹殺的。

〔註11〕陳念雲：《紀念新聞界前輩嚴獨鶴先生》，載《嚴獨鶴雜感集》第 438～439 頁，上海遠東出版社 2009 年版。

〔註12〕參見范伯群、黃誠《報人雜感——引領平頭百姓輿論導向》，載《中國現代文學研究叢刊》2013 年第 8 期。

在 20 世紀 20 年代初，市民大眾文學不僅被貶稱爲「鴛鴦蝴蝶派」，而且受到新文學界猛烈的批判。雖然在清末民初，它們曾輝煌一時，儼然是文壇上的龐然大物，但是在迎來新文化運動高潮後，在理論交鋒上，市民大眾文學作家當然不是新文學家的對手。市民大眾文學家的對策是不爭中心，不爭主流地位，也不爭領導權，他們只爭讀者。對他們這些職業作家來說，讀者是他們的衣食父母。在新文學家的「相剋」中，努力爭得「相生」，那就是要有更多的讀者的擁戴：一是要留住原有的讀者群，二是要吸引新的讀者的青睞。這就需要苦練「內功」，使自己的作品能更符合讀者的「胃口」，它必須具有強勁的吸引力；另外要不斷開闢新的增長點，用新的套路來吸引新讀者群的眼球。於是市民大眾文學家筆下的各種「類型小說」就各顯神通。在「馮夢龍們」的擬話本中，小說的類型化還不是很明顯的；但是在馮夢龍的嫡系傳人們手裏，許多小說的「類型」都得到了定型。這是他們苦練「內功」，在新文學家的「相剋」中，要求得「相生」的對策；這也就是他們超越馮夢龍們，爲市民大眾文學作出的新貢獻。在他們的圈子裏，每種小說類型都有自己突出的代表作家。例如，民國武俠小說的奠基人是向愷然（平江不肖生），他的《江湖奇俠傳》在改編成電影《火燒紅蓮寺》前就已大紅大紫。據鄭逸梅說：「據友人熟知圖書館情形的說，那個付諸劫灰的東方圖書館中，備有不肖生的《江湖奇俠傳》，閱的人多，不久便書頁破爛，字跡模糊，不能再閱了，由館中再備一部，但不久又破爛了，所以直到『1‧28』之役，這部書已購到十有四次，武俠小說的吸引力，多麼可驚咧」（東方圖書館是 1926 年開張的，到 1932 年初被日寇炸毀不過開辦了 6 年時間）。〔註 13〕而平江不肖生的《近代俠義英雄傳》中的主角霍元甲至今還「活」在銀屏上。武俠小說的第二波領軍人物李壽民的《蜀山劍俠傳》在 20 世紀三四十年代，更是風靡一時。偵探小說是從國外引進的一個新的生長點，程小青主攻偵探小說，使他的《霍桑探案》成爲市民大眾文學中的一個名牌。他曾說：「我所接到的讀者們的函件，不但可以說『積紙盈寸』，簡直是『盈尺』而有餘……他們顯然都是霍桑的知己──『霍迷』。」〔註 14〕到張恨水出現於市民大眾文學的文壇上時，新

〔註 13〕 鄭逸梅：《武俠小說的通病》，載《小品大觀》校經山房 1935 年版，轉引自芮和師、范伯群等編《鴛鴦蝴蝶派文學資料（上）》第 135 頁，福建人民出版社 1984 年版。

〔註 14〕 程小青：《霍桑探案袖珍叢刊之七‧舞后之歸宿》，第 1 頁，世界書局 1947 年版。

文學讀者的邊界已開始爲市民大眾文學所「蠶食」。張恨水的社會言情小說，風行大江南北。社會、言情、武俠、會黨、偵探、滑稽、宮闈、歷史、反案……等等類型小說都是在清末和民國時期，由市民大眾文學作家來定型的。這又是他們對通俗文學的歷史性的一大貢獻。

某些新文學家往往將新文學與市民大眾文學視爲相互「勢不兩立」的敵我矛盾。但歷史學家則認爲：「上海作爲現代中國西化的櫥窗這一形象經常遮掩住了『小市民』日常生活中傳統的持續性。儘管西方的事物差不多成爲上海人日常生活的一部分（雖然並非每一個人每天都能用到它們），上海人還是樂於保持和改進了很多舊的習俗和生活方式。儘管西方的影響從表面上看是城市的主流且被中國的上層社會所渲染誇大，在遍佈城市的狹隘里弄裏，傳統仍然盛行。而且，變化往往與傳統的持續性共存、結合或糾纏在一起。如果說中西文化在上海這個交匯之地誰都不佔優勢，那麼，這不是因爲兩種文化對峙而導致的僵局，而是因爲兩者都顯示了非凡的韌性。對很多人來說，這個城市的魅力正是來自這種文化的交融結合。」〔註15〕那也就是說，精英與通俗兩種小說的共時性存在並非是文學中的僵局，而是精英文學與平民文學的多元格局滿足上海多元人群的需求，顯示上海能使精英人群與「小市民」讀者各得其所，這正是上海文學魅力之所在。有一位著名戲劇家曾有一句名言：我們是良性「海派」，不是惡形「海派」。同樣的道理，我們所贊揚的是「良性通俗小說」，而不是「惡形庸俗小說」。對市民大眾文學也應作如是觀。這些「良性通俗小說」努力生發出如此多的類型小說，發揮了滿足市民大眾的閱讀需求的功能，他們在文學史上的創造性業績應該得到肯定。

（三）

本文的主旨既然是要論述中國古今市民大眾文學的「文學鏈」，我們在上文已經談及鴛鴦蝴蝶派是馮夢龍的嫡系傳人；那麼現在就得進一步論證網絡類型小說與鴛鴦蝴蝶派的血緣關係。

時序進展到了當代，我們的通俗文學經過了 30 年的斷層，在改革開放之後，當允許金庸和瓊瑤等小說作爲「無害」的作品登陸之後，引起了一股文化旋風，被八個樣板戲霸佔著所有紙面媒體和銀屏，而幾乎無其他文藝作品

〔註15〕盧漢超著，段煉、吳敏、子羽譯：《霓虹燈外——20世紀初日常生活中的上海》第 274 頁，上海古籍出版社 2004 年版。

可讀的廣大讀者和觀眾，他們好像在沙漠裏覓到一泓清泉，那些港臺的既有趣味，又通「人性」的通俗小說和文化快餐，使他們讀得廢寢忘食、欲罷不能。與此同時，那些年長的讀者依稀記得在三四十年前，我們的向愷然、李壽民不就是「金庸們」的老祖宗嗎？我們的張恨水與劉雲若不也是社會言情小說「大家」嗎？既然允許金庸與瓊瑤可以「登陸」，那就必然會允許我們自己「翻印」那些老祖宗的作品！於是「登陸熱」引發了「翻印熱」，一股通俗文學的「回潮大浪」在大陸掀起。那時我們多麼盼望在通俗文壇上能再出現向愷然、李壽民、張恨水、劉雲若那樣的大家。但是從 70 年代末、80 年代初，我們一直等到 90 年代，好像還沒有耀眼的通俗文學作家出現。

正在我們久久盼望與等待的時刻，海外的中國學子們卻在 20 世紀 90 年代初開始搗鼓著一種叫做「網絡文學」的新鮮玩意兒。但那時還與市民大眾文學無關，或許他們僅是想通過「網絡」抒發他們的鄉愁，而又帶有一點文學的色彩而已。但是當這套互聯網的「新技術」傳到了中國，於 1995 年就在大陸神奇地開始發酵，它逐漸被運用到了文學領域中來。最早也不過是文學愛好者業餘時間的「個人狂歡」，但網絡這一平等自由的平臺使他們很快聚集起來。90 年代末，在國內幾個高校內部的 BBS、網絡聊天室、論壇上相繼出現了可以相互交流的文學版塊。到 2000 年前後，電子閱讀的文學網站雨後春筍般湧現出來，一些大的文學網站亦初現崢嶸，而其時中國網民還不足一千萬。2003 年 10 月起點中文網將網絡小說 VIP 付費閱讀制度確立下來，2004 年血紅的《升龍道》便創下了月收入過萬的記錄。當文學網站具有了文化產業鏈的潛質時，網絡寫作就變得炙手可熱起來，及至 blog 被引進中國，博客寫作更是掀起了「全民寫作」的熱潮。由於這個新領域可以「低門檻准入」，只要有一定的文化基礎，又有點寫作的欲望，還能搗鼓電腦，花兩分鐘的時間註冊個筆名就能跨過低門檻，進入過去視為神聖的創作殿堂。即使絕大多數在網絡上寫作的人並沒有稿費，但能掛到網上去，總有一種精神上的愉悅，況且還有機會遇到知音，每天在「檢查」點擊率時不免有一種意外的驚喜。隨著 VIP 付費閱讀制度的逐漸健全與普及，不少書商注意到網絡文學的經濟效益，紛紛與文學網站合作，為網絡作家提供暢通的出版渠道，很多寫手「網而優則紙」，得到了出版的機會；接著又因「網優而『觸電』」，作品能熱播於銀屏。網絡小說已進入「全版權運營」時代，涉及項目包括圖書出版、在線付費閱讀、無線內容提供、影視（話劇）授權和報紙雜誌授權

等等。」「2011 年 5 月發佈的《2011 年中國電影產業研究報告》顯示，60.1%
的受訪者會觀看根據自己喜歡的網絡小說改編而成的電影。中國互聯網絡信
息中心網絡文學用戶調研數據顯示，79.2%的網絡文學用戶願觀看網絡文學
改編的影視劇，43.3%的用戶願購買網絡文學實體出版的書籍，37.8%的用戶
願意玩網絡文學改編的網絡遊戲。」〔註16〕甚至出現了「網絡作家富豪榜」
高懸的盛況，網絡文學這個新生兒像得了魔法一樣很快瘋長成一個巨人，
2013 年 7 月 17 日中國互聯網信息中心剛剛公佈的《第 32 次中國互聯網絡發
展狀況統計報告》顯示，僅 2013 年上半年，網絡文學的受眾已超過 24837
萬人，在中國各類網絡應用的使用率高達 42.1%。全國文學網站簽約作者的
人數已突破 200 萬。〔註17〕有數量就會有激烈的競爭，有競爭就會「呼喚」
質量。在這批廣大的作者中就有可能出現「候補」的張恨水、向愷然、劉雲
若和李壽民。這就在中國的大地上迎來了一次市民大眾文學無比壯觀的「文
藝復興」。

　　這支網絡寫手的大軍與鴛鴦蝴蝶派是有「血緣」關係的。如 2012 年「網
絡作家富豪榜」的前三甲。榜首狀元「唐家三少」在「初高中時期看金庸、
古龍、梁羽生、黃易」大感興趣，而於 2004 年開始涉足網絡文學，由於取得
成功，在 2006 年成爲專業的網絡作家。榜眼「我吃西紅柿」曾說：「我童年
生活在鄉下，喜好看武俠小說，很是癡迷，抱著小說能看得忘記白天黑夜。
小說看多了，找不到新的好看的小說，無聊之下開始自己寫小說。」探花「天
蠶土豆」也回顧自己「對武俠小說有別樣的感情」。〔註18〕在他們成長的過程
中，武俠小說是他們寫作的「啓蒙老師」。武俠小說的情節緊張而富有懸念，
的確可以使人忘記白天或黑夜，可以令人廢寢忘餐。而武俠與玄幻兩種類型
小說又是很難分清的，這些網絡作家的想像力應該是靠武俠小說而催生而蓬
勃，例如唐家三少的大部分作品都具玄幻風格。這批網絡作家還都很年輕。
據 2012 年公佈，唐家三少 31 歲，我吃西紅柿 25 歲，天蠶土豆 23 歲。據業
內人士透露，網絡寫作是一門「青春飯」，網絡文學作家年齡大多集中在 18

〔註16〕引自《網絡文學飛速發展 高學曆人群成爲主要讀者》，《中國青年報》2011
　　　年 11 月 10 日 07 版。
〔註17〕這個數字引自馬季《澆灌和培育清新文明的網絡文學之花》，載《作家通訊》
　　　2013 年第 8 期第 105 頁。
〔註18〕以上「唐家三少」、「我吃西紅柿」和「天蠶土豆」的話均引自《20 名作家 5
　　　年『敲』出 1.77 億》一文，《姑蘇晚報》2012 年 11 月 27 日 A14 版。

至 35 歲的區間內，超過 40 歲的幾乎沒有。〔註19〕這是一門「青年市民」的大眾藝術。我國的許多藝術品種，如京劇、崑曲、評彈……爲了得到青年人的青睞，要花多少精力去做普及工作，常常要到大學裏去義演，似乎得到大學生的喜愛，這一「藝種」就有了希望，就有了「欣賞」的接班人。可是「網絡小說」卻用不到如此辛苦，它天然是一門年輕人願意全身心投入的藝術。年齡大了，每天要更新幾千或上萬字，精力就搭不夠；年齡大了，要在網上去讀一部幾百萬字的長篇，目力也吃不消。但當從網絡走向紙面、從網絡登上銀屏時，也可同樣爲中老年人「解饞」。當然，它不僅是市民大眾喜聞樂見的藝術，由於它的通俗性和吸引力，農村人也是同樣可以爲之入迷的，正如我吃西紅柿童年時在鄉間癡迷武俠小說一樣。既然它是青年作者和讀者喜愛的一門文藝，它的前途應該是無量的。

我們之所以認定網絡小說與曾被稱爲鴛鴦蝴蝶派的市民大眾文學有血緣關係，那是因爲被鴛鴦蝴蝶派所定型的類型小說都得到了網絡類型小說的繼承與發展。中國古代的小說主要是分爲「英雄」、「兒女」與「神魔」三大類；到鴛鴦蝴蝶派時，就號稱有四大類型，即社會、言情、武俠和偵探。但是還有一些類型也時常出現在小說中的，如神魔、科幻、宮闈、倡門、反案、歷史演義、黑幕小說、滑稽幽默、別裁小說等，更小的類別還可舉出集錦小說、懸賞小說、「一句話小說」等等。集錦小說就是現在的接力小說或稱接龍小說，懸賞小說就是現在的多結局小說，「一句話小說」還值得現在的手機小說好好學習。又例如現在取名「穿越小說」的，過去雖然沒有這個名稱，但是此類小說還是大量出現過，而標示類型時則分屬在「幻想小說」、「理想小說」和「寓言小說」等等的名下。它們與當代新興的歷史「穿越」可說是「同質而異向」。當代的穿越往往是一個普通的、無名的人物，帶著今天的知識與見解穿越到過去一個典型的有名的時代中去，比如黃易《尋秦記》便是穿越到秦代。其中較爲流行的有穿越到漢、唐、宋、明、清及民國等時期，尤其是清代康、雍、乾三朝代，在女性言情小說中甚至單獨發展出「清穿」的分支。在這些穿越文中，主人公或是發揮了在當代無法施展的才能，「醒掌天下權，醉臥美人膝」；或是得到幻想中陶醉於愛情生活的機遇，與歷史名人來一段千古絕戀；甚至是通過參與政事，實現振興中國扭轉歷史走向的宏願。而晚清民初的穿越小說則往往是借用一些過去已經很成功的文學作品中的典型人物

〔註19〕《網絡寫手生存狀態調查：有收入者可能僅一成》2012 年 4 月 18 日，東方網。

穿越到現代來，這即是「異向」。比如賈寶玉、孫悟空、宋江……來到現代。吳趼人的《新石頭記》是比較完整、極具代表性的一部。這部小說，最初在1905年第28號的《南方報》開始連載，署名為「老少年」。1908年又署名「我佛山人」，以《繪圖新石頭記》為書名由改良小說社出版單行本。全書共40回，講述賈寶玉歷經幾世之後想酬補天之願，便蓄髮下山，巧遇在上海經商的薛蟠，共遊晚清上海：看新報、吃西餐、參觀炮彈廠、鍋爐廠、水雷廠、畫圖房、洋槍廠、鑄鐵廠等，大開眼界。後來到北京，時值義和團大鬧北京，看到義和團民諸多醜態和騙人伎倆。冬盡春來，寶玉回到上海，聽演講；到漢口談維新，被官府緝拿。被朋友救出後，北上遊歷，走入一個烏托邦世界的「文明境界」。經老少年介紹，見識眾多先進科學發明：他乘空中獵車，獲大鵬鳥；坐獵艇，過太平洋，遇人魚，得海鰍；到南極，取海貂、珊瑚等寶物；還參觀了學校、工廠、市場等等，最後見到文明境界的締造者東方文明，實為故人甄寶玉，已償補天之願。還有一位寫此類「穿越」的名作家是陸士諤，他有一篇很有名的作品，前總理溫家寶也曾經提過的《新中國》。陸士諤在這本小說中預言了上海開發了浦東，籌辦了世博會，完成了梁啟超在《新中國未來記》中未竟的事業。他還不止一次演繹三國故事，陸士諤讓孔明、周瑜等人登上晚清社會改革舞臺，引入維新變法、富國強民的思想，表達自己對現實社會政治改革的種種看法，繪出心目中的模範立憲國的理想模式。陸士諤在《新野叟曝言》中就預言中國人多為患，中國面臨人口爆炸和資源匱乏的棘手問題。中國人多物少，求過於供，生計艱難。因此提出要計劃生育，改良農業，使糧食增產十倍，又興辦試驗公宅，以節約耕地。文素臣還率領子孫，全數遷居木星。當年中國遍地大荒，皇上派飛艦一百艘到木星去裝運穀子，不料歸途中與彗星相撞，一百艘飛艦全都成了碎片。從此航路被毀，地球和木星失去了聯繫。當時的小說家大量吸收科幻因素，幻想的空間擴展到宇宙，這類小說面向未來，主要是「文明鏡像」式的想像，新穎奇特，充滿了瑰麗神奇的色彩。陸士諤還寫過一部有關經濟改革的「穿越」小說《新水滸》，他寫林沖、魯智深等英雄得知朝廷已經維新改革，梁山也要改變依靠「打家劫舍」來維持的「八方共域，異姓一家」，「不分貴賤」、「無問親疏」的大鍋飯政策，於是吳用提議成立梁山會，宋江則指派眾會員下山，各騁所長，經營各種新事業。個人所得利益，提二成作為會費，二成作為公積，餘六成即為本人薪金。可以看出吳用所建議的改革模式，近似承包責任制，無

疑具有極大的超前性。實際上此類「穿越小說」已包含著科幻和同人小說的因素。在鴛鴦蝴蝶派興盛時，現在的「同人小說」那時取名為「反案小說」。反案小說是指某位作家的作品頗受讀者的歡迎後，現在由另一位寫手借用他小說中的主要人物，為他重構一個新的背景和事件，讓他在新的環境中活動，那時主人公是會作出怎樣的反應，也就是說為他重新編一個故事。由於這種暢銷小說受眾很多，因此讀者抱著好奇的心態，會很喜歡看他們在另外的新環境與新事件中的種種表現。比如《啼笑因緣》就有很多反案小說。在這些反案小說裏，人物還是樊家樹、沈鳳喜、關秀姑等等，但他們在新的「難題」或「機遇」中，他們在新的「案子」中會有怎樣的新發展，這就是當年「反案小說」的格局。

至於網上的言情小說、武俠小說和偵探小說就更是承傳過去的類型而加以發展。社會小說卻在今天被細化了，如官場小說在過去就是通俗社會小說中的一個分支，如有李伯元的著名小說《官場現形記》和張恨水的暢銷作品《五子登科》等等；而校園小說、盜墓小說等也涵蓋在當年的社會小說之中（其實「細化」也是一種發展，如「校園小說」，過去的學生是不屑於寫通俗小說，他們至少也得寫「施濟美式」的雅俗合璧、中西融會的作品，雖然他們的刊登地盤卻都是在通俗刊物上）。而魯迅所稱的「狹邪小說」的，過去名為「倡門小說」，而現在則叫做「新青樓」；即使是「耽美小說」，我們也曾有著名的《品花寶鑑》；魯迅在《中國小說史略》中將它歸入「狹邪類」，其實它是一部寫「斷臂」的男同性戀小說。而「宮鬥小說」過去名為「宮闈小說」，但那時的「宮闈」往往側重於寫帝皇的荒淫糜爛，而現在則側重於宮鬥爭寵。就憑這類型小說的兩兩相對的「合榫」，也可以作為一個重要的論據，證實網絡類型小說是鴛鴦蝴蝶派這一市民大眾小說的嫡系傳人。

但是由於時代不同了，後人的眼界往往比先輩更闊大。當代的網絡小說有許多因素也是參照了國外類型小說的產物。其實「同人小說」和「穿越小說」等名稱也有來自國外文化影響的因素。「同人」這一詞來源於日本，原指同好者，也即是有共同愛好的人。後來又因日本的動漫中同一個著名的原型出現在不同背景與事件中，於是就有了「同人小說」的名稱；而「穿越」也與國外的「時間隧道」之類的題材有關。因此，現在的網絡類型小說是中國傳統的通俗類型小說與日本動漫文化與歐美流行文化相融合的產物。關於這一點有不少網絡作家已經有了自覺的體認，正如 2013 年獲得廣東省魯迅文學藝術獎的網絡

作家阿菩所説的：「網絡文學駁接上了中國舊小説的傳統，沿著變文、評書、明清小説、民國鴛鴦蝴蝶派和近世以金庸、瓊瑤爲代表的港臺通俗文學的軌跡一路走來，並嫁接了日本的動漫，英美奇幻電影、歐日偵探小説等多種元素。就淵源之深遠複雜而論，其實並不在嚴肅文學之下。當然網絡文學也有自身的弱點，如過度強調更新速度和泛娛樂化傾向等等。」〔註20〕這一段話是説得很到位的。至此，我們也已論證了「馮夢龍們—鴛鴦蝴蝶派—網絡類型小説」乃是古今市民大眾文學的有血緣關係的一條「文學鏈」這一論斷。這一「文學鏈」也是與科學的發展同步的，從「馮夢龍們」的木刻雕版，到鴛鴦蝴蝶派的機械化媒體，再到網絡小説的去紙張化與去油墨化，這使市民大眾文學的道路愈走愈寬廣。但如何更好地去繼承和發揚市民大眾文學前輩的優良傳統，學習國外的先進經驗，那是一個宏大的課題，遠遠超出了本文題目所定下的目標。要使網絡小説邁上經典化之路是沒有捷徑或快車道可走的，它需要市場和讀者群的長期持續孕育、網絡作家長期的藝術實踐與網絡評論家的廣泛深入關注，才能使網絡小説逐漸克服「自身的弱點」，這支網絡小説大軍正行進在「二萬五千里」的新長征途中。

〔註20〕馬季：《網絡：雅俗共賞，推陳出新——廣東網絡文學作品研討會綜述》，載中國作家協會主辦的《作家通訊》2013年第5期。

《海上花列傳》：現代通俗小說開山之作

（一）

我們考察中國文學的線路圖，從文學的古典型轉軌爲現代型時，是要有一個鮮明的轉軌標誌的。正如從電車或地鐵的某號線路到達某一站點時，要換乘到另一條新的線路上去一樣，它要給乘客一個提示，要給大眾一個醒目的信號。文學的列車亦然。經過反覆的勘測與論證，我們選定《海上花列傳》就是這樣的一個新站點。那就需要拿出若干可信而實證的根據來，顯示它就是文學列車從古典型駛向現代型的轉軌換乘交接點。下面我們列舉《海上花列傳》的六個「率先」，說明它在文學創作上具有開創性的意義。

一、《海上花列傳》是率先將頻道鎖定、將鏡頭對準「現代大都會」的小說，不僅都市的外觀在向著現代化模式建構，而且人們的思想觀念也在發生深刻的變異。它雖然被稱爲狹邪小說，但當時的高等妓院，首先是發揮高級的社交場所的職能，而不是現在概念中可以與「性交易」劃上等號的門庭。在晚清的男女禁隔的社會中，她們「扮演」的是一種大眾情人或紅粉知己角色。她們的生活起居是作爲一種「時尚」與都市現代生活方式同步演進，甚至是起著「領跑」的作用。二、上海開埠後成爲一個「萬商之海」，小說以商人爲主角〔註1〕，也以商人爲貫串人物。在封建社會中，商人爲「士農工商」

〔註 1〕 說到以商人爲主角問題，《譚瀛室筆記》中說：「書中人名，大抵皆有所指。熟於同光間上海名流事實者，類能言之。」接著點出了書中人物在現實生活中的 10 個名流的姓名。日本平凡社出版的《中國古典文學大系（49）〈海上花列傳〉》的譯者太田辰夫按圖索驥地找到了其中 8 個人的傳記，除小柳兒是京劇名武生外，其他 7 人的背景皆與商業有密切的關聯。在這裡我們不想指

的「四民之末」，而在這個工商發達的大都市中，商人的社會地位迅速飆升，一切以「錢袋」大小去衡量個人的身份。在這部小說中已初步看到資本社會帶來的階級與階層的升沉浮降。魯迅的《中國小說史略》裏提到的幾部著名的狹邪小說中，它率先打破了該類題材「才子佳人」的定式，才子在這部小說中不過是扮演「清客」的陪襯角色。三、在世界步入資本化時代，許多國家的著名作家都曾以「鄉下人進城」作為自己的題材。這是資本社會的一個具有世界性的題材，因為很多現代化大都市皆是靠移民大量湧入，形成人口爆炸，勞力資源豐富，市場廣闊，交通便捷才得以運轉、擴容和建成。而在中國，《海上花列傳》率先選擇「鄉下人」進城這一視角，反映了現代生活的一個重要側面：農村的式微，使貧者湧向上海；即使是內地的富者，也看好上海，將資本投向這塊資本的「活地」。作品以此為切入點，反映了上海這個新興移民城市的巨大吸引力，以及形形色色的移民到上海後的最初生活動態。四、《海上花列傳》是吳語文學的第一部傑作，胡適曾認為其在語言上是「有計劃的文學革命」，吳語當時是上海民間社會的流通語言，特別是上層社會或知識分子的通用語言，人們以一口純粹的「蘇白」以顯示自己的教養與身份。這部書成了當時想擠入上層社會的外鄉人學習和研究吳方言的「語言教科書」。五、作者曾「自報」他的小說的結構藝術——首先使用了「穿插藏閃」結構法，小說行文貌似鬆散，但讀到最後，會深感它的渾然一體。在藝術上它也是一部上乘、甚至是冒尖之作。六、韓邦慶是自辦個人文學期刊第一人，連載他的《海上花列傳》的《海上奇書》期刊又利用現代新聞傳媒《申報》為他代印代售，他用一種現代化的運作方式從中取得腦力勞動的報酬。

這六個「率先」，以一股濃鬱的現代氣息向我們迎面撲來，《海上花列傳》從題材內容、人物設置、語言運用、藝術技巧，乃至發行渠道等方面都顯示了它的原創性才能。作為中國文學轉軌換乘的鮮明標誌，它可以當之無愧。

出真名實姓，對小說的原型可作考證，但也不宜一一坐實，因此下面只作介紹，說明原型的某些背景，使讀者有所參照。如黎篆鴻乃「紅頂」巨商，曾得欽賜黃馬褂；王蓮生從事外事工作，擔任過招商局長；李鶴汀是財界大亨，後任郵傳部大臣；齊韻叟官至安徽巡撫、兩江總督；高亞白博學而擅長詩詞，辭官後客居上海，與《申報》有關係；方蓬壺，詩人，曾是《新聞報》總主筆；史天然，京師大學堂總辦，參議院議長，辭官後隱居天津。譯者在最後說道：作者在例言中講到「『所載人名事實俱係憑空捏造，並無所指，如有強作解人，妄言某人隱某人，某事隱某事，則不善讀書不足與談者矣。』……有人認為，正因為是原型小說，才放這樣的煙幕彈來蒙混過關。」

韓邦慶使通俗文學走上現代化之路當然不會是完全自覺的；但惟其是自發，也從另一個角度說明了中國通俗文學的現代化是中國社會推進與文學發展的自身的內在要求，是中國文學運行的必然趨勢，是中國社會的陽光雨露催生的必然結果——由於現代工商業的繁榮與發達，大都市的興建以及社會的現代化，民族文化必然要隨著社會的轉型而進行必要的更新，也必然會有作家對它有所反映與回饋。《海上花列傳》就是這種反映與回饋的優秀的文學作品。中國的新文學是受外來新興思潮的影響而催生的；但中國通俗文學則證明了即使沒有外國文學思潮爲助力，我們中國文學也會走上現代化之路，我們民族文學的自身就有這種內在動力。

（二）

韓邦慶（1856～1894），江蘇松江人（今屬上海市），字子雲，號太仙，別署大一山人、花也憐儂。父宗文，頗有文名，官刑部主事。邦慶少小時隨父居京師。他資質聰慧，讀書別有神悟。約 20 歲時，回籍應童子試，爲諸生。次年歲考，列一等，食廩餼。後屢應鄉試不第。曾嘗一試北闈，仍鎩羽而歸。那是 1891 年，當時孫玉聲與他同場趕考，又同舟南歸，兩人在船上已互換閱讀《海上花列傳》和《海上繁華夢》的部分初稿。孫玉聲的這段回憶極爲重要：

> 辛卯年（1891）秋應試北闈，余識之於大蔣家胡同松江會館，一見有若舊識。場後南旋，同乘招商局海定輪船，長途無俚，出其著而未竣之小說稿相示，顏曰《花國春秋》，回目已得二十有四，書則僅成其半。時余正撰《海上繁華夢初集》，已成二十一回。舟中乃易稿互讀，喜此二書異途同歸，相顧欣賞不止。惟韓謂《花國春秋》之名不甚愜意，擬改爲《海上花》。而餘則謂此書通體皆操吳語，恐閱者不甚了了；且吳語中有音無字之字甚多，下筆時殊費研考，不如改易通俗白話爲佳。乃韓言：「曹雪芹撰《石頭記》皆操京語，我書安見不可以操吳語？」並指稿中有音無字之「嚜」、「覅」諸字，謂「雖出自臆造，然當日倉頡造字，度亦以意爲之。文人遊戲三昧，更何況自我作古，得以生面別開？」余知其不可諫，斯勿復語。逮之兩書相繼出版，韓書已易名曰《海上花列傳》，而吳語則悉仍其舊，使客省人幾難卒讀，遂令絕好筆墨竟不獲風行於時。而《繁華夢》

則年必再版，所銷已不知幾十萬冊，予以慨韓君之欲以吳語著書，

獨樹一幟，當日實爲大誤。蓋吳語限於一隅，非若京語之到處流行，

人人暢曉，故不可以《石頭記》並論也。〔註2〕

　　孫玉聲畢竟還只能是孫玉聲。他還看不出韓邦慶定見之深意。孫玉聲確有他的一定的成就，但他在文學史上無法與韓邦慶並肩。正如陳汝衡對孫的這段有些沾沾自喜的話所作的評語：「孫漱石所言，未必可信。《海上繁華夢》雖能邀譽於一時，而文學上之價值自遠遜於《海上花列傳》。今日孫氏之書已少人讀，其描寫之引人入勝，尚在狹邪小說《九尾龜》之下，韓子雲之《海上花列傳》，則文藝批評界久許爲有數之晚清現實小說矣。」〔註3〕韓邦慶有著一種「不屑傍人門戶」的氣勢。在某種意義上說，他覺得自己在「原創性」上，要有那種與倉頡、曹雪芹平起平坐的開拓型的「衝動」。但孫玉聲的這段筆記，卻爲我們留下了極可珍貴的文學史料。至少對這位具有開創性的作家的個性、氣質與抱負，有了立論的根據；同時也告訴我們，他的小說的創作進程。例如說他在 1891 年已有初稿 24 回。到 1892 年農曆二月初一，韓邦慶出版第 1 期《海上奇書》。第 1 期至第 10 期爲半月刊，以後 5 期爲月刊，共出版了 15 期。每期刊登《海上花列傳》2 回，應刊登至 30 回止（胡適說共出版 14 期，共刊 28 回）。〔註4〕那麼就是說，韓邦慶南旋後，他又寫了 40 回。其中 1891 年所寫的 24 回初稿經修訂後再加 6 回，是先在期刊上刊出的。到 1894 年出版時，未經連載的新回目有 34 回。其實他胸有成竹，《海上花列傳》的續集也已有腹稿。可惜在出版全書的當年，韓邦慶就因貧病而與世長辭，年僅 39。這確是中國文學的一大損失。

〔註2〕孫玉聲：《退醒廬筆記・16・〈海上花列傳〉》，第 113～114 頁，山西古籍出版社 1995 年版。

〔註3〕陳汝衡：《說苑珍聞》第 91 頁，上海古籍出版社 1981 年版。

〔註4〕魏紹昌主編：《中國近代文學大系・史料索引集（1）》第 46～47 頁：「花也憐儂（韓子雲）於上海創辦《海上奇書》……本年出版 15 期，前 10 期爲半月刊，後 5 期爲月刊，點石齋石印，申報館代售。……《海上花列傳》，自撰的吳語長篇小說，每期刊 2 回，共刊 30 回……」。而胡適則在《〈海上花列傳〉序》中說：「《海上奇書》共出了 14 期，《海上花列傳》出到第 28 回。先是每月初一、十五，各出一期的；到第 10 期以後，改爲每月初一日出版一期，直到壬辰（1892）十月朔日以後才停刊。」（《胡適文存第 3 集》第 359 頁，黃山書社 1996 年版）筆者在上海市圖書館僅看到第 1～10 期，而北京圖書館也只有第 1～10 期，因此姑存二說。但查《申報》上有關《海上奇書》的廣告，是有第 15 期即將出版的預告的。

　　《海上花列傳》以妓院爲基點，用廣闊的視野寫上海的形形色色社會眾生相。劉復（半農）說：

> 　　花也憐儂在堂子裏，卻是一面混，一面放隻冷眼去觀察，觀察了熟記在肚裏，到了筆下時，自然取精用宏了。……不但是堂子裏的倌人，便是本家、娘姨、大姐、相幫之類的經絡，與其性情、脾氣、生活、遭遇等，也全都觀察了；甚至連一班嫖客，上至官僚、公子，下至跑街、西崽，更下以至一般嫖客的跟班們的性情、脾氣、生活、遭遇，也全都觀察了。他所收材料如此宏富，而又有極大的氣力足以包舉轉運它，有極冷靜的頭腦足以貫穿它，有絕細膩絕柔軟的文筆足以傳達它，所以他寫成的書雖然名目叫《海上花》，其實所有不止是花，也有草，也有木，也有荊棘，也有糞穢，乃是上海社會中一部分「混天糊塗」的人的「歡樂傷心史」。明白了這一層，然後看這書時，方不把眼光全注在幾個妓女與嫖客身上，然後才可以看出這書的眞價值。〔註5〕

　　《海上花列傳》在中國文學史上可說是光芒四射的。至少有四位大師級的文學家──魯迅、胡適、張愛玲以及上面已引用了他一大段話的劉半農，他們都給予它高度的評價。

　　最先評價它的是魯迅。在《中國小說的歷史的變遷》中說「到光緒中年，又有《海上花列傳》出現，雖然也寫妓女，但不像《青樓夢》那樣的理想，卻以爲妓女有好，有壞，較近於寫實了。一到光緒末年，《九尾龜》之類出，則所寫的妓女都是壞人，狎客也像無賴，與《海上花列傳》又不同。這樣，作者對於妓家寫法凡三變，先是溢美，中是近眞，臨末是溢惡」〔註6〕。這裡的「眞」與「寫實」，還得應該用魯迅說它「甚得當時世態」的話來作解。那就是說，韓邦慶筆下人物的個性是與當時的世態是密切相關，是轉型環境中的轉型性格。例如在第23回，姚二奶到衛霞仙堂子裏去向衛「討」姚二少爺，大興問罪之師的一段，簡直可稱得上通俗小說中的經典「唱段」。

〔註5〕劉復：《半農雜文・第1冊・讀〈海上花列傳〉》第241頁，星雲堂書店1934年版。

〔註6〕魯迅：《中國小說的歷史的變遷》，《魯迅全集》第8卷第351頁，人民文學出版社1963年版。

姚二奶奶是姚季蓴的正室夫人。這位「半老佳人，舉止大方，妝飾入古」，乘一頂轎子，帶了一幫娘姨丫環，「滿面怒氣，挺直胸脯踅進大門」，一見衛霞仙劈頭蓋臉的責問：「耐拿二少爺來迷得好，耐阿認得我是啥人？」看樣子今天只有衛霞仙低頭服輸，作出保證，從此不許姚季蓴再踏進門來，才能罷休。否則姚奶奶一聲喝打，不但自己受辱，連這房間也有被砸得落花流水的危險。大家七張八嘴勸解之際，被衛霞仙一聲喝住道：

> 「勦響，瞎說個多花啥！」於是衛霞仙正色向姚奶奶朗朗說道：「耐個家主公末，該應到耐府浪去尋唲。耐啥辰光交代撥倪，故歇到該搭來尋耐家主公。倪堂子裏倒勿曾到耐府浪來請客人，耐倒先到倪堂子裏來尋耐家主公，阿要笑話？倪開仔堂子做生意，走得進來總是客人，阿管俚是啥人個家主公。耐個家主公末，阿是勿許倪做嗄？老實搭耐說仔罷：二少爺來裏耐府浪，故末是耐家主公。到仔該搭來，就是倪個客人哉。耐有本事，耐拿家主公管牢仔，爲啥放俚到堂子裏來白相？來裏該搭堂子裏，耐再要想拉得去，耐去問聲看，上海夷場浪阿有該號規矩？故歇勦說二少爺勿曾來，就來仔，耐阿敢罵俚一聲，打俚一記？耐欺瞞耐家主公勿關倪事，要欺瞞仔倪個客人，耐當心點！二少爺末怕耐，倪是勿認得耐個奶奶唲！」〔註7〕

衛霞仙一席話說得姚奶奶大哭而回。胡適稱讚衛霞仙的「口才」，說他一席話說得「輕靈痛快」，吳方言中就叫做「刮辣鬆脆」。作者當然是將這個妓女「鮮明個性」寫了出來，可是我們還應該看得更深一層，那就是「當時世態」，即衛霞仙所說的「耐去問聲看，上海夷場浪阿有該號規矩」。夷場即洋場，洋場浪的「規矩」是妓院要交捐納稅，然後發經營牌照，這是一種受法律保護的「生意」，是一種「正當」營業。你管得牢你丈夫就是你「狠」，你管不牢你丈夫，就是你無能，你丈夫有他進堂子的自由。這裡就有一個觀念的改變問題，衛霞仙懂這個「規矩」，她有持無恐。這位「妝飾入古」的姚奶奶在封建社會中有權興師問罪，在這個洋場資本社會中，就是她「理虧」，只好哭著「落荒而逃」。通過這個例子，我們可以體會在這「寫實」中不僅寫出了人的個性，而且寫出了當時人們的思想觀念的變異。

但魯迅對《海上花列傳》的最高評價往往爲人們所忽略。魯迅說韓邦慶「固能自踐其『寫照傳神，屬辭比事，點綴渲染，躍躍如生』（第1回）之約

〔註7〕韓邦慶：《海上花列傳》第192～193頁，百花洲文藝出版社1993年版。

者矣」。這才是最高的評價。也就是說，韓邦慶在第 1 回中自定要達到這 16
個字的藝術水準，魯迅認爲他已經不折不扣地「自踐其約」了。也即是在人
物塑造上，在事件描寫上，在情節設置上，皆能發揮到淋漓盡致的程度，以
致達到了「躍躍如生」的神境。魯迅還說小說寫得「平淡而近自然」〔註8〕，
這是將它提到中國傳統美學觀中的高度來加以鑒賞的。「平淡」決非平庸與淡
而無味之謂。在中國的傳統美學範疇中，平淡就是王安石所說的「看似平常
最奇崛，成如容易卻艱辛。」而蘇東坡則說：「大凡爲文，當使氣象崢嶸，五
色絢爛，漸老漸熟，乃造平淡。其實是非平淡，乃絢爛之極也。」〔註9〕而「自
然」當然應作「渾然天成」解。

　　繼魯迅之後，劉半農在 1925 年 12 月所寫的《讀〈海上花列傳〉》對其人
物塑造與方言運用也大爲欽服：他提出「平面」和「立體」兩個概念，認爲
韓邦慶筆下的事事物物「好像能一一站立起來，站在你面前」，他筆下的人物
確有立體感。作爲一位語言學大師，劉還盛讚小說在語學上的貢獻：「若就語
學方面說，我們知道要研究某一種方言或語言，若靠了幾句機械式的簡單例
句，是不中用的；要研究得好，必須有一個很好的本文（Text）做依據，然後
才可以看得出這一種語言的活動力，究竟能活動到一個什麼地步。如今《海
上花》既在文學方面有了代表著作的資格，當然在語學方面，也可算得很好
的本文；這就是我的一個簡單的結語了。」〔註10〕

　　第三位大師就是 1926 年爲《海上花列傳》（東亞版）作《序》的胡適了。
爲了作《序》，胡適先「內查外調」考證韓邦慶的生平。魯迅寫《中國小說史
略》涉及韓的作品時，還只看到蔣瑞藻《小說考證》中所引的《譚瀛室隨筆》
資料一條。而胡適知道孫玉聲與韓相熟，正要拜訪時，就讀到剛出版的《退
醒廬筆記》。當胡適再請孫玉聲深入開掘時，由於孫的打聽，卻引出了顒公的
《〈海上花列傳〉之著作者》一文。這些珍貴的作者生平皆一一收入了胡適的
《序》中。如說韓：「爲人瀟灑絕俗，家境雖素寒，然從不重視『阿堵物』；
彈琴賦詩，怡如也。尤精於弈；與知友楸枰相對，氣意閒雅，偶下一子，必

〔註 8〕以上所引用的均爲魯迅《中國小說史略》第 8 卷第 224～226 頁，人民文學出
　　　　版社 1963 年版。

〔註 9〕這裡對「平淡」、「自然」的理解，皆參照英國漢學家卜立德的《一個中國人
　　　　的文學觀——周作人的文藝思想》中的《「平淡」與「自然」》章節（第 100
　　　　～102 頁）。陳廣宏譯，復旦大學出版社 2001 年版。

〔註10〕劉復：《半農雜文·第 1 冊·讀〈海上花列傳〉》第 247 頁，星雲堂書店 1934
　　　　年版。

精警出人意表。至今松人之談善弈者，猶必數作者爲能品云。作者常年旅居滬瀆，與《申報》主筆錢忻伯、何桂笙諸人暨滬上諸名士互以詩唱酬。亦嘗擔任《申報》撰著；顧性落拓不耐拘束，除偶作論説外，若瑣碎繁冗之編輯，掉頭不屑也。」可以説，胡適的《序》是既有資料，又包舉了魯迅與劉半農的論點，還有許多自己的見解。特別是胡適認爲「《海上花》是吳語文學的第一部傑作」。論證頗詳：

> 但三百年中還沒有一個第一流文人完全用蘇白作小説的。韓子雲在三十多年前受了曹雪芹的《紅樓夢》的暗示，不願當時文人的諫阻，不願造字的困難，不願他的書的不銷行，毅然下決心用蘇州土話作了一部精心結構的小説。他的書的文學價值終久引起了少數文人的賞鑒與模仿；他的寫定蘇白的工作大大減少了後人作蘇白文學的困難。近二十年中遂有《九尾龜》一類的吳語小説相繼出世。……如果這一部方言文學的傑作還能引起別處文人創作各地方言文學的興味，如果從今以後有各地的方言文學繼續起來供給中國新文學的新材料、新血液、新生命，——那麼，韓子雲與他的《海上花列傳》眞可以説是給中國文學開了一個新局面了。〔註11〕

而幾乎令人不可思議的是張愛玲在晚年用了將近 10 年時間，二譯《海上花列傳》，先是將它譯成英語，以後又將它譯成「國語」——普通話。通過這兩次「翻譯」，可以説，張愛玲將《海上花列傳》的每一個字進行了「掂量」。與魯迅、劉半農、胡適不同的是，他們是「評價」、「推崇」《海上花列傳》，而張愛玲則側重於「理解」、「闡釋」《海上花列傳》。張愛玲説，《海上花列傳》的「主題其實是禁果的果園」。這「禁果的果園」的 5 個字，可説是道盡了書中的奧秘。張愛玲解釋説：「盲婚的夫婦也有婚後發生愛情的，但是先有性再有愛，缺少緊張懸疑，憧憬與神秘感。」在男女禁隔的社會裏，只有未成年而情竇初開的表兄妹之間才能嘗到戀愛的滋味，「一成年，就只有妓院這髒亂的角落裏也許有機會。」早婚的男子對性已失去神秘感，他們到妓院中去，有人是想品嘗「紅粉知己」賜予的「戀愛」的滋味。「『婊子無情』這句老話當然有道理，虛情假意是她們的職業的一部分。不過就《海上花》看來，當時至少在上等妓院——包括次等的麼二——破身不太早，接客也不太多……女人性心理

〔註11〕 以上所引的胡適的話均出自胡適《〈海上花列傳〉序》，《胡適文存·第3集》第352～369頁，黃山書社1996年版。

正常，對稍微中意點的男子是會有反應的。如果對方有長性，來往日久也容易發生感情……」〔註12〕這種剖析，才是真正的「理解」與「闡釋」。可是在這種地方品嘗「戀愛之果」是有危險性的。人類的老祖宗在伊甸園裏受了誘惑，吃了禁果，被上帝趕出的伊甸園。上帝對亞當說：「你必終身勞苦，才能從地裏得吃的。地必給你長出荊棘和蒺藜來，你也要吃田間的菜蔬，你必流汗滿面才得糊口……」〔註13〕在禁果的果園中摘果子吃是要付出代價的。在《海上花列傳》中，這些吃禁果的人「概莫能外」。黃翠鳳該算是有情有義的俠妓了吧？可是她在權衡鴇母與羅子富利害輕重之間，還是選擇了幫助鴇母敲了羅子富一個大竹槓，她得最後為鴇母賺一筆養老錢。至於其他如王蓮生、朱淑人之類，就更不在話下了。人說妓女是「賣笑生涯」，可是王蓮生買到的是什麼？是「氣」，是「淚」，是「累累傷痕」。他常常是「長歎一聲」，「無端弔下兩點眼淚」，還時不時被沈小紅用「指甲搯得來才是個血」，他簡直是花錢買「私刑」。而朱靄人本來想施行他的特殊教育法，帶他年輕的弟弟到社會上來「歷練歷練」，好讓他的弟弟日後見怪不怪，可是經過他弟弟的一「劫」，他「始而驚，繼而悔，終則懊喪欲絕」。即使是像陶玉甫和李漱芳那一對具有「天長地久，海枯石爛」忠貞之心的愛侶，結局也是如此悲慘，他們自身雙雙食了苦果；所不同的是僅僅剩下受人敬佩的「弔唁」而已。看來為了品嘗戀情的滋味而拚死食禁果，這也是當時中國某些男子的矛盾人生吧？因此，作者開宗明義就說：「此書為勸誡而作，其形容盡致處，如見其人，如聞其聲。閱者深味其言，更返觀風月場中，自當厭棄嫉惡之不暇矣。」〔註14〕這話倒不屬「頭巾氣」的說教。但也像「圍城」一樣，在風月場中嘗到禁果的苦澀的人衝城而出；而在城外的人還想奪門而進，想去領略園中的旖旎風光。按照上述所引的劉半農與張愛玲的分析，我們可以認定，《海上花列傳》實際上是一部通俗社會言情小說。

（三）

韓邦慶的作品之所以取得如此高的成就，與他的熟悉社會與熟悉花叢的生活當然有關，但孫玉聲的熟悉程度決不在韓之下，為什麼孫玉聲小說的成就比較的低呢？關鍵在於韓邦慶有見解——有深入洞悉文藝規律的奧秘的不

〔註12〕 張愛玲：《國語本〈海上花〉譯後記》第636頁，上海古籍出版社1995年版。
〔註13〕 《聖經·創世記·第3章》第3～4頁，南京愛德印刷有限公司1988年版。
〔註14〕 《海上花列傳·例言》，《海上花列傳》第3頁，百花洲文藝出版社1993年版。

凡見解。而這些見解在今天看來就是很深刻的文藝理論。例如他說寫「列傳」
有三難：

> 合傳之體有三難：一曰無雷同，一書百十人，其性情言語面目
> 行為，此與彼稍有相仿，即是雷同。一曰無矛盾，一人而前後數見，
> 前與後稍有不符，即是矛盾。一曰無掛漏，寫一人而無結局，掛漏
> 也；敘一事無收場，亦掛漏也。知是三者而後可與言說部。〔註15〕

這前兩難韓邦慶果然是解決了。這第三難恐怕就不易解決。可是當他闡
明了自己的「見解」後，似乎也「迎刃而解」了。他將讀小說與遊太行、王
屋、天台、雁蕩、崑崙、積石諸名山作比：

> 今試與客遊太行、王屋、天台、雁蕩、崑崙、積石諸名山。其
> 始也，捫蘿攀葛，匍匐徒行，初不知山為何狀；漸覺泉聲鳥語，雲
> 影天光，歷歷有異，則徜徉樂之矣；既而林回磴轉，奇峰沓來，有
> 立如鵠者，有臥如獅者，有相向如兩人拱揖者，有亭亭如荷蓋者，
> 有突兀如錘、如筆、如浮屠者……夫乃歎大塊文章真有匪夷所思者。
> 然固未躋其巔也。於是足疲體憊，據石少憩，默然念所遊之境如是
> 如是，而其所未遊者，揣其蜿蜒起伏之勢，審其凹凸向背之形，想
> 像其委曲幽邃迴環往復之致，目未見而如有見焉，耳未聞而如有聞
> 焉。固已一舉三反，快然自足，歌之舞之，其樂靡極。噫，斯樂也，
> 於遊則得之，何獨於吾書而失之？吾書至於64回，亦可以少憩矣。
> 64回中如是如是，則以後某人如何結局，某事如何定案，某地如何
> 收場，皆有一定不易之理存乎其間。客曷不掩卷撫几以樂於遊者樂
> 吾書乎？〔註16〕

看來韓邦慶對讀者的要求也是極高的。他竟然將「無掛漏」這一要求「轉
嫁」給讀者了。其實一般讀者，只是讀懂了他作品的故事情節，因為他的作
品畢竟是通俗的；但讀者也是分層次的，他還要求讀者進而「一舉三反」地
深得其中三昧。真所謂「外行看熱鬧，內行看門道」了。他期望讀者去看他
的「門道」。他認為我既然已經寫出了「這一個」的個性，又在作品中為他們
鋪設了生活道路，讀者就可以揣想他的未來。正如俗語所說的「三歲看到老」
了。優秀的通俗小說往往是經得起「雅俗共賞」的。但雅俗讀者之間的所得

〔註15〕《海上花列傳·例言》，《海上花列傳》第5頁，百花洲文藝出版社1993年版。
〔註16〕《海上花列傳·跋》，《海上花列傳》第525頁，百花洲文藝出版社1993年版。

也往往是不平等的。世界上恐怕找不到對每一位讀者都「平等」地雅俗共賞
的作品。

至於小說的結構，韓邦慶更有自己獨到的見解，這種見解指導下的小說，
當然使他的結構藝術優勝於前人：

> 全書筆法自謂從《儒林外史》脫化出來，惟穿插藏閃之法，則
> 爲從來說部所未有。一波未平，一波又起，或竟接連起十餘波，忽
> 東忽西，忽南忽北，隨手敘來並無一事完，全部並無一絲掛漏；閱
> 之覺其背面無文字處尚有許多文字，雖未明明敘出，而可以意會得
> 之，此穿插之法也。劈空而來，使閱者茫然不解其如何緣故，急欲
> 觀後文，而後文又捨而求他事矣；及他事敘畢，再敘明其緣故，而
> 其緣故仍未盡明，直至全體盡露，乃知前文所敘並無半個閒字，此
> 藏閃之法也。〔註17〕

從穿插法而言，書中的五組主要人物是作品波瀾迭起之源。一、王蓮生
與沈小紅、張蕙貞；二、羅子富與黃翠鳳、蔣月琴，還加上一個錢子剛；三、
陶玉甫與李漱芳；四、朱淑人與周雙玉；五、趙二寶與史公子、癩公子。而
又以洪善卿與趙樸齋甥舅兩人爲串線。作者就是靠這五組人物之間的瓜葛，
掀起了一波未平，一波又起的動感，指揮著忽南忽北，忽東忽西的調度。至
於藏閃之法，因爲是「劈空而來」，眞有使人「防不勝防」之感。例如沈小紅
人還未出場，韓邦慶就爲她定了「調子」：當洪善卿到沈小紅堂子裏去訪王蓮
生時，撲了個空，連沈小紅也不在，說是「先生（妓院中的下人稱妓女爲「先
生」——引者注）坐馬車去哉」（第 3 回）。從此「坐馬車」就成了「軋姘頭
倒貼」的代名詞。張蕙貞在王蓮生耳邊影影綽綽揭沈小紅倒貼姘頭，說她「常
恐俚自家用場忒大仔點」。王蓮生還不大在意地茫然答道：「俚自家倒無啥用
場，就不過三日兩頭去坐坐馬車。」說明他當時還對沈小紅是深信不疑的；
後來略有覺察時，曾向洪善卿探問沈小紅是否有姘貼？洪「沉吟半晌」，才呑
呑吐吐地說：「就爲仔坐馬車用場大點」（第24回）。直到第33回，王蓮生親
眼看見沈小紅與小柳兒「摟在一處」，才像一道閃電，照亮了以前的一切曖昧
情節。包括第 9 回中，向沈小紅報信，使沈與張蕙貞大打出手的，皆是小柳
兒所爲（小柳兒爲京劇武生，當時嫖界皆以妓女姘貼「戲子」與「馬夫」爲
大忌，視爲是對恩客的奇恥大辱——引者注）。因此韓邦慶說：「此書正面文

〔註17〕《海上花列傳·例言》，《海上花列傳》第 4 頁，百花洲出版社 1993 年版。

章如是如是；尚有一半反面文章藏在字句之間，令人意會，直須閱至數十回後方才能明白，恐閱者急不可待，特先指出一二。……寫沈小紅，處處有一小柳兒在內」。〔註18〕這樣的「藏閃」之法，在作品中形成若干「暗紐」，直到作者在關鍵時刻為我們點亮，才知全文之絲絲入扣。無怪胡適對韓邦慶的文學技巧如此欽服，以致說：《紅樓夢》「在文學技巧上，比不上《海上花》。」〔註19〕張竹坡在給《金瓶梅》寫回評時說：「做文如蓋造房屋，要使梁柱笱眼，都合得無一縫可見；而讀人的文字，卻要如拆房屋，使某梁某柱的笱，皆一一散開在我眼中也。」〔註20〕韓邦慶的確想做到「合得無一縫可見」；可是反覆閱讀、而又二譯《海上花列傳》的張愛玲就生怕韓邦慶因「漸老漸熟」，達到了化境，「乃造平淡」；而行文的「渾然天成」又使它一半反面文章還藏在字行之間，以致讀者容易被它的「穿插藏閃」弄得眼花繚亂，拆解不開。因此她在《譯後記》中以調侃自己方式出現，說：「《海上花》兩次悄悄的自生自滅之後，有點什麼東西死了。雖然不能全怪吳語對白，我還是把它譯成國語。這是第三次出版，就怕此書的故事沒完，還缺一回是：張愛玲五詳《紅樓夢》／看官們三棄《海上花》。」〔註21〕張愛玲的「調侃」用意倒還是想告訴讀者，這部書要細讀才能咀嚼出興會無窮的味汁。關於這一點，今天張愛玲在天之靈倒是可以不必再擔心的了。這樣的結局恐怕是不會再有的了。當我們知道它在文學史上的重要地位之後，我們當然會從各個視點去解讀這部優秀的作品。當我們發現《海上花列傳》這六個「率先」，它的文學史身份也隨之提高而會引起多方的關注與開掘。當我們尊它為現代通俗小說的開山之作時，實際上就將它作為中國文學古今演變的「換乘點」的鮮明標誌，它就是中國現代文學的起步點；因為新文學豐碑還要遲四分一世紀才誕生，而它作為通俗小說之優秀代表作卻早已悄悄地開拓著中國現代文學的新墾地。

〔註18〕 《海上花列傳·例言》，《海上花列傳》第 4 頁，百花洲文藝出版社 1993 年版。

〔註19〕 胡適：《胡適〈紅樓夢〉研究論述全編》第 290 頁，上海古籍出版社 1988 年版。

〔註20〕 張竹坡點評《金瓶梅》第 2 回的回評，第 40 頁，齊魯書社 1991 年版。

〔註21〕 張愛玲：《國語本〈海上花〉譯後記》，第 684 頁，上海古籍出版社 1995 年版。

開拓啓蒙・改良生存・中興融會
——中國現代通俗文學歷史發展三段論

在過去出版的若干「新文學史」或「現代文學史」中，往往一再強調中國新文學中的主流派別是緊跟中國現代時潮而與其取同一步調的，它隨著時代的發展形成中國現代文學的一條主線；而一直被作為批判對象的現代通俗文學，卻被形容爲游離於時潮和文潮之外的、受著「錢袋」的指揮，做著它的「白日夢」，或是炮製著僅供「有閒階級」玩味的「消閒文學」。近年來由於學界對通俗文學也進行了初步的研究，開始覺察到過去對通俗文學的誤解甚多，也逐漸不再將其視爲現代文學史上的「逆流」；但在爲其恢復名譽的同時，也還覺得現代通俗文學的「生產過程」隨意性太大，因此也很難找出它的發展週期與運行軌跡，既然無規律可循，那也就構不成一部有內在律動的發展史，它們僅是迎合市場需求的媚俗之作，因此在爲其摘掉「逆流」帽子的同時，它還是脫不掉「不登大雅之堂」的「遊兵散勇」的身份。這實在還是一種成見與誤解在發揮著無言的責難。如果我們認眞地對它作進行一番考察，就能知道，中國現代通俗文學在受著市場的「指揮」的同時，也時時會直接或間接地受著現代中國時潮和文潮的影響與制約，在時潮、文潮與市場的「合力」中，我們可以清晰地看到它的獨特規律與發展線路，形成了它與新文學的主流派別各異卻又互補的發展軌跡，構成了自己富有特色的「發展史」。

（一）開拓與啓蒙

隨著現代化大都市的成型，中國通俗文學就順應著時潮，在文學的領域裏開疆拓土，爲建立現代化的文化市場，並肩負著啓蒙中國而發揮作用。那

時，爲中國開創新文學的「五四一代」作家大多尚在襁褓或童少時期，有的甚至還沒有誕生，當然也還未能向外國文學「取經」。因此，揭開中國文學現代化的序幕的，責無旁貸地是由中國傳統文人中能接受社會轉型洗禮的作家們——即現在被我們稱爲通俗作家們——來承擔的。

首先，在 19 世紀末，中國通俗文學就已受到初萌的中國現代化媒體的促進，開始與這些新生的媒體共同創建現代化的文化市場。1892 年開始連載、1894 年正式出版的《海上花列傳》是中國現代通俗文學的開山之作，它不僅是最早以自己的廣角鏡反映了中國大都會的現代生活，它更是與中國的現代化媒體最早「聯姻」的本土長篇小說：《海上花列傳》的作者韓邦慶自創了圖文並茂的個人文學期刊《海上奇書》，他請《申報》屬下的一個出版機構「點石齋」代印，並在《申報》上大做廣告，在雜誌的封面上也標明由「《申報》館代售」。它開創了一個中國自己的原創長篇在現代化媒體上分期刊載的先河。自後，在 1897 年始，上海興起「小報」潮，有的小報也就學著連載小說，不過不是像《海上奇書》那樣，每期刊載長篇小說兩回，而是每天附贈石印的連載小說一頁（即使在這一頁上一句話還沒有說完，也戛然而止，明日才從下半句續下去）。如 1898 年創刊的《采風報》在「本館告白」中就宣佈隨報贈送孫玉聲所著的「石印繪圖《海上繁華夢》，每日一頁，蟬聯而下……以酬諸君雅愛。」這也是一部現代滬人寫現代滬事的長篇小說。而 1901 年創刊的《笑林報》則隨報附送「海上劍癡」（孫玉聲）的《仙俠五花劍》，亦爲每日一紙。但這些小報只是將小說隨報附送，它們還沒有將小說作爲報紙的一個內在的組成部分。直到 1903 年，李伯元才在他編輯的《世界繁華報》上連載《官場現形記》，於是連載小說就作爲一個有機組成部分在小報上紮了根。在 19、20 世紀之交，中國小說就是這樣在現代化的媒體上開拓自己的地盤的。在這個過程中，知識精英梁啓超也起了很大的推動作用，那就是他倡導「小說界革命」，並於 1902 年，在日本橫濱創辦了《新小說》，在創刊號上就推出了 6 部連載小說；並與通俗作家聯手合作，在《新小說》第 8 期開始，連載吳趼人的《二十年目睹之怪現狀》等長篇。在《新小說》創刊的次年，也即 1903 年，在國內由商務印書館出版的、敦請李伯元主編的《繡像小說》的創刊號上也刊出了 4 部連載小說和兩個連載的傳奇新戲（按當時的分類，傳奇也在說部之中）。從此中國的初興的現代化報刊媒體使長篇小說進入了一個「分期付款」的階

段，即作家的長篇小說可以在現代媒體上定期分段寫作，讀者也「必需」養成這種定期分段閱讀的習慣。如果反映良好，日後就印成單行本，進入了某部長篇小說「零存整取」階段。

辦報紙與雜誌的人當然會有自己的信念與宗旨，而在他周邊也需要有一個有形或無形的集團或群體，才能支撐起這份報紙或雜誌的定期出版。中國的作者隨著現代文化市場的需求，除了仍屬個體腦力勞動的性質之外，也必然會養成緊跟辦報辦刊人的宗旨，而走上集約化、群體化的道路。像韓邦慶那樣辦個人雜誌的畢竟是個別的、也是難於持久的。這說明了中國媒體在現代化的途程中，也連帶著使中國的小說生產的方式開始告別「古典」，而作品的內容上也與古典型的小說拉開了距離：《海上花列傳》中反映了初具現代化雛形的上海灘的資本色彩；李伯元的《文明小史》，對中國的維新運動進行了「極盡繪聲繪色之妙」〔註1〕的描述，而梁啓超的《新中國未來記》則帶著強烈的現代政治理念，其他如《洪水禍》、《東歐女豪傑》、《泰西歷史演義》等小說，也拓展了中國讀者的世界視野；而像《海底旅行》等譯作則引領中國讀者進入了科幻境界。凡此種種，說明中國文學開拓了一個步入與現代化初級形態相適應的「現代型小說」的時代。

其次，在「五四」之前，通俗文學中的社會小說數量急遽上升。魯迅在《中國小說史略》上所提及的 4 部譴責小說皆不約而同地在 1903 年開始粉墨登場。這是一種有別於古典型的現代通俗社會小說。胡適在同意魯迅對譴責小說的藝術性極爲粗糙的觀點之後，還作了非常有見地的補充：

> 諷刺小說之降爲譴責小說，固是文學史上大不幸的事。但當時中國屢敗之後，政制社會的積弊都暴露出來了，有心的人都漸漸肯拋棄向來誇大狂的態度，漸漸肯回頭來譴責中國本身的制度不良，政治腐敗，社會齷齪。故譴責小說雖是淺薄，顯露，溢惡種種短處，然他們確能表示當日社會的反省的態度，責己的態度。這種態度是社會改革的先聲。……我們回頭看那班敢於指斥中國社會的罪惡的譴責小說家，眞不能不脫下帽子來向他們表示十分敬意了。（重點是原有的）〔註2〕

〔註1〕阿英：《小說四談》第132頁，上海古籍出版社1981年版。
〔註2〕胡適：《〈官場現形記〉序》，《胡適文存》第3集第393頁，黃山書社1996年版。

　　胡適的這一論點，實際上肯定了譴責小說的啓蒙中國的因素。他強調的是現代通俗社會小說與中國社會意識形態現代化之連鎖關係，同時也贊許了譴責小說的社會效應。胡適在爲《官場現形記》定調子時，第一句話就說：「《官場現形記》是一部社會史料。它所寫的是中國舊社會裏最重要的一種制度與勢力——官。它所寫的是這種制度最腐敗，最墮落的時期——捐官最盛行的時期。」〔註3〕胡適又說：「其實當時官場的腐敗已到了極點。這種材料遍地皆是，不過等到李伯元方才有這一部窮形盡相的『大清官國活動寫眞』出現，替中國制度史留下無數極好的材料。」〔註4〕《官場現形記》和《二十年目睹之怪現狀》標誌著一種新型的通俗社會小說的誕生，是反映西方帝國主義勢力入侵而清廷極端腐敗的社會現狀的通俗社會小說。魯迅對譴責小說的評價是以《儒林外史》爲標尺的。胡適則認爲，《儒林外史》與「淺人社會」的關係是不大的：「況且書裏的人物又都是『儒林』中人，談的什麼『舉業』、『選政』都不是普通一般人能瞭解的。因此，第一流小說之中，《儒林外史》的流行最不廣，但這部書在文人社會裏的魔力可眞不小。」〔註5〕在胡適看來，晚清如再出現一部《儒林外史》式的「婉而多諷」的小說，對「淺人社會」不可能有《官場現形記》那麼巨大的社會影響。那時是需要火辣辣的、炙手可熱的「掊擊」與「糾彈」的小說。胡適認爲，李伯元小說中也有像《儒林外史》式的篇章，「但作者個人生計的逼迫，淺人社會的要求，都不許作者如此做去。於是李寶嘉遂不得不犧牲他的藝術而遷就一時的社會心理……。」〔註6〕這的確是一部深入中下層社會，動員普通市民關心政局，爲清廷掘墓的小說，起到了梁啓超們倡導的政治小說所達不到的啓蒙社會的效果。像李伯元的《官場現形記》和吳趼人的《二十年目睹之怪現狀》之類的小說是中國社會轉型期的產物，他們筆下的社會，和「三言二拍」小說中所觸及的社會已大不相同了。帝國主義的炮艦打開了中國的閉關自守的國門，那種「柔媚迎洋，釁不我開」的「恐洋症」已充斥了若干官員的腦門，一股甘願被外國瓜分的頹敗之氣彌漫於官場。在《二十年目睹之怪現狀》中，一個總理衙門的

〔註3〕胡適：《〈官場現形記〉序》，《胡適文存》第3集第384頁，黃山書社1996年版。

〔註4〕胡適：《五十年來中國之文學》，《最近之五十年——〈申報〉館五十週年紀念》第16頁，《申報》館1922年版。

〔註5〕同上。

〔註6〕同注66，第392～393頁。

大臣竟說出了這樣的話：「臺灣一省地方，朝廷尚且送給日本，何況區區一座牯牛嶺，值得什麼！將就了他罷！況且爭回來，又不是你的產業，何苦呢！」這些內容都證明了它們「零距離」地觀照了轉型期的中國社會，它們是最早以小說的形式在「淺人社會」中發揮著他們的啟蒙作用。

第三，在西風東漸的過程中，社會在轉型，人們的思想也隨之嬗變，特別是當時青年們關心自己的「終身大事」。他們意欲衝擊封建羅網時的思想阻障與心靈掙扎在寫情小說與哀情小說中得到了充分的表現，於是在稍後於譴責小說，又形成了一股寫情與哀情小說的熱潮。過去，在文學史上對通俗文學中的寫情小說與哀情小說的評價是極低的，甚至是作為一種封建意識形態的反面文類來加以批判的。在我們今天看來，胡適的《終身大事》中所喊出的：「此事只關係我們兩人，與別人無關，你該自己決斷。」「這是孩兒終身大事。孩兒應該自己決斷。」〔註7〕等話語是天經地義的。可是在中國的老兒女們的思想中，還是有很大的顧忌的，過去我們總以為，這種思想上的顫慄，就是他們對封建戒規的投降。可是如果拿胡適在當時的行動作一番對比，可以發現胡適在這方面並不比中國的老兒女們高明多少。他在自己所寫的獨幕劇裏是說得如此響亮，可是自己的行動卻是徹頭徹尾的「妥協」。這位新文化反傳統的領袖人物也是奉母命成婚的，他剛從美國留學回歸，在1917年年底接受了由母命早就定下的一門親事，接受了一位曾經纏足的姑娘——江冬秀，在1918年5月2日給朋友胡近仁的信中說「吾之就此婚事，全為吾母起見。故從不曾挑剔為難（若不為此，吾決不就此婚事。此意但可為足下道，不足為外人言也）。」〔註8〕而魯迅也為了同樣的理由，犧牲了個人的幸福，於1909年與朱安結婚。他也是為不使寡居的母親傷心。他曾自我解嘲地說過，他接受了她母親給他的「禮物」；可是與其說是母親的贈與，倒不如說他接受這椿婚姻，是他贈給周太夫人的一件禮物——一個媳婦：兒子長年在外，就讓朱安在您老人家身邊代我盡孝吧。「早年因父母包辦而結婚的還有李大釗、陳獨秀、顧頡剛、郭沫若、郁達夫、聞一多、傅斯年、蘇雪林等，他們都沒有正面反抗。傅斯年15歲就聽從母命與一位姑娘成婚。雖然其中有些人後來經過自由戀愛又重新結

〔註7〕胡適：《終身大事》，《中國新文學大系・戲劇集》第8頁，上海良友圖書公司1935年版。

〔註8〕轉引自嚴家炎：《論「五四」作家的西方文化背景與知識結構》，《上海魯迅研究》第16期第15頁，上海文藝出版社2005年版。

婚，但當初接受包辦婚姻，確實說明傳統的倫理道德觀念對他們有極深的影響。」〔註9〕他們都曾接受了封建的千年鐵律的安排。如此說來，通俗文學中的寫情小說與哀情小說，所反映的當時中國青年的種種裹足不前的思緒，還是當年中國青年的內心的一種眞實的寫照。這是西風東漸的初期，正如惲鐵樵所說：「外國言情小說，層出不窮，推原其故，則以彼邦有男女交際可言，吾國無之；彼以自由婚姻爲法，我國尙在新舊嬗蛻之時。」〔註10〕那麼在我國的文壇上湧現一批哀情小說也是時代與社會的特殊產物。在這新舊嬗蛻之時，從 1906 年的《禽海石》起，中國青年就希望更定婚制，解決自己的切身問題。這部小說一開始就控訴「父母之命，媒妁之言」的千年鐵律，甚至批判「亞聖」孟子：

> 看官，可曉得我和我的意中人，是被哪個害的？咳！說起來也可憐，卻不想是被周朝的孟夫子害的。看官，孟夫子在生的時到了現在，已是兩千幾百年了，他如何能來害我？卻不想孟夫子當時曾說了幾句無情無理的話，傳留至今。他說世界上男婚女嫁，都要憑父母之命，媒妁之言，否則，父母國人皆賤之。咦！他全不想男婚女嫁的事，以男女兩面都有自主之權，豈是父母媒妁所能強來干涉的。……我眞不解孟夫子這樣一個專講平權的人，如何一時心地糊塗，說出這幾句無情無理的話來。自從有了孟夫子這幾句話，世界上一般好端端的男女，只爲這件事被父母的專制政體所壓伏，弄得一百個當中倒有九十九個成了怨偶。不論是男是女，因此送了性命，到枉死城中去的，這兩千餘年以來，何止恒河沙數。（第 1 回）

至於像《玉梨魂》、《孽冤鏡》和《霣玉怨》這一類小說，他們也將對婚姻不自由的怨恨表現得淋漓盡致。那種既控訴父母專制，又乞求父母恩賜的悖論心理，躍然紙上。我不知胡適與魯迅在接受不自由的婚姻時的內心世界是否有如此強烈，但心態一定是極爲矛盾的。我們應該看到，胡適與魯迅對自己的上一代的態度是「東方式」的，對下一代的態度是「西方式」的。他們這些先「覺醒的人」，願「各自解放了自己的孩子」，他們只能「自己背著因襲的重擔，捐住了黑暗的閘門，放他們到寬闊光明的地方去；此後幸福的

〔註 9〕轉引自嚴家炎：《論「五四」作家的西方文化背景與知識結構》，《上海魯迅研究》第 16 期第 15 頁，上海文藝出版社 2005 年版。

〔註10〕鐵樵：《論言情小說撰不如譯》，《小說月報》第 6 卷第 7 號第 2 頁，1915 年 7 月 25 日出版。

度日，合理的做人。」〔註 11〕因襲的重擔和黑暗的閘門中，何尚沒有不合理的婚姻制度在？寫這些話時，魯迅的內心想必是有難言的苦衷。在當時，魯迅還沒有做父親，但是他卻寫出了《我們現在怎樣做父親》；可是他一貫是一位「孝子」，他卻不敢如實地寫「我現在怎樣做兒子」。因為，在新文學作家的筆下是諱言談「孝」的。他們與通俗作家的不同是，通俗作家直言其痛楚與矛盾，而他們只在私人信件中表達自己的不滿，而且還希望收信人「不足為外人言也」；在他們的作品中則用一種積極的（我們今天叫做「向前看」）的態度說道「這是孩兒終身大事。孩兒應該自己決斷」。胡適回國結婚不久，他寫了《終身大事》並參與翻譯了《娜拉》，他似乎在對青年讀者說，別問我的行動怎麼做，我希望你們讀我的著譯作品，懂得你們應該怎麼做。因此，通過對比，我們是否可以這樣說：通俗作家的哀情小說寫出了「我們現在怎樣」，而精英作家寫的婚姻問題的小說則是寫出了「我們應該怎樣」。這是一個問題的兩個側面。當然我們可以說，那些徐枕亞們是倡導「發乎情止乎禮」的，這不是封建思想的鐵證嗎？他們的作品中的確有封建思想在；但是還有另外一點，我們也應該顧及：如果不裝上這類「門面話」，處處表白自己是童男貞女，作品在當時也難見容於社會的。其實徐枕亞與梨娘的原型在生活中已衝破了「禁令」，他們在實生活中已從「情的極致」發展到「肉的結合」。可是這一類作品卻同樣都採取了「絕欲」的態度，連勇敢控訴孟子的《禽海石》的作者也不得不撇清自己道：「其實我與紉芬彼時的交情，卻是以情不以淫，在性情上相契，不在肉欲上相愛。」在當時，在「性」與「淫」之間是劃上了等號的。那麼，那些哀情小說並非沒有積極的一面，它們的啓蒙作用是在於：使中國的老兒女們從認為「父母之命，媒妁之言」的婚制是天經地義的，青年只能俯首服從——過渡到 1906 年的《禽海石》中的對孟子的責難，並對千年婚制進行了控訴；再發展到 1919 年的胡適的《終身大事》中的反抗，或者像魯迅筆下的子君所說的：「我是我自己的，誰也沒有干涉我的權力。」這是一個一個的「階梯」。寫情與哀情小說也是一種「過渡」，是一個大「？」號，是一個「跳板」，使在陸上的人們藉著它的過渡，跨到自由婚制之舟上去。胡適的《終身大事》與魯迅的《傷逝》已不是一個大「？」號，而是一個大「！」號。寫情小說與哀情小說顯然也是有啓發蒙昧的作用的。

〔註11〕　魯迅：《我們現在怎樣做父親》，《魯迅全集》第 1 卷第 140 頁，人民文學出版社 1991 年版。

　　上述所論及的三個方面說明了在「五四」之前的轉型期中，通俗作家曾是中國文學現代化道途的開拓者，並且也承擔著啓蒙民眾的任務，當然那時的「啓蒙」與「五四」時期的大規模的「啓蒙運動」的廣度與力度還是有相當差距的。

（二）改良與生存

　　以「海歸」派爲主導的文學青年們在「五四」前後結聚了自己的力量，他們發動一場「新文化運動」向中國的傳統文化進行猛烈的攻擊。他們形成了中國現代文學中的一個「借鑒革新派」。即借鑒外國文學中的某些精華，在中國開展一場「文學革命」，其意圖是喚醒民眾，同時要使中國文學與世界文學接軌。魯迅在 1923 年說：「現在的新文藝是外來的新興的潮流，本不是古國的一般人們所能輕易瞭解的，尤其是在這特別的中國。」〔註12〕在 1934 年他又說：「小說家的侵入文壇，僅是開始『文學革命』運動，即 1917 年以來的事。自然，一方面是由於社會的要求的，一方面則是受了西洋文學的影響。」〔註13〕而在 1936 年，他在《「中國傑出小說」小引》中說得更加絕對：「新文學是在外國文學潮流的推動下發生的，從中國古代文學方面，幾乎一點遺產也沒攝取。」〔註14〕終其一生，魯迅堅持其「借鑒革新派」的立場。儘管中國文化傳統中的許多精華也在他的血管中奔流，但這只是隱潛的。新文學家往往對中國小說中的「繼承改良派」——也即通俗作家是採取徹底否定的姿態的。這些通俗作家繼承中國古代小說的傳統，並且隨著時代的更新而進行了若干改良。在他們的某些作品中開始斥責「割股療親」是非人道的「愚孝」，通媒妁的「婚姻」是青年家庭幸福的殺手，「從一而終」的節烈觀是封建的桎梏等等。他們作爲愛國者，作爲中國早期的啓蒙者，並不對「五四」青年愛國運動持反對的態度。但是若干新文學家對他們的敵我態勢已經形成，在 1923 年，《文學旬刊》改刊更名斷《文學》時發表《本刊改革宣言》說：「以文學爲消遣品，以卑劣的思想與遊戲態度來侮蔑文藝，薰染青年頭腦的，我們則認他們爲『敵』，以我們的力量，努力把他們掃出文藝界以外。抱傳統的文藝

〔註12〕魯迅：《關於〈小說世界〉》，見《集外集拾遺補編》，《魯迅全集》第 8 卷第 112 頁，人民文學出版社 1991 年版。
〔註13〕魯迅：《〈草鞋腳〉小引》，見《且介亭雜文》，《魯迅全集》第 6 卷第 20 頁，人民文學出版社 1991 年版。
〔註14〕魯迅：《「中國傑出小說」小引》，見《集外集拾遺補編》，《魯迅全集》第 8 卷第 399 頁，人民文學出版社 1991 年版。

觀，想閉塞我們文藝界前進之路的，或想向後退去的，我們則認為他們為
『敵』，以我們的力量，努力與他們奮鬥。」〔註15〕這一宣言不僅否定了文學
的娛樂功能，實際上也是斬斷了「寓教於樂」的後路；同時又對傳統文藝觀
也一概採取了排斥的態度。因此在這種形勢之下，通俗文學進入了一個在外
部文潮的嚴厲「相剋」中是否能求得自己的「生存」的階段。也即是在外力
的猛烈的批判聲中，自己的「繼承改良」是否能得到廣大「受眾」的承認。
繼承改良成功則生，失去廣大受眾則亡。

　　回顧這一「在相剋中求得相生」的生存競爭的文壇舊案，是重寫文學史
的一個新課題。在清末民初，通俗文學曾是文壇的龐然大物，它們雖曾發揮
過早期啓蒙作用，但在「五四」以後，借鑒革新派高舉「德先生」和「賽先
生」的大旗，所用的武器比他們的先進得多，銳利得多，使他們感到望塵莫
及；而從外國新引進的許多「問題」與「主義」，又是他們的知識庫存中並不
具備的東西。因此，在與新文學家爭辯時，他們老是處於下風，在輿論面前
他們老是被置於被告席上。在這時，通俗文學作家還是有自知之明的，他們
的對策是不爭中心、不爭主流，更不爭文壇的領導權，他們只爭讀者。對這
一批中國最早的職業作家說來，「古國的一般人們」、特別是廣大的市民讀者
是他們的衣食父母，而新文學卻又是「特別的中國」的老百姓所不易看得懂
的文藝。通俗作家在當時所要探索的是如何「迎適」廣大市民讀者的需求。
通俗作家是在「改良」古代傳統小說的基礎上，要使廣大的市民讀者群體「喜
聞樂見」於他們的作品。因此，在這一時段中，繼承改良派在精英作家的嚴
厲「相剋」中要採取新對策——在這一文潮的新形勢下，他們的當務之急是
「練內功」。而所謂「練內功」就是要如何改良自己，符合廣大市民讀者的需
求。

　　通俗作家的「練內功」應該說是相當成功的。新文學作家要將他們「掃出
文藝界以外」，可是當時新文學家僅僅是在短篇小說方面磨礪自己，魯迅在《中
國小說的歷史的變遷》中也說：「至於民國以來所發生的新派小說，還很年幼
——正在發達創造之中，沒有很大的著作，所以也姑且不提起它們了。」〔註
16〕這是非常實事求是的評價。僅憑這些短篇要將繼承改良派趕出文藝界，力

〔註15〕西諦：《本進改革宣言》，《文學》第81期第1版，1923年7月30日出版。
〔註16〕魯迅：《中國小說的歷史的變遷・第6講・清小說之四派及其末流》，《魯迅全
　　　　集》第9卷第340頁，人民文學出版社1991年版。

量顯然是不足的。因此，通俗作家雖在輿論中雖處於弱勢，在作品傳播上卻是處於「默默的強勢」。他們在與新文學相抗衡中，採取的是「你無我有，你弱我強」的策略，例如你側重於短製，我則在長篇章回上下工夫；你面向知識階層，我吸引市民大眾……，於是他們與新文學界形成了各有側重點的讀者群體。今天回顧，在文壇的「相剋相生」中，竟使我們的現代文學在不自覺中形成了一個雅俗優勢互補、讀者各得其所的局面，頗有「歪打正著」之感。

其實通俗作家也是受著「五四」啓蒙運動的影響的，不過他們在抗衡中不願在口頭上承認而已。他們在作品的內容上也努力改良自己。例如過去在狹邪小説的寫作中他們「先是溢美，中是近眞，臨末又溢惡」〔註17〕，但到了20世紀20年代初的畢倚虹和何海鳴筆下，他們拋開了過去的幾種模式，卻是加進了人情與人道主義的新因素，出現了像畢倚虹的《人間地獄》這樣的優秀長篇，而在短篇方面，何海鳴的《老琴師》與《先烈祠前》也屬此類中的翹楚。他們是將娼妓問題作爲一個社會問題來加以研究的，喊出了「妓女也是一個人」〔註18〕的呼聲。通俗作家又爲民國武俠小説奠基：1923年向愷然（平江不肖生）在《紅》雜誌上推出《江湖奇俠傳》，同年在《偵探世界》上連載《近代俠義英雄傳》。前者以它的奇幻性，爲武俠小説贏得了大量的讀者。據鄭逸梅回憶，上海東方圖書館於1926年開館，至1932年1月28日被日寇炸毀共約5年多時間，《江湖奇俠傳》就連續被讀者看「爛」了14部之多。而後者則俠風可鑒、義薄雲天，是民國武俠小説的奠基之作。小説一開首就寫王五對安維峻的義腸俠骨，寫他與譚嗣同的肝膽相照、無畏慷慨。接著是寫霍元甲的愛國深情，一股民族自衛自強的凝聚力躍然紙上。像王五、霍元甲這樣的人物是新文學家所不熟悉的民間英雄，而通俗作家則以他們的愛國的熱誠與民族的凜然正氣塑造了一代氣貫長虹、鐵骨錚錚的俠客義士。偵探推理小説是國外傳入的文類，它在1896年傳入中國，引起了巨大的反響，國人競相譯介。阿英説：「而當時的譯家，與偵探小説不發生關係的，到後來簡直可以説是沒有。」〔註19〕而周桂笙則被阿英稱爲「是這一類譯作能手」〔註20〕。可是周桂笙在譯介時使

〔註17〕 魯迅：《中國小説的歷史的變遷·第6講·清小説之四派及其末流》，《魯迅全集》第9卷第339頁，人民文學出版社1991年版。

〔註18〕 何海鳴所寫的《倡門之子》中的人物語，見范伯群、范紫江編《倡門畫師何海鳴代表作》第133～146頁，江蘇文藝出版社1996年版。

〔註19〕 阿英：《晚清小説史》第186頁，人民文學出版社1980年版。

〔註20〕 同上。

他的心靈最爲震憾的還不是小說的情節曲折起伏、跌宕多姿，而是偵探小說內蘊著尊重「人權」與重證據的「科學」精神。他說：「至於內地讞案，動以刑求，暗無天日」，這與偵探小說的科學態度竟有天壤之別。「至若泰西各國，最尊人權，涉訟者例得請人爲辯護，故苟非證據確鑿，不能妄入人罪。此偵探學之作用所由廣也。」〔註21〕因此，偵探小說是在「五四」提倡「德先生」與「賽先生」之前，就爲我國吹來一縷民主、人權、科學、文明的新風。可是新文學在「五四」以後卻不接受這一文類，認爲偵探只是維護資本主義秩序的看家奴才。「五四」之後只有曾參與翻譯過《福爾摩斯偵探案全集》的程小青等，化工夫將偵探小說「中國化」。他塑造了一個偵探霍桑的形象，出版過系列的《霍桑探案》，在讀者中「製造」了一批「霍迷」。他筆下的霍桑從小喜墨子之兼愛主義，因墨家行俠仗義之薰陶，遂養成其嫉惡如仇，扶困抑強之習性。因此，他成爲大偵探後，也蔑視權貴強暴，具有同情中下階層的正義感。程小青認爲偵探小說既有「移情」又有「啓智」的功能，使他百思不得其解的是偵探小說擁有如此大量的讀者，那麼爲什麼有不少人還要屛偵探小說於文學的疆域之外，甚至目偵探小說爲「左道旁門」？另外在 20 世紀 20 年代，國產電影的生產量也日益增多，那時的電影劇本也幾乎爲通俗作家所佔領，（左翼作家到 30 年代才進入電影界）它有助於通俗文學得到更多的受眾。只要看《火燒紅蓮寺》的狂熱，就可以知道電影與小說「聯姻」所產生的巨大的影響。徐枕亞的《玉梨魂》與包天笑的譯作《空谷蘭》也由於被明星電影公司拍成電影而流行一時。而 20 年代，照相製版也開始普及，通俗作家在上海掀起了一股畫報潮，也爲通俗文學帶來了助力。

歷史告訴我們，通俗文學在巨大的壓力下的改良與自強是成功的。新文學界要將通俗文學「掃出文藝界以外」，可是匪夷所思的是他們卻將老百姓最喜聞樂見的若干文類與題材，都推給了通俗文學。其實，武俠小說中的傳奇性是可以爲任何小說所利用的，偵探小說中的推理性也可以爲任何小說增加其懸念性。可是新文學界看不起這些東西，很多作家只要思想性，忽視可讀性。因此在輿論上通俗小說似乎被打倒了，但是它在「默默的強勢」下卻在「悄悄地流行」。

在 20 世紀 20 年代通俗小說家最可稱的並非是上述這幾種文類與題材，他們從文學的角度對現代中國的最大貢獻是他們善於寫「都市鄉土小說」。我

〔註21〕周桂笙：《歇洛克復生偵探案・弁言》，《新民叢報》第 55 號第 85 頁。

們之所以冠以它「都市鄉土小說」的名稱,是強調它與一般的「市井小說」
之間的差別。它們能將中國的大都會的民間民俗生活,包括這些城市發展的
沿革與地方性,和盤托出於讀者之前。這些是新文學界寫鄉土小說的作家所
不熟悉的生活。魯迅在論鄉土小說時有一層意思往往為我們所忽略,他稱這
些鄉土作家是僑寓者,他們來到了大城市「僑寓」卻寫不出僑寓地的民間民
俗生活,只能在回憶中寫他們本鄉本土的故事。由於新文學界的鄉土小說的
題材都是小城鎮或鄉村,以致後人誤認為鄉土小說就是寫鄉鎮的小說。其實
鄉土是指地方性,紐約、倫敦、巴黎都有它們的地方性,上海、北京亦然。
除了國民性之外,各個地方都有它們的地方性。上海是十里洋場,北京則是
個烏紗帽交易所,地方特色是大有區別的。而通俗作家極大多數是從外地流
向大城市的「文字勞工」,但他們卻能寫出僑寓地的民間民俗生活及其發展沿
革。就憑這一點,他們就可以與新文學中的社會剖析派小說構成互補的態勢。
張恨水、葉小鳳、陳慎言、何海鳴都不是北京人,可是他們寫出了《春明外
史》、《如此京華》、《故都秘錄》和《十丈京塵》等等充滿京味的作品。在陳
慎言筆下,滿貴族、清遺老、闊伶官個個寫得活靈活現;在何海鳴的說部中,
一個董元惠、一個全豹卿、一個貢濟川,就令你好像看一部「中國《死魂靈》」。
包天笑與平襟亞不是上海人,但他們寫出了《上海春秋》與《人海潮》。讀了
包天笑的《甲子絮譚》你才會懂得葉聖陶筆下的潘先生一家出火車站時,怎
麼會擠散的,使潘先生掉下妻離子散的眼淚;你才會領會當時上海的軍閥「拉
民夫」時的慘狀。通俗作家生活在廣大的市民之中,他們生活的接觸面很廣,
他們涉足的社會領域是複雜而多樣的,因此,他們的作品有其民間民俗的豐
富性。他們筆下的存真而傳神的生活場景與人物,也為我們子孫留下了一份
珍貴的文化遺產,供我們研究現代中國時,有著許多活生生的真實圖像與畫
面。通俗作家經過不懈的努力,在改良中找到了許多新的生長點,生產出了
系列成果,他們在文學領域中的取得了無法撼動的生存權。

(三)中興與融會

　　經過 20 年代的改良與自強,一批南方的通俗作家仍然能保持其創作的勢
頭,但也不免有定型化之嫌;這時一些北方作家卻更能顯示通俗文學創作的
後勁。那就是張恨水、李壽民(還珠樓主)和劉雲若等人的作品開始為人們
所矚目。特別是張恨水不再僅在北方一隅有眾多讀者,他成了全國性的著名

作家，竟使人們產生了一種通俗文學再次「中興」的感覺。他的作品打破了原有的通俗文學讀者的疆界，開始蠶食新文學的讀者群的邊境，「入侵」到了知識青年讀者中去了。在一封大惑不解的讀者來信中，我們可以聽到這種百思不得其解的驚訝聲：

> 為什麼這些害人的舊小說還可以風行一時？為什麼偏有許多人
> 會入他們的迷途呢？譬如《啼笑因緣》，在目前出版界，依然是一部
> 銷行最廣的小說；難道是因為它的內容豐富？（當然不是的）或者
> 是因為它的技巧神巧？（也不見得）照你們的看法，世界上的事，
> 即使這樣的小事，總也不該有所謂偶然的吧。〔註22〕

而李壽民則是民國武俠小說第二波的領軍人物，在他的作品的影響下，出現了北方的宮白羽、鄭證因、王度廬和朱貞木等武俠小說作家群。其時，通俗文學不僅經得起外界的壓力，而且與新文學形成了並駕齊驅和雙翼展翅的局面。這裡還有一個重要的因素就是統一戰線政策的提出，雙方對立的態勢也大大緩和。

在抗日戰爭中，一個可以從中得到啓示的文學現象是值得我們進行再思考的：在淪陷區裏的作者竟寫出了一定數量的小說精品；而在大後方，一些新文學中的非主流作家所寫的通俗性的作品，竟然使人們趨之若鶩，成為最暢銷的讀物。例如到現在還有過爭議的「張愛玲現象」（爭論的焦點似乎是「是否熱過了頭」）。其實她的成功也不是偶然的。當時，身歷其境的柯靈說出了其中的道理，但他說得很巧妙，要我們細細咀嚼，才會感到其中的含蓄的回味：

> 中國新文學運動從來就和政治浪潮配合在一起，因果難分，五
> 四時代的文學革命——反帝反封建；三十年代的革命文學——階級
> 鬥爭；抗日時期——同仇敵愾，抗日救亡，理所當然是主流。除此
> 之外，就都看作是離譜，旁門左道，既為正統所不容，也引不起讀
> 者的注意。這是一種不無缺陷的好傳統，好處是與祖國命運息息相
> 關，隨著時代亦步亦趨，如影隨形，短處是無形中大大削減了文學
> 領地，譬如建築，只有堂皇的廳堂樓閣，沒有迴廊別院，池臺競勝，
> 曲徑通幽。我扳著指頭算來算去，偌大的文壇，哪個階段都安放不

〔註22〕夏徵農／伍臣：《讀〈啼笑因緣〉——答伍臣君》轉引自魏紹昌編《鴛鴦蝴蝶派研究資料》第 63 頁，上海文藝出版社 1962 年。

下一個張愛玲；上海淪陷，才給了她機會。日本侵略者和汪精衛政權把新文學的傳統一刀切斷了，只要不反對他們，有點文學藝術粉飾太平，求之不得，給他們什麼當然是毫不計較的。天高皇帝遠，這就給張愛玲提供了大顯身手的舞臺……張愛玲的文學生涯，輝煌鼎盛的時期只有兩年（1943 年～1945 年），是命中注定的，千載難逢，「過了這村，沒有那店」，幸與不幸，難說得很。〔註23〕

說白了，柯靈的意思是說，我們有些人缺乏容許「百川歸海」的雅量。可是張愛玲自己卻更言簡意賅地說清了她的作品的長處，她說：「我的作品，舊派的人看了覺得還輕鬆，可是嫌它不夠舒服。新派的人看了覺得還有些意思，可是嫌它不夠嚴肅。」〔註24〕覺得故事輕鬆而「不夠舒服」者，大概是指它過於「洋氣」；認為有些意思而「不夠嚴肅」，大概是指書中缺乏「主義」。這種新派舊派都想看，而又都不感到滿足的況味，正是表現了張愛玲善於融會中西，超越雅俗的本領。張愛玲將中外、古今、雅俗的文學都作為一種豐富自己、滋養自己的有用的資源，為她烹調自己的特色菜肴。她的「熱」是有道理的，在融會與超越上，她的境界雖不能說是獨步，可是能比肩的作家，恐怕不多。

在淪陷區還有另一類作家，他們不像張愛玲那樣出盡風頭，他們是環境的不合作主義者，如天津的劉雲若，他閉門寫作，有時十天半月也不出門一次，他用《粉墨箏琶》秦青的話為他代言，：「我想不出什麼好辦法，當初本可以到內地去，已經把機會誤了。現在做生意，不但沒有本錢，沒經驗，我也不願發那國難財。做事情更不願吃漢奸飯，受矮子氣。就是當一個號稱清高的教員，我不忍看著許多好青年去給日本人修飛機場，運軍用品。」他在1941 年就寫了 6 部作品，其中就有像《舊巷斜陽》這樣的精品。

現代中國的武俠小說作家更是以中國的傳統美德作為自己作品的靈魂。宮白羽、王度廬這些寫武俠小說的作家是非常重視民族氣節的。白羽說：「昔逢時變，抱病閒居；創小學以宅心，鬻小說以糊口……」在抗戰時期，他辦「正華學校」，寫武俠小說，決不與敵偽發生關係。而王度廬筆下的中國傳統美德也令人歎為觀止。在「鶴—鐵系列」中的李慕白與俞秀蓮這對戀人，在孟思昭逝世後，本可以結婚了。大家也這麼勸他們早日成婚。鐵小貝勒也說：

〔註23〕柯靈：《遙寄張愛玲》，轉引自《張愛玲文集》第 4 卷第 427 頁，安徽文藝出版社 1992 年。

〔註24〕張愛玲：《自己的文章》，《張愛玲文集》第 4 卷第 175 頁，安徽文藝出版社 1992 年。

「你也就無妨娶她……這也不算是什麼越禮。」可是孟思昭是爲李慕白而犧牲的,因此李慕白的回答是「禮上縱使勉強說得過去,但義氣上太難相容」。俗話說「愛情是自私的」。可是在李慕白看來「義高於情」,他以義制情。中國傳統美德中的「義」卻能打破戀愛中的自私的堅冰。在現代中國,許多通俗小說爲我們保存了一脈民族傳統美德的高貴情誼。這是我們過去所忽視的,也是現在要特別強調的。另外我們還應該看到,像宮白羽、王度廬受新文藝的影響也是很深的,白羽一直感戴魯迅與周作人對他的培養與教誨;而王度廬也有很高的新文學的修養。

中國的普通老百姓之所以愛讀通俗小說,就是因爲在鑒賞他們能理解的文藝作品時,還能在小說中得到一些生活的教訓以及爲人的基本準則。例如在張恨水的《春明外史》中的主人公楊杏園身上,看到了他的潔身自好,清白自許,出污泥而不染的品德。而《金粉世家》中的冷清秋則是女性的楊杏園,《啼笑因緣》中的樊家樹是中產階級,他是富有的楊杏園。當然,他們每個人都有他們的個性,也各有自己特定的品格,例如樊家樹已建立了現代的性愛觀。而冷清秋的生活道路則告誡我們:「齊大非偶」;在小說中還寫出了她的對立面紈絝子弟,他們卻是金玉其外,敗絮其中。劉雲若說過,他的小說中喜歡寫一種「稀有人種」——至性人,他對「至性人」的解釋是「性情淳厚,一往情深,寧可苛待自己,也要成全他人者。」這些都是爲人的基本準則,在舊社會需要,在今天何尚不需要呢?當然,在現代中國光有這些品質是不夠的,那就需要新文學的主流派來進行完善了,例如階級鬥爭的概念。在中國的傳統道德中並非沒有鬥爭。在武俠小說中常常表現對友人「義」,對邪敵「懲」,而且在「懲」之前,往往有一番仁至義盡的「勸」,這才算是英雄本色,即使在除惡中也貫穿一個「仁」字。但是在過去的通俗小說中,「階級」這個概念是不明確的。因此,在道德準則上也是需要精英文學與通俗文學相互補充的。

在抗戰時期,還有一種值得關注的文學現象,那就是同樣是愛國題材,同樣具有精英文學的若干素質,卻不用主流的精英文學的寫法。他們借用新文藝的筆調,又借鑒外國通俗小說的模式,卻得到了廣大讀者、特別是新市民讀者的擊節贊賞。其中的代表性作家就是徐訏和無名氏。徐訏的《風蕭蕭》是一個愛國題材。小說完全用的是精英文學的筆調,可是內容卻是非常通俗的故事,他又融合了外國間諜小說的格局,而間諜小說又是在國外很流行的通俗模式的題材,可讀性極強。這是一種「嫁接」的作品。小說在報上連載

時「重慶江輪上，幾乎人手一紙。」〔註25〕因此，1943 年曾被稱爲「徐訏年」。無獨有偶，在西安的無名氏連載《北極風情畫》於報端時，他出去「理髮、沐浴、上飯館、咖啡館，進公園喝茶，到處都聽見有人在談論此書，形成了「滿城爭說無名氏」的盛況。對這些小說我們簡直不知道說它是精英文學還是通俗小說爲好。這是一個超越雅俗，融會中西的良好的勢頭。小說能寫到這個份上，得到多種類型讀者的「熱捧」，眞可說是雅俗合流而又別開生面了。它們是愛國題材，卻又走的是「暢銷書」的套路。可是過去的文學史上對這些作家的評價是非常吝嗇的，甚至是略去不計的。其實這是精英作家的一種嘗試，也是通俗文學的一種更新。這是現代中國文學史上很值得關注的文學現象之一，是精英文學與通俗文學各自走向成熟中時的一次合流，它們所生的「孩子」各取了他們父母身上的若干優點。可是由於政治大形勢的影響中斷了這種良好的嘗試。從第三時段的雙翼展翅、并駕齊驅進而雙向合流、難分彼此，這是中國現代文學在現代化的途程中的另闢蹊徑，值得重視。

從 19 世紀 90 年代初到 20 世紀 40 年代末這 50 多年中，中國現代通俗文學經歷了一個發展三段式。開始，他們曾是龐然大物，幾乎是獨家經營，爲中國現代文學開拓新領地，並對淺人社會進行了初步的啓蒙；在「五四」前後，他們風光不再，在相剋的不利形勢下，他們考慮如何通過改良，求得生存與自強，他們在「默默的強勢」與「悄悄的流行」中有著自己的廣大的讀者；在 20 世紀 20、30 年代的交錯點上，出現了北方通俗文學家帶來的「中興」態勢，而在新文學與通俗文學相互嫁接中，又出現了融會中西、超越雅俗的新的生長點。通俗文學發展的歷史經驗與教訓是值得、也應該好好總結，它將作爲雙翼展翅文學史中的一翼，大大豐富和拓展我們的現代文學的領土與疆域。

〔註25〕陳乃欣等著：《徐訏二三事》第 249 頁，臺北爾雅出版社 1980 年版。

在「建構中國現代文學史多元共生新體系暨《中國現代通俗文學史（插圖本）》學術研討會」上的主題發言

（2008 年 8 月於上海復旦大學光華樓召開）

　　各位女士，各位先生：光臨這次研討會的專家學者有近百人，會議主持人宣佈每位的發言，應控制在 10 分鐘之內，我也希望我的「主題發言」也能服從這一時間的規定。

　　這次會議的主題是「建構中國現代文學史多元共生新體系」。拙著《中國現代通俗文學史（插圖本）》（2007 年由北京大學出版社出版）只是一個副題，它僅僅是提供一個例證，請大家以此共商我所論及的現代通俗文學中的重點作品，在文學史新體系中能否佔有一席之地。我們共同就各人心目中設想的「新體系」各抒己見，集思廣益，將過去一元化的中國現代文學史轉變為多元共生的中國現代文學史，以符合該時段的文壇的實際，從而提高我們現代文學史的公信力。

　　我同意前幾天在「中國現代文學教學方法與教材國際學術研討會」上楊劍農教授的「文學史應該簡化」的觀點。但有一點小小的補充，就是「文學研究應該繁化」。晚清與民國時期，中國文壇是「眾聲喧嘩」的，但為什麼到了我們手中，卻成了一元化的文學史呢？許多作家、作品、社團流派，許多文學期刊與報章副刊，沒有經過「文學的法律程序」，也不容許辯護「律師」的陳述，就匆匆拉到「刑場」上去「處決」掉了。因此，我常常面對這座 28 層的上海圖書館裏的正在發黃變脆的報刊、書本，心裏總是覺得不大放心：這裡面是否有「文學的冤魂」？我總覺得應該再作一次「普查」與「甄別」。

查過了，在這些舊案的「案卷」中確實沒有「枉死者」，我們也就心安理得了。我們應該遺忘那些該遺忘的，我們應該發現那些不該遺忘的，予以「鉤沉」而加以「激活」。這才是對文學的歷史負責。

我想，到一千年之後，當今天的現當代文學也成為古典文學的時候，今天的現當代作家究竟還剩下幾許被我們的後代傳頌著，像屈原、李白、杜甫和曹雪芹一樣，我們是無法預計的。但我們也應該按照文學的內在規律，立下我們自己的「文學標準」與「藝術標準」，刪節掉一批缺乏文學性與藝術性的作品。這些作品也許當紅一時，可是它們只不過是一種文學界某一時段的「文學現象」，只要提一筆就可以了。節省那些篇幅就是對文學史的「簡化」。否則我們的現代文學史就不是三卷本，而是五卷本、十卷本、三十卷本。我們應當在文學研究繁化的基礎上進行文學史的簡化。但是有一點或許可以肯定，那就是在一千年之後，我們的後代在研討我們的某些「問題」與「主義」時，或許會感到自己的祖先實在有許多不敢恭維之處；但當他們讀到一些通俗作品中的原汁原味的生活畫面時，他們會從中知道祖先們當年的社會結構、生活狀況……。這部分東西也許不能成為文學經典存留，卻是有用的研究社會發展的珍貴資料，而經過我們所謂「經典化」的作品，可能被後代們鑒定為「偽經典」。

我在這次會議中提交了兩篇論文。一篇是《開拓啓蒙・改良生存・中興融會》，這是在《文藝爭鳴》2007 年第 11 期上發表過的，中國人民大學複印資料中心和《新華文摘》也分別轉載了。我之所以再作為論文提交給這次研討會是為了節約我的發言時間，在這篇文章中的一些論點就只要在發言中點一下就可以了；另一篇是專為這次會議寫的《1921～1923：中國雅俗文壇的分道揚鑣與各得其所》，我曾設想，如果要我寫一部「中國現代文學史」我該怎樣寫呢？我就來試寫一個片斷。1921～1923 年，我認為是一個關節性的年代。因此我提交了這篇論文，請大家批評指正。

我們過去將「中國現代文學史」定在 30～32 個年頭的狹小框子裏。我們又簡稱現代文學 30 年。大致是三個 10 年。如果作一個很「簡單化」的歸納：第一個 10 年是「文學革命」，主調是揭露「人吃人」；第二個 10 年是「革命文學」，主調是揭露「階級吃階級」；第三個 10 年是民族革命戰爭與解放戰爭的年代。1949 年之後就劃歸當代文學中去了。這是過去若干現代文學史的一般的分法。

　　我將「中國現代通俗文學史」看成是從 19 世紀 90 年代起步的，這樣大致是 50 多年、近 60 年的歷史。我也將它分為 3 段，那就是我所謂的「現代通俗文學歷史發展三段論」，我想用 12 個字進行概括。第 1 段是 19 世紀 90 年代到「五四」前後，這是「開拓啓蒙」階段，我認為在新文學誕生之前，現代通俗文學早在 1/4 世紀之前，就已悄悄地開拓著現代文學的新墾地，而其中有若干作家是作為中國早期啓蒙主義者活躍在中國文壇上的。第 2 階段是「改良生存」階段。即「五四」前後到 20 世紀 20 年代末，新文學作家對通俗文學的壓制力極大，衝擊力很強，其目的就是要將這批作家「掃出文藝界」。因此對他們說來就有一個改良生存的問題。他們要隨著時代的進展改良自己，並且要找尋新的增長點，這就是我這本「插圖本」中的第 10 章至第 15 章這 6 章的內容。我稱它為「相剋相生」——通俗文學的被貶與自強階段。我用「默默的強勢」與「悄悄地流行」來形容他們當時在文壇上的境況。從 20 世紀 30 年代起，通俗文學在頂住了巨大的壓力之後，步入「中興融會」階段，那就是「三段論」中的第 3 階段了。在這一階段中，顯示了通俗文學與精英文學雙輪並駕齊驅的態勢，出現了一批響噹噹的名字，張恨水、劉雲若，還有李壽民等北派武俠五大家中的幾位作家，如王度廬、宮白羽這樣的武俠小說家，他們受新文學的影響是很大的，這就是一種融會。而張愛玲、徐訏和無名氏，我稱他們是文學領域中的「一國兩制」者，他們在通俗與精英之間是「來去自由」的。我沒有將他們視為地道的通俗作家，我定第 19 章的章名是「40 年代新市民小說的通俗性」。其實這樣的融會是非常良好的勢頭，可是到 20 世紀 50 年代初，中國大陸的通俗文學出現了人為的斷層達 30 年之久。

　　我認為 1921～1923 年是一個關節性的年代，在這兩年中出現了無可挽回的雅俗分道揚鑣的局面，我在論文中寫出了「先鋒作家」們當年的氣勢，部分通俗作家想靠攏也靠不上去。但這樣的「分道揚鑣」也不是壞事，而是使精英文學與通俗文學形成「各得其所」的互補局面，各自為各自的天然分工服務。我在文章中寫了「兩個現代化」，除了精英作家為社會的前進作不倦的探索外，我認為通俗作家的使「鄉民市民化」也是一個現代化工程。知識精英文學與市民大眾文學各有自己側重的責職。

　　在我的腦子裏，沒有「雅高」與「俗低」的概念，各有各的優勢，各有各的局限，這要具體分析。我也同意嚴家炎先生的意見，將來只有一部「中國現代文學史」，精英與通俗都涵蓋其間。我寫《中國現代通俗文學史》就是

為了「消滅」獨立的通俗文學史。但由於歷史的原因，為了要將通俗文學整合進現代文學史中去，我認為這要有一個漫長的融會貫通的過程。首先是一個觀念問題需要得到解決，要達到基本一致，才能有多元共生的中國現代文學史的出現。這樣的文學史也許要將古今演變（這必然會涉及晚清與民初）、雅俗之爭、新文學內部之爭、解放區與國統區的文學（其中也包括國民黨文學）、臺、港、澳以及全球華文文學，還有少數民族文學，甚至涵蓋在現代時段中的古體詩詞等等，都應有機整合進去。這當然是一個艱巨而複雜的工程，不是一蹴而就就可以成功的。我曾寫過一篇題為《分論易，整合難》的文章，發表在《中山大學學報》（社科版 2006 年第 7 期）上，人大複印資料也轉載了，文中的主要意思是，要在大學裏開一門通俗文學的選修課是比較容易的，但要寫一部整合的多元共生的文學史是非常困難的。現在階段恐怕還只能各「元」寫各「元」的專門史，然後才可在此基礎上融會貫通，到那時才可以由海內外同行專家共商「整合大計」。

　　謝謝大家。

新文學與通俗文學的各自源流與運行軌跡

（一）

　　我們已在《開拓啓蒙・改良生存・中興融會》一文中引用了魯迅自 1923年——1936年中所說的三段話，他一再強調新文學源流的「外來論」。其實魯迅有關此類的言論是很多的，甚至可以構成一個系統。例如在創作實踐中，當他談到《狂人日記》的創作經歷時曾說：「大約所仰仗的全在先前看過的百來篇外國作品和一點醫學上的知識，此外的準備，一點也沒有。」〔註1〕創作如此，而在閱讀方面他又告誡青年人：「我以爲要少——或者竟不讀中國書，多看外國書。」〔註2〕我想能講這種話的人至少可以得出一個反證，那就是他自己讀過很多中國書，否則他怎麼能斷然地勸青年人少讀或竟至不讀中國書呢？我覺得魯迅的這些一貫性的觀點是很容易使人產生「『五四』斷裂論」的錯覺的。那麼就新文學而言，中國文學的「古今演變」似乎也就無從談起。當然寬泛地說，「演變」也是有的，因爲即使是「斷裂」也是「演變」形式之一種。但我們所說的「古今演變」是側重於研究現代作家和理論家如何受古代文學的影響，是從繼承和弘揚方面著眼的。

〔註 1〕魯迅：《我怎樣做起小說來》，《魯迅全集》第 4 卷第 512 頁，人民文學出版社 1991 年版。

〔註 2〕魯迅：《青年必讀書》，《魯迅全集》第 3 卷第 12 頁，人民文學出版社 1991 年版。

　　在新文學界與魯迅持相同觀點的人是不少的。例如郁達夫在《小説論》中說：「中國現代的小説，實際上是屬於歐洲的文學傳統的。」〔註3〕周作人也說過：「中國現在的文藝的根芽，來自異域，這原是當然的，但種在這古國裏，吸收了特殊的土味與空氣，將來開出怎樣的花來，實在是很可注意的事。」〔註4〕他似乎還有點擔心這異域的文藝傳到中國來很可能會變味變質。綜上所引，我們可以得出或可以引申出如下的幾個論點：首先，就新文學的源流而言，的確是來是國外的思潮，而魯迅等人所引進的當然大多是先進的思潮。不過它們要在中國立足，必定要有一個過程，因為它「不是古國的一般人們所能輕易瞭解的」，這就不僅要花大力去啓蒙，而且要經歷一個艱苦和持久的「被接受」的過程。那麼在這個「古國」或稱之為「特別的中國」裏何種人能首先接受這種新興的思潮的呢，當然是那些在清末民初接受過也是從外國引進的新教育體系所培育出來的新式知識分子。新文學面向新型知識分子是必然的，因為我們本可以將他們稱作為「同源體」。第二，由於「古國」的一般人不能輕易瞭解這些新興思潮，而新文學家又希望廣大的人群能早日接受這種新興的思潮，從而縮短中國的改革與更新之路，因此，他們對表現較為遲鈍的反應或有所抗拒的阻力，往往容易產生「怒其不爭」的峻急或焦燥——甚至是嚴厲的反感情緒。於是有時會不惜用一種「片面的深刻」對「古國」中固有的傳統採取過度否定的態勢，也可能會受到「矯枉過正」的思維模式的統制，更嚴重的是有的人還曾將固有的傳統「妖魔化」。第三，他們為了擴大這種外來的先進思潮的受眾，為建設一個新世界而願作「決裂者」，「決裂」並不等於「斷裂」。因為從他們的另一些言行中可以證明他們並不是「斷裂者」。例如魯迅曾鈎沉過不少古小說與古代典籍，著作過足能傳世的《中國小說史略》和《漢文學史綱要》等著作，其中對許多優秀的古典文學如吳敬梓的《儒林外史》和曹雪芹的《紅樓夢》等均加以盛讚。他怎麼可能是「斷裂論」者呢？而周作人也講過「今次的文學運動，其根本方向和明末的文學運動完全相同」〔註5〕的話，說明了古今還是有相仿相通之處的；而他在某些散文中則更表現出他受傳統思想之深。對周氏兄弟等人，我一直以「借鑒革新

〔註3〕轉引自嚴家炎編：《二十世紀中國小說資料》（第二卷）第 418 頁，北京大學出版社，1997 年版。

〔註4〕周作人：《在希臘諸島·附記》，《談龍集》第 43 頁，嶽麓書社 1989 年版。

〔註5〕周作人：《中國新文學的源流》第 57 頁，江蘇文藝出版社 2007 年版。

派」相稱。我認爲新文學家是我們現代文學史上的「借鑒革新派」，他們側重於借鑒外國文學之精華，要在國內進行一次文學革命，使中國的文學能成爲世界文學之林中的佳木。不過應該注意的是在「五四」時期的一些新文學作家在理論和實踐中往往也是「矯枉過正」者，對傳統中的精華與糟粕他們一時難以分清，就「勇往直前」地對傳統進行撲擊。例如在「打倒孔家店」聲中，我們不能爲他們辯解說，他們否定的僅僅是被歷代統治者所歪曲了的「僞孔子」。他們在當時的水準還無法做到「一分爲二」的精當。我們應該肯定他們作爲革新者的功績，但不必爲他們「文過飾非」。我們應該承認他們在爲宣揚新興思潮、擴大新文學的影響時，作出了戰鬥的姿態，對其他文學流派曾有過激的攻擊；對一時還不能接受新文學洗禮的古國的人們也曾籠統地扣上「封建小市民」之類的帽子。如果說這是一個時代發展中必經之「坎」，那麼也應該承認，這也是他們引領時代前進時也尚存局限性。第四，「五四」時期的那批文學革新者們，自小是讀過不少「中國書」的。應該說，中國書中的精華早已化爲他們的血液在他們的血管中奔流，他們在精神氣質上也仰仗著這些奔流的血液在爲人爲文和處世，但他們的肉眼有時體察不到這些鮮紅的液體的湧動，還以爲僅僅是仰仗外國新興思潮的影響，對古代的遺產幾乎一點也沒有接受；也就是說，他們是靠著那些「潛移默化」的「幼功」在對民族的優秀文化傳統進行繼承與弘揚。因此，可以說他們的承傳與弘揚有著一定的「不自覺性」，或者說他們是「隱性」地「潛在」地承傳與弘揚我們優良傳統的甘飴。第五，我們在考察和研究他們的繼承與發揚的過程中，應該將他們的「古今演變」的繼承與他們熱衷的「中外交流」一起加以關注和研究。他們認爲「古」與「中」就是他們移植新興思潮過程中必然會接觸的「土味」與「空氣」，而這又會發生怎樣的「化學反應」或「嫁接變異」呢？周作人認爲這還是一個未知數。茅盾的一席自述很典型地流露了這批革新者在「五四」時期的心態：

> 那個時候是一個學術思想非常活躍的時代，受新思潮影響的知
> 識分子如饑如渴地吞咽外國傳來的各種新東西，紛紛介紹外國的各
> 種主義、思想和學說。大家的想法是：中國的封建主義是徹底要打
> 倒了，替代的東西只有到外國找，「向西方國家尋找眞理」。……我
> 那時所以對尼采有興趣，是因爲尼采用猛烈的筆觸攻擊傳統思想，
> 而當時我們正要攻擊傳統思想，要求思想解放：尼采也攻擊市儈哲

學，而當時的社會，小而言之，即在商務編譯所本身，市儈思想與作風就很嚴重。……這樣地熱心於十九世紀歐洲各派文藝思潮，在今天看來，似不可理解。但在當時，大家有這樣的想法：既要借鑒於西洋，就必須窮本溯源，不能嘗一臠而輒止。我從前治中國文學，就曾窮本溯源一番過來，現在既把線裝書束之高閣了，轉而借鑒歐洲自當從希臘、羅馬文學之研究……我認為如此才能取精用宏，吸取他們的精萃化為自己的血肉：這樣才能創造劃時代的新文學。我的同時代人，大都是有這樣的抱負……〔註6〕

「重西輕中」在當年這批同類的作家中具有共同性。從他的這席話中，我們既能感到他們一往直前的革新願望；同時也感到他們那種峻急的心態也難免不會出現「擦槍走火」的誤傷。而從前曾經窮本溯源過的「線裝書」已束之高閣，他們恐怕是不會主動去思考如何對古代文學中的優良傳統進行繼承與弘揚的了。這就帶給今天的研究者若干困難，在闡釋現代作家受古典文學的影響時，要做更多更細緻的挖掘探究與燭幽探微的工作。但像茅盾這些作家畢竟不是「斷裂論」者，他們有時也會做一些「顯性」的承傳的工作。例如在1925年，茅盾做過《淮南子（選注本）》和《莊子（選注本）》等很有價值的工作，他畢竟也曾為研究中國傳統文學「窮本溯源」下過一番苦功，當然就會有這繼承與發揚的「本錢」。應該說，新文學作家中的情況是多樣的，類型也是多種的，但本文以上所涉及的作家是指茅盾所說的「我的同時代人」，他們後來是無可爭議地成為新文學作家的主流一脈。

（二）

與中國新文學家相比，中國現代通俗文學家在「古今演變」的繼承和發揚中也有他們的運行軌跡。首先他們在內容和形式乃至思想上都有所承傳，當然也有所改良與弘揚。其次，他們在文學史觀上就沒有新文學主流作家的那種「一元獨生」的「霸氣」。也許是在論爭時他們處於劣勢，他們希望自己在文學界有一席之地，也就必然會承認文學流派的「多元性」，他們中的許多人也並非不懂外國的優秀文藝作品，但是他們在學習外國的經驗的同時，還是回到自己的民族傳統中去，還是去面向那些「古國的一般人們」，去創作普通老百姓所能「瞭解」的文學。像劉半農那樣的「跳出鴛鴦蝴蝶派」的人並

〔註6〕茅盾：《我走過的道路（上）》第149～151頁，人民文學出版社1997年版。

不多。例如周瘦鵑就說：「小說之作，現有新舊兩體，或崇新，或尚舊，果以何者爲正宗，迄猶未能論定。鄙意不如新崇其新，舊尚其舊，各阿所好，一聽讀者之取捨。」〔註7〕這是周瘦鵑在《申報·自由談》上的論調。他的提出的那種「多元共存」的想法，是當時現實的客觀存在。不過既然「多元」可以共存，本就不必爭論誰是「正宗」。新文學與通俗文學的服務對象是不同的，那麼各自的運行軌跡也必然會有差別。新文學側重於爲「同源體」的新型知識分子服務；而通俗文學作家則主要面向那些「古國的一般人們」的廣大的普通市民。其實他們作品的發行量是遠遠超過新文學的，但普通市民限於文化水平，也不會將他們讀了這些作品的感受與得益廣布於報刊，因此就通俗文學當時讀者數量而言，與新文學相比，實際上是處於「默默的強勢」與「悄悄地流行」狀態之中。我們可以再看另一位市民大眾文壇的代表人物嚴獨鶴所闡明的辦副刊的宗旨。他提出如下四點：

（一）新舊折中　今之主張極端者，每曰世間事物，有新則無舊，新舊之間，不容模稜兩可。此其談固至痛快，然或不免偏於理想，而遠於事實。蓋新舊遞嬗，實爲凡事不易之原理，所謂過渡時代者是也。在此過渡時代，不謀新自無從進化，然必盡棄舊者以言新，則新亦失其依據。故新舊調和之說，頗爲當世學者所容納。國中文學家於新舊之爭，實至劇烈。編者於此，未敢爲左右袒。但就個人之眼光以觀察之，覺與其趨於極端，不如折中之爲愈。快活林所記載之作品，未嘗皈依新化，亦不願獨彈古調，殆取其適中而已矣。

（二）雅俗合參　文藝之作，宜取高雅，此固正當之論第。就報紙之性質以言之，則陳義過高，取材過雅，皆似不適於普通讀者。蓋報紙之功用，捨傳播消息主持輿論外，亦可目爲通俗教育之一種利器，與其他藝術專書、文學著作，只供通人研究者不同，若一編既出，而不能得一般人士之瞭解，則已失其報紙之效用矣。故快活林之文字，頗取通俗，求適於群眾，但淺薄無味或鄙俚不可卒讀者，亦概不闌入，冀其俗不傷雅也。〔註8〕

〔註7〕周瘦鵑：《自由談之自由談》，《自由談小說特刊第 11 號》，《申報》1921 年 3 月 27 日第 14 版。

〔註8〕嚴獨鶴：《十年中之感想》，《〈新聞報〉三十年紀念冊（1893～1923）》《新聞報館》1923 年印行。

　　第三點他提出「不事攻訐」；第四點則是「不涉穢褻」。嚴獨鶴貌似在新舊間保持其平衡與公正，其實他基本上是與周瘦鵑同調。他們二人，在上海的兩個影響最大報紙上主掌兩個最有影響的副刊。他們兩人的英語都很好，也翻譯過不少東西，對外國文學皆有一定的知識，但他們有他們的「面向」。這「面向」就決定他們是中國現代文學中的「繼承改良派」。

　　通俗文學家的作品從內容到形式，大多是繼承中國古代白話小説的優良傳統，並加以改良的新型作品。因爲他們所面向的再也不是農耕時代的小農經濟制控下的讀者，而是湧進初具現代規模的上海的正在由鄉民轉化爲市民的廣大群體。在當時能爲上海的「現在正在進行時」的「鄉民市民化」的群體服務，也就基本上能適應全國普通老百姓的需求，就能引領這一廣大群體緩緩地適應正在逐步現代化的社會。例如徐枕亞的《玉梨魂》提出了「寡婦再嫁」的問題，能這樣提出問題，在當時也就不算是頑固派了。林紓所譯的《茶花女》主要是在知識分子中流傳；而徐枕亞創作的《玉梨魂》卻進入了普普通通的市民階層，向當時的市民提出了一個婦女在婚嫁後常見的切身的「現實問題」。新文學家批評周瘦鵑有「從一而終」的封建思想，而周瘦鵑後來則寫了《娶寡婦爲妻的大人物》：「娶寡婦爲妻，在我們中國是一件忌諱的事，而在歐美各國，卻稀鬆平常，不足爲奇。」〔註9〕他列舉了美國國父華盛頓、前總統威爾遜、法國怪傑拿破侖、英國大儒約翰遜和海軍第一偉人奈爾遜等人爲例，他們都是娶寡婦爲妻的。他接著說，在中國一定要去除娶寡婦不吉利的迷信思想，寡婦才能有自由再嫁的可能。以此文表示自己在「節烈觀」上已不存在「從一而終」的問題了。新文學家批評他有「愚孝」的舊思想，周瘦鵑則撰文説：「我們做兒子的不必如二十四孝所謂王祥臥冰、孟宗哭竹行那種愚孝，只要使父母衣食無缺，老懷常開，足以娛他們桑榆晚景，便不失爲孝子」，〔註10〕表白自己也在更新自己的觀念。另一位通俗作家代表人物包天笑說過「提倡新政制，保守舊道德。」〔註11〕但在他的作品中也看不出有多少迂腐的封建思想，他的所謂「舊道德」主要還是指中華的傳統美德而言的。應該看到，包天笑著譯的大量「教育小説」乃是在我國傳揚新教育思想的初露端倪，他是我國早期的啓蒙主義者。我們今天或許會奇怪，爲什

〔註 9〕周瘦鵑：《娶寡婦爲妻的大人物》，《上海畫報》1926 年 5 月 10 日第 3 版。
〔註10〕周瘦鵑：《説倫理影片》，《兒孫福》專號，大中華百合影片公司 1926 年印行。
〔註11〕包天笑：《釧影樓回憶錄》第 391 頁，香港大華出版社 1971 年版。

麼他們當年甘心於以「舊派」自居,這頂「舊」字的帽子戴在頭上豈非自貶?其實那時做「舊派」是並不難為情的,反而還有點自豪感,就像我們今天稱自己是「中華百年老店」一樣抬高自己的身價。直到解放後,范煙橋寫《民國舊派小說史略》時,這個「舊」字才表示了他的自貶。

在形式上他們也繼承中國古代白話小說的章回體和筆記體的範式,但也加以改良。例如《玉梨魂》就是改良章回體。而即使用章回體,他們也在許多寫法上運用外國短篇小說的「橫斷面」的手法。例如平江不肖生向愷然的《近代俠義英雄傳》開端寫大刀王五護送安維峻至關外以及他和譚嗣同之間的生死之交等等的情節,皆顯示了「義薄雲天」的傳統美德,但小說裏都是用的「橫斷面」的手法。徐枕亞在《玉梨魂》出版後寫了它的姐妹篇《雪鴻淚史》,就用的長篇日記體。通俗作家在民初常寫「哀情小說」,為新文學家所鄙視,但他們的「哀情小說」則與中國傳統文藝中喜用的「大團圓主義」已大異其趣了;而「哀情小說」乃是希冀打破「父母之命,媒妁之言」的千年婚制的鐵律,在當年也有一定的進步意義。總之,通俗作家各自在繼承的前提下顯示了自己具有的改良意向。在作品的形式上,他們也有著自己的「繼承改良」的運行軌跡。

在道德評價層面上,新文學家與通俗文學家的側重點也有所不同。新文學家側重於暴露國民的劣根性,而通俗文學家則側重於弘揚民族美德。這也顯示了運行軌跡上的各異和並行不悖,因為這兩個側面是「互補」的,也是缺一不可的。例如對有關「孝」傳統美德問題,通俗作家尤為頌揚。當然,新文學家並非是「非孝者」。但是他們在作品中一般是不敢言孝的。冰心是用頌揚「母愛」啟發人們的愛母孝母之心;朱自清以寫《背影》流露他對父親的深情,這份深情就是孝思的「變奏」。魯迅與胡適都是孝子。魯迅與胡適,對長輩是採用「東方式」的禮儀,而對自己的下一代則採取「西方式」的道德標準。胡適還在 1919 年 8 月寫過一首詩,刊在第 33 號《每週評論》上,題名《我的兒子》:「我實在不要兒子,/兒子自己來了。/『無後主義』的招牌,/於今掛不起來了!/譬如樹上開花,/花落天然結果。/那果便是你,/那樹便是我。/樹本無心結子,/我也無恩於你。/但是你既然來了,/我不能不養你教你,/那是我對人道的義務,/並不是待你的恩誼。/將來你長大時,/這是我所期望於你:/我要你做一個堂堂的人/不要你做我的孝順的兒子。」這首詩發表之後,在《每週評論》第 34 號和第 35 號的通

信欄裏，胡適和汪長祿就「孝」的問題進行了一來一往兩回的商榷和探討。汪長祿指出，「為父母的單希望他做他倆的兒子，固然不對。但是照先生的主張，竟把一般做兒子的抬舉起來，看作一個『白吃不回帳』的主顧，那又未免太『矯枉過正』罷？」其實胡適的這種「父子無恩觀」不過是顯示一種高級知識者的「開明」罷了，他的經濟條件用不到中國傳統的「養兒防老」意識去「保障」。對普通勞動者說來，是無論如何也無法接受的。當社會的全民保障體系沒有完善之前，他們當自己喪失勞動力時，是需要自己的後代供養的。在通俗文學作家筆下對中華傳統美德是理直氣壯地加以頌揚的。如程瞻廬刊登在《小說月報》第 8 卷第 10 至 12 期上的《孝女蔡蕙彈詞》。程瞻廬將「孝」看成是一種人類應該共同遵循的美德，他還以外國孝女耐兒等為例，並指出當年中國有些所謂「新派」女性對中華傳統美德的誤解：「一般巾幗效西歐，設解文明與自由，觀念不離新世界，家風拼棄舊神州。」他認為不應該否定一切傳統中美好的道德規範，應該是：「孝思到處人崇拜，不問中華不問歐」。孫中山先生在《民族講義》中也說：「一般醉心新文化的人，便排斥舊道德，以為有了新文化，便可以不要舊道德，不知道我們固有的東西，如果是好的當然要保存，不好的才可以放棄」。「講到孝字，我們中國尤為特長，尤其比各國進步得多」，「所以孝字更是不能不要的。」〔註12〕應該說，通俗作家就在「古今演變」的源流中繼承了傳統美德的若干精華，他們在新文學家尚不知對傳統道德如何「一分為二」時，在揚棄了「愚孝」與「節烈」等的糟粕後，就上升為中國傳統美德的忠實「守護人」。這是通俗作家在古今源流演進中所遵循的原則之一；他們也並非不接受新道德，但是他們在揚棄封建糟粕的同時，也理直氣壯地宣揚傳統美德，他們的作品就是沿著這一軌跡運行的。

耐人尋味的是運行軌跡與所從事的職業居然會有極大的關聯。新文學作家中的佼佼者都能登上大學的講壇，主要就因為他們的借鑒革新觀是新教育制度的「同源體」；而通俗作家中卻走的另一個路子，他們出了不少名報人，他們能登上大學講壇的極少，大多只能在沒有圍牆的「社會大學」中馳騁。這種職業（或者說兼職的）的不同，也就使二者出現不同的運行軌跡。當時上海的最有名的三大報——所謂「申、新、時」的副刊都在通俗作家手中，

〔註12〕 孫中山：《民族講義·第 6 講》，《孫中山選集》第 681 頁，北京人民出版社 1984 年版。

那就是 1872 年創刊的《申報》、1893 年創刊的《新聞報》和 1904 年創刊的《時報》。這些大報的文藝副刊主要是面向市民大眾的，而這些副刊的主編們在 20 世紀 20、30 年代所辦的《紅》雜誌、《半月》、《紅玫瑰》、《紫羅蘭》等刊物也很暢銷。雅俗文學的源流不同，不僅關涉到他們的職業，甚至還會影響他們作品的結構。通俗副刊上有若干在市民大眾中「叫得響」的連載小說，這些小說的結構大多是「串聯式」或稱「集錦式」的——現代文化生產機制使長篇小說就像現在銀行的「零存整取」一樣，長篇小說並不需要一氣呵成；這就使通俗作家的小說容易寫成集綴型的，其結構是由多個故事拼接而成，就好似一串串香腸；而讀者也不一定是報刊的長年訂閱者，看到其中的一段「香腸體」的小說也就品嘗得「津津有味」了。其中有的寫得好的連載小說，如在《偵探世界》上連載的向愷然的《近代俠義英雄傳》，它本身就是列傳體的。其中有些人物就像閃光珍異，豐神奕奕，如寫大刀王五、針灸醫生黃石屏、傷科專家秦鶴岐等等的傳奇人生，真是精彩紛呈；更不用說是寫霍元甲這根主線了。而從總體上看這部小說，就會感到那種氣貫長虹的愛國至誠與民族正氣撲面而來，塑造了一代鐵骨錚錚的俠客義士、英雄豪傑的群像，堪稱民國武俠小說的奠基之作。因此，我們讀其中片段猶如精緻小酌，讀整部長篇更似開懷暢飲。而通俗文學中的這類優秀的作品，就是看得出受了《儒林外史》結構的影響。這也就成為報章中通俗長篇小說的一種常見的模式。當他們從連載發展到印成單行本時，就會感到它們的結構是較為鬆散的「香腸體」。通俗小說家擅長的是敘事，即所謂「傳奇」。當然敘事敘得好、「傳奇」傳得好的也就出現了典型人物。《水滸傳》也是一段段的敘事，一個一個英雄好漢出場，然後讓他們齊聚到梁山泊中去。但因為它敘事敘得好，林沖、魯智深、武松就栩栩如生地站在讀者面前了。向愷然的《近代俠義英雄傳》也有霍元甲等人物，至今還在人們的傳頌中。而那種運用「集綴型」而對寫得差的作品，也往往成為某些通俗小說的通病，或者稱其為常見的「頑症」。但新文學家就不大有此類的缺點。因為他們不會滿足於「敘事」而是著眼於塑造「典型」，西方小說往往以「人」為中心，因此結構上就不採用「集綴型」的結構，老舍的《駱駝祥子》也是連載小說，但卻使讀者覺得有一氣呵成之感。在「敘事」與「塑人」上，雅俗作家也有他們各自的側重點。

通俗作家與新文學作家不同的還在於創作的「目的論」，他們既不像新文學作家中的一派，提出文學是「為人生」的，也不像新文學作家的另一派，

是「為藝術而藝術」的；他們就是為了給「看官們」消遣與把玩的，趣味性是通俗作家所看重的。這往往成了他們的一種罪狀。其實這正是繼承了中國古代的小說的傳統。在新文學家中獨一無二的只有朱自清說過這樣的話：「鴛鴦蝴蝶派的小說意在供人們茶餘酒後消遣，倒是中國小說的正宗。……《拍案驚奇》重在『奇』很顯然……但是還是先得使人產生『驚奇』，才能收到『勸俗』的效果……《今古奇觀》，還是歸到『奇』上。這個『奇』正是供人們茶餘酒後消遣的。」〔註 13〕正因為通俗作家的主要讀者是市民大眾，更需要在「傳奇」上下工夫。如果他們的作品能做到「寓教於樂」，也就不失為是承繼了古代小說的「勸俗」的傳統。魯迅也說曾過：「說到『趣味』那是現在確也算一種罪名了，但無論人類底也罷，階級底也罷，我還希望總有一日弛禁，講文藝不必定要『沒趣味』。」〔註 14〕魯迅還說過：「在實際上，悲憤者和勞作者，是時時需要休息和高興的。」〔註 15〕因此，即使是單純給讀者一些高興，一種健康的娛樂，也是文藝的功能之一，無論如何是不可能據此而予以「定罪」的。但是新文學家往往認為通俗文學的趣味是低級的或庸俗的。的確，這趣味也是分層次的。主流的新文學作家大多是革命者，他們的讀者也以閱讀「要求改變現狀」的作品為「趣味」，他們認為作品能給予他們「深思」，啟發他們如何去改變社會的現狀，才更符合他們的胃口。例如，魯迅也需要娛樂，他的休息方式之一是看電影，但他從來不看當時普通市民青睞的國產片，而喜愛看外國片，對俄羅斯蘇聯名著改編的電影就尤為熱衷，因為它們既有思想性、藝術性，又有娛樂性。通俗作家的作品一般不會提出革命的要求，他們考慮的是如何改善普通市民的生活現狀。「目的」的不同，往往就產生「趣味」的層次。新文學家認為「趣味」與「消閒」之間是不宜劃上等號。通俗作家在「寓教於樂」中只希望能使「鄉民市民化」，使鄉民改掉身上的小農習性，能在城市中安身立命；而新文學的主流作家卻認為「寓教於樂」是為了使「市民革命化」。通俗作家承襲了「小說供人們茶餘酒後消遣」的傳統，而只是將它「改良」為使湧進大都市的鄉民能適應都市的市民生活方式，使他們融入都市，通俗作家所賦予他們的現代意識是使他們進入安居樂業的境地，這當然也不失為是一種人文關懷。而新文學的主流作家是要灌輸一種更

〔註13〕 朱自清：《論嚴肅》，《中國作家》1947 年創刊號，
〔註14〕 魯迅：《〈奔流〉編校後記・五》《魯迅全集》第 7 卷第 168 頁，人民文學出版社 1991 年版。
〔註15〕 魯迅：《過年》，《魯迅全集》第 5 卷第 449 頁，人民文學出版社 1991 年版。

為激進的意識，也即「改變現狀」的革命意識。「為人生」與「為生活」雖然只有一字之差，但顯示了他們之間的「目的論」是不同的，這也會使他們在運行軌跡上有所差異。但不論是「為人生」或是「為生活」都應該藝術地反映生活，概念化或圖解生活都是為文學作品所不取。

（三）

所謂「軌跡」當然是指有規律性的運行路線；而我以上的論述僅是「斷想」而已，不過是在思考這一問題時「掛一漏萬」的若干「碎片」。想「拋磚引玉」的是希望能引起同行與讀者諸君進而共同探討文學史中的兩個重要的問題。一個是文學的「古今演變」的源流問題。自從我們的課程設置將「古代文學」與「現代文學」成為兩個「二級學科」之後，「各立門戶」的結果就產生了「各自為政」、甚至形成「不相往來」的局面；於是我們很少去考慮古今的承傳與演變。古和今是如何從量變到質變的，其臨界時段是如何過渡的等等文學史上必須回答的問題。章培恒曾指出：「中國古代文學研究與現代文學研究至今仍被作為兩個並立甚或平行的學科……實在是害處多而並無好處的，當前已到了必須填平鴻溝的時候了。」〔註16〕於是在教育體制沒有改變之前，他提議並得到教育當局的同意，開設一個「古今演變」專業研究方向，為「填平鴻溝」而研究「古今貫通」的問題，最終去填平這道現存的鴻溝，使中國文學史從古到今成為一個內在有機的整體。在研究的過程中當然也會涉及到中國現代文學的生發時，外國新興思潮與中國古代文學傳統是否各自都有所「擔當」。另一個重要的問題是根據晚清民國的文壇實際情況，是新文學「一元獨生」的呢，還是多種文學派別「多元共生」的？過去的「現代文學史」是否存在偏頗？雅俗是徹底對立的，還是可以共存而互補的？「古國的一般人們」是否有享受文學作品的權利，而他們過去所享用過的文學作品是否都是庸俗的，必須將它們趕出文學史而後已？我在上文的一些「斷想」中，企圖說明，雅俗文學的服務對象是各有重點而可以相互補的；在暴露國民的劣根性與弘揚民族傳統美德方面也正好是互補的；而吸取外國的新興思潮，借鑒革新；與承傳民族的優良遺產，加以必要的改良，也是互補的。我認為應該填平去文學史上存在的另一條鴻溝，也即是雅俗之間的鴻溝。我

〔註16〕章培恒：《不應存在的鴻溝——中國文學研究中的一個問題》，《文匯報》1999
年 2 月 6 日《文藝百家》專欄。

在字裏行間還貫穿著一個論點，那就是雅俗作家都有各自的優長與局限性，他們各有自己的成長與成熟的過程。我認為，進一步去深入地研究雅俗的各自源流與運行軌跡，就是為瞭解決文學史上的「古今貫通」與「多元共生」這兩個大問題，否則我們即使承認應該「重研究中心寫文學史」，可還會是停留在原點上踏步，而不是具有前瞻性地向前「開步走」。

論雅俗文學的互補關係

　　現在，許多現代文學史的研究者都承認新文學與通俗文學不是敵對關係，而是互補關係。在這個大前提得到肯定之後，我們就應該進一步研究，它們有那些「互補點」，也就是說，它們有哪些優長值得相互學習與借鑒；在學習與借鑒的過程中可以建立一種「新型的關係」。這種關係的建立必將對今後的文學創作產生深遠的影響。

（一）從各自獨特的藝術規律看互補的可能性

　　新文學作家在寫小說時，往往以塑造典型爲他們的追求目標。阿 Q 是中國現代文學的「第一典型」，所以魯迅的小說是偉大的。現代通俗小說中也有成功的典型人物，可是通俗作家並不以塑造成功的典型爲其追求的目標。他們追求的是作品的「趣味性」，對讀者能產生強大的磁場，要吸引讀者達到癡迷的程度，然後產生作品的勸懲效應。讀者中產生了「《啼笑因緣》迷」、「《金粉世家》迷」、「《霍桑探案》迷」，是他們的莫大榮耀。他們在故事性上下工夫，他們在生動的新鮮事物與令人拍案叫絕的細節上下工夫，無論如何要使讀者「手不釋卷」、「欲罷不能」，甚至「廢寢忘食」。他們的作品除了故事性之外，也往往會滲出濃鬱的文化味汁。總之，新文學崇尚「塑人」，塑造在文學史畫廊中永不磨滅的典型；而通俗文學則偏愛「敘事」，敘能傳之後代的奇事，這「奇」又往往與當年的「新」掛起鈎來，而這種「新奇」之事，讓後代可以從中看到文化的流變創新與民俗的漸進更迭。但是他們的這種努力與成就，在過去往往被新文學作家當作批判的對象。例如茅盾在《自然主義與中國現代小說》一文中就說：

　　　　總而言之，他們做一篇小說，在思想方面惟求博人無意識的一
　　　笑，在藝術方面，惟求記賬似的報得很清楚。這種東西，根本不成
　　　其爲小說，何論價值？但是他們現在尚爲群眾的讀物，尚爲群眾認
　　　爲小說，所以我也姑且把他們放在「現代小說」題目之下……〔註1〕

　　所謂「無意識的一笑」，大概是針對追求「趣味性」而言的。而「惟求報
賬似的報得很清楚」卻正是通俗小說異於新文學的特點之一。它們的「精細
的記述」正是文化味汁濃鬱的泉源。而茅盾也不得不承認這是「群眾的讀物」，
也被群眾首肯爲「小說」，也就是說這是老百姓喜聞樂見的民族形式的小說。

　　下面我想舉實例來比較新文學與通俗文學的各自的特色。爲了說明問題，
對比二者在同一題材中的視角不同與寫法的各異，是不失爲能切實剖析其肌理
的一種方法。葉聖陶的《潘先生在難中》與包天笑的《甲子絮譚》〔註2〕同是
反戰題材，而且都是反映 1924 年江浙齊盧大戰的小說。當年反映這場戰爭中
蘇州一帶居民爲逃避走戰禍而躲進上海租界的小說特別多。葉聖陶著眼點是要
塑造小學教員潘先生這一「灰色小人物」的典型形象。

　　可是包天笑的《甲子絮譚》根本不重在塑造典型，但文化味汁特別濃厚。
小說開端就寫一位洞冥子對縹渺生的一席「泄漏天機」式的談話，敘述一個三
元甲子「轉關」的神秘渺分的話題，而且這「轉關」正逢一個「劫數」。每逢
甲年，中國多少總會鬧些亂子出來。這 1924 年（甲子年）看樣子也逃不過「劫
數」了。那是一種古老的星相占卜術派生出來的預言文化。一席預言這後，作
者才寫江、浙、滬三地戰事迫在眉睫的嚴峻形勢。所謂「絮譚」就是作者與讀
者輕聲細語而又滔滔不絕地「神聊」。因此，鏡頭不一定對準這場戰爭，即便
是寫戰爭與聲討軍閥罪行，也決不放棄這場戰事中的一些奇聞與逸事。

　　包天笑將鏡頭轉到黃渡鄉下紅橋鎮一家殷實富戶周雲泉家中，周家怕戰
事一旦降臨，他兒子原先已經預訂好的婚事將可能拖得遙遙無期，他決心要
趕在戰前辦好這件家庭大事，即使是草草成親，也在所不惜。乾坤雙方都同
意吉期定在甲子八月初二，吉時是在夜半子時，結婚第二天便準備逃到上海
租界這隻「保險箱」中去避難。

　　　　新娘子轎子進門，照理是要放三個炮。這炮手，紅橋鎮還沒有，
　　　卻是從青浦帶來的。他的火藥格外的填得結實。加著秋高氣爽，而

〔註1〕茅盾：《自然主義與中國現代小說》，載《小說月報》第 13 卷第 7 號。
〔註2〕《甲子絮譚》收入范伯群編的《包天笑代表作》，華夏出版社 1999 年版。

且在夜深人靜之中。那炮聲分外的響亮。誰知這三聲炮，卻轟破了
江浙和平空氣，蔓延到了全國，影響了世界。

因為雙方的士兵早已在戰壕中荷槍實彈，專等敵方開第一槍，以便把挑
起戰爭「禍首」的「帽子」戴到敵方頭上去：「釁由汝啓，吾不得不自衛耳。」
《甲子絮譚》第 1 章，就津津樂道、繪聲繪色地寫這戰壕之外的三聲炮響。
這場必然要發生的戰爭，卻由這根毫無關聯的「導火線」引爆的。讀來也實
在令人感到偶然，也覺得其中有著必然，不過被他這麼一寫就變得饒有興趣。
包天笑這部長篇中，總是喜歡寫此類「大背景」下的「小插曲」。至於「三元
甲子」一說，也不是他一個人的「神乎其神」，我記得在張春帆的《政海》這
部長篇中，江對山曾向陳鐵舫今後的時局時，陳鐵舫也是從「三元甲子」說
起的。可見這是當時民間盛傳的一種帶有迷信色彩的「推背圖」式的預言。

再例如，軍閥戰爭中的「拉夫」，是這兩個作品共同描述的情節之一。葉
聖陶是這樣寫的：

這就來了拉夫的事情：恐怕被拉的人乘隙逃脫，便用長繩一個
聯一個的縛著臂膀，幾個兄弟在前，幾個兄弟在後，一串一串牽著
走。因此，大家對於出門這事都覺得危懼，萬不得已時，也只從小
巷僻路走，甚至佩有紅十字徽章的如潘先生之輩，也不免懷著戒心，
不敢大模大樣地踱來踱去。

這當然也是為塑造潘先生這個人物服務的。可是在《甲子絮談》中，包
天笑還是通過周小泉（逃難到上海的新郎，周雲泉的兒子）的眼睛將拉夫的
場面，整整寫了一章。這並不是為塑造周小泉服務的（最多寫了周小泉是個
有同情心的人），可是卻看到當時的拉夫使許多家庭妻離子散的慘相。包天笑
筆下的有些描寫與葉聖陶作品中的情節完全相同，可見這是當時的實況。

這兩天華界裏凡是穿短衣服的，走路都有些危險。

果然見有三四十人一大串，手臂上都用草繩繫住，兩個人一排，
甲的左手與乙的右手一同繫住了。在馬路上魚貫而行。前面兩個兵
士荷槍而行。中間的兩旁，還有兵士夾護。恐防他們逃出來。後面
又有兩個兵士押隊。好像是押解俘虜一般。一路行來，直送火車站
那個貨棧鐵房子裏去了。

「昨天為了拉夫，已經有人寫信到他們的什麼司令部裏去。司
令部裏說，我們並不要拉夫。我們因為缺乏夫役，叫當地招募四五

百人，優給薪工，他們願意的就去不願意的就不去。」周小泉道：「這個法子就對啦，不是要他們自己願意的嗎？」那個人道：「可是說雖如此說，他們拉卻儘管拉。」那老婆子忽然哭喊道：「我的兒子何嘗情願呢。可憐我只有一個兒子了。我的媳婦還有七個月身孕。倘若被他們拉去，戰死在戰場上，我的老命一條是不要的了。我的媳婦也要急死苦死了。她腹中的小孩子也不能生出來了。我的一家都完了。天殺的啊！你們要打仗，關我們什麼事啊？你們自己要死就死便了。為什麼要拉我的兒子去啊？」……這時一個警察站在馬路中心。老婆子旁邊的人便低聲道：「你別罵吧，不要又吃了虧。」老婆子道：「不怕，不怕。我寧可他們槍斃了我，我也不要活了！」……周小泉跟著他們來的，看得出神了。心想：「這就叫做拉夫。生生的把人家夫婦母子拆開，慘酷極了。這都是那班軍閥家的罪惡啊！」

　　讀了包天笑的這些記述，我總存一份感激之心。《潘先生在難中》的潘先生的形象固然使我極為贊賞，可是我也在通俗文學中得到有益的認知。通俗作家的職能是傳奇，海闊天空地記敘古今奇聞逸事，使「看官們」從中得到一種享受，寫得好就更是一種藝術的享受，這是通俗文學不同於新文學的一種藝術規律；而且寫得好也會出現典型人物，但它的最高境界應是令人目不暇接的傳奇性。包天笑的《甲子絮譚》就使我們較為全面地瞭解 20 年代齊盧大戰時期的上海社會的許多畸形面。通俗小說的「奇」中也包括許多新鮮的事物，因此在當時它有一定的新聞性；而這「奇」，有時也對古代奇聞逸事進行鈎沉，那是它的舊聞性。只要是經過藝術加工的，就有它的藝術味汁，也有它的濃鬱的文化品味。因此，通俗小說的豐富性、存真性，乃至藝術性是絕不可低估的。就存真性而言，通俗小說對這一次齊盧大戰的內因是「一語中的」的。包天笑借人物之口說：「上海地方，就是那不正當的營業容易發財……現在上海最時髦的就是販土，其次就是辦發財票，再次就是開賭，再其次便是賣假票欺騙人家，開遊戲場引誘良家。你想這一次打仗，卻是為什麼打的？誰也不知道為了鴉片煙土的事，大家爭一個鴉片地盤呢！」在其他的通俗小說中也是這個結論。如《江左十年目睹記》〔註3〕中就說這次戰爭的起因是為爭「十一太保」的利益。「十一太保」就是一個「土」字。鴉片俗稱「土」。這個結論與《劍橋

<hr />

〔註3〕姚鵷雛的長篇《江左十年目睹記》原書名《龍套人語》，用筆名龍公。1984 年文化藝術出版社用《江左十年目睹記》的書名重印。

中華民國史》中講這一次戰爭的起因是一致的。〔註4〕講到這「十一太保」，包天笑還在小說中寫了它的危害已深入到下層社會，即使在軍閥的部隊中也有許多人沾染上了這種惡嗜：

> 今天又到了許多福建來的隊伍，據說都是吸鴉片的。打起仗來說甚是勇猛咧⋯⋯正在開火的當兒，他們卻便正在過癮，過足了癮精神百倍，他便奮勇異常。你可知道，鴉片煙這件東西是個興奮劑呀！⋯⋯哪裏有這許多煙槍煙燈？其實的確有許多鴉片器具，而且這些東西也都是他們夾帶的，不過那種東西實在是簡陋得可笑。我先講他們的煙槍，他們的煙槍大一半自然是皮條槍，取其便於攜帶。一聲令下，開赴前敵，他們將皮條槍向衣袋裏一塞，跟著大家跑了，自然是最輕便。可是也有許多人是吸不慣皮條槍的，他們便用一種毛竹槍，製作是粗陋得很的嚧，也不能太粗太長，也要衣袋裏擱得進。至於煙斗呢，有的果然像一隻煙斗，有的你道是什麼東西做的？倒也難為他們想得出，原來廣東店裏有一種賣青鹽陳皮的黃沙小罐，牛奶色的也和煙斗差不多大小。那底是尖的，他把那罐口磨光了，尖底的地方戳一個眼兒，裝在槍上，便算是個煙斗子⋯⋯他們一塊馬口鐵皮剪得圓圓作的，要不就是聽頭香煙裏開出來的一個小圓盒兒也好，把半段洋蠟燭燒熱了，沾在上面，再用一個鴨蛋殼敲破了兩頭，在那洋蠟燭上一罩，便成為煙燈了⋯⋯他們把一些稻草在地下一鋪，枕頭是沒有的了，只好把破衣服包上幾塊磚頭，睡下來點上洋燭，罩上蛋殼，抽出皮條槍嗤嗤嗤的猛吸了幾十口煙。那個時候，前面怎樣的炮火連天，屍骸遍地，他也只好不管，閉著眼睛，扛著肩架，猛抽他的煙，便是一個炮彈飛過來，連人帶他的煙具，一古腦兒都變成了炮灰，他也不管的了。只好付之天命。及至過足了癮，把煙槍袋好在身邊，便精神抖擻的起來，吶一聲喊，猛衝前去，讓前敵的弟兄們退下來過癮。這時候那種吸煙兵勇猛百倍，一以當十，好似一群野獸，那才屬害呢。這便像機器加足了油，橡皮管裏打足了氣一般。

把士兵吸煙的特製器具寫得如此詳細，把他們吸煙時的將生命置於度外的神態，寫得如此逼真，也許這所謂「勇猛」卻是瘋狂。恐怕也只有通俗小

說中能「記賬似的報得很清楚」。可也不是純粹的無聊筆墨，也不僅僅是供讀者消閑。它將軍閥部隊的腐朽性，生動形象在勾勒出來，活像繼承了八旗子弟兵的衣缽。這樣吸大煙的士兵，必然會有極強的金錢欲，他們倒喜歡打仗。所謂「槍炮一響，黃金萬兩」，他們就可以擾民，可以姦淫虜掠。包天笑接下去就寫軍閥軍隊的擾民與敲詐勒索。

以上是從兩部同一題材的小說對照其視角的不同與寫法的各異，找出了規律性的東西來，從中看到兩者之間互補的可能性。

（二）特有的敘事傳奇功能為新文學提供背後景式的參照

通俗文學的詳細的敘事特色，往往可以給我們許多感性知識，當我們去讀新文學作品時，通俗小說常常發揮一種背景式的參照作用。這裡舉一個通俗小說對魯迅的雜文做了極好補充的事例。魯迅在他臨終前，接連寫了兩篇有關章太炎先生的文章。其中有一篇是他逝世前兩日擱筆的未完成稿。讀後覺得魯迅對章先生有一種「尊敬的貶意」。當我看到魯迅對章太炎的「既離民眾，漸入頹唐，後來的參與投壺，接受饋贈，遂每為論者所不滿，但這也不過白圭之玷，並非晚節不終」的評語時，覺得魯迅先生還是筆下留情的，不過此文與事實是稍有出入的。我也曾經老是想不通，這個章太炎也太離奇了，你去參加軍閥孫傳芳的那一套玩意兒幹什麼呢？關於這一公案，在《魯迅全集》有兩個注釋。一是講孫傳芳「盤踞東南五省時，為了提倡復古，於 1926 年 8 月 6 日在南京舉行投壺古禮」。對投壺的注釋是「古代宴會時的一種娛樂，賓主依次投矢壺中，負者飲酒。」，又有一注說：「1926 年 8 月間，章太炎在南京任孫傳芳設立的婚喪祭禮制會會長，孫傳芳曾邀他參加投壺儀式，但章未去。」1926 年我還沒有出生，我也沒有專程去查過 1926 年有關這方面的報刊。只是想像中覺得這是怪事一樁，或者說是一幕滑稽劇而已。而章太炎怎麼會與孫傳芳搞在一起的呢？魯迅的文章中說：「先生遂身衣學術的華袞，粹然成為儒宗，執贄願為弟子者蟻眾……」〔註5〕大概也不失為是一種解釋。可是我讀了姚鵷雛的小說《龍套人語》（即《江左十年目睹記》），我覺得大有裨益。小說用了一章多的篇幅為我們詳寫了這幕復古活劇。那就是第 18 章的《鄉飲投壺先兵後禮，大庠入穀偃武修文》。這樣的生動詳盡的描寫，大概連報章

<hr/>

〔註5〕以上魯迅的雜文及其注釋見《且介亭雜文末編》：《關於太炎先生二三事》、《因太炎先生而想起的二三事》，《魯迅全集》第 6 卷，人民文學出版社 1991 年版。

上的報導也無出其右了。因爲是寫了整整一章有零，我就無法抄錄了。但在這一章中有一段書中主人公魏敬齋與師孟的對話，說出了軍閥們當年爲什麼會欣賞章太炎的道理。書中的魏敬齋倒是個「硬裏子」的名士，頗有見地，又能詩善畫。他們的這席對話，說出了魯迅語焉不詳的若干道理：

師孟道：「莊遁庵（即書中影射章太炎之名）近來在這班藩鎭之間，紅得不得了，眞可以算是諸侯上客，但是他所講究的『國故』，並不是爲帷幄運籌用的。他們請教他是些什麼？我倒不懂。」敬齋道：「有甚不懂。我好有一比，比如我們賣書畫的，人家說賣書賣畫，簡直可以說末等生意了。因爲書畫這一類東西，旣非如粟米之療饑，又非如珠鑽之可貴，窮的人買不起，不消說了，稍爲夠過的，也不要買這類不急之物。至於大家巨閥呢，錢是有的，也盡有餘暇來考究那些，可是他家裏的古董書畫，早已裝滿了幾十個木箱，又無需我們的那種新鮮出品，算來算去，惟有那些暴發財的人家，驟然間有了錢，便要裝潢門面，附和風雅，那便是我們這行買賣的惟一受主，可是在這惟一受主，暴發戶的心目中，還要分幾個等級次序。當他發了幾十百萬的財之後，要窮奢極欲起來，便先是錦衣玉食，次是嬌妻美妾，到最後一著，方才是住的問題。於是乎必須蓋新房子，以滿足他住的奢欲。蓋起房子來如果他蓋的是洋式巨宅，還需要不到我們的這種東方藝術的書畫。照此程序推算下去，第一步要他發財。發財之後第二步奢侈到衣食，衣食之後第三步到妻妾。妻妾之後第四步到洋房汽車。只在這四步之中，有一條小小岔路，便是希望那暴發戶蓋的是中國式的房子，這才有掛我們這些舊書畫的餘地。那才可以講行情，論交易。還要人情熟練，應酬圓到，方可得到這『惟一受主』之一顧。你想那種買賣難乎不難？這類職業可做不可做？可是現在那些大軍閥、大將軍，在金錢權勢上，固然完全是一個大大的暴發戶，論起他的知識來，又只想蓋中國大廈，而不想收羅『洋才』，所以東方書畫式的莊遁庵就值了錢了。現在那些大將軍的地盤，便如新蓋的中國式的大廈一般，那莊先生便是吳昌碩的一張花卉，康有守（影射康有爲）的大字。東也要拿他去掛兩天，西也要拿他去懸幾日，以表示他們暴發的神氣，禮賢的盛事，於是乎莊先生乃大紅而特紅。」（《龍套人語》第18回）

這樣精闢的論述出現在魏敬齋這個人的口中是非常合乎身份而一點也不板滯的。但這席話是可以去補充魯迅雜文中所沒有寫到的內容。魯迅只寫了章太炎的主觀世界的一面：「既離民眾，漸入頹唐」。但那些軍閥大佬爲什麼如此大捧特捧章太炎，看了這段議論，於情於理，都能令人信服。更何況作品如此生動詳細地描繪了「投壺」大禮的場面呢。姚鵷雛小說的這一章，簡直可以作爲魯迅論述章太炎文章的「重要參考資料」去讀。而且這部小說精彩處很多，眞是令人感到美不勝收。因此我在《中國近現代通俗文學史》中稱姚鵷雛爲「不朽而被塵封的通俗作家」。〔註6〕

（三）對小說類別與題材的不同理解派生出百花齊放態勢

新文學與通俗文學對某些小說的不同類別有不同的理解，而這種不同的理解將會導致創作的豐富多樣性，從而使小說呈百花齊放、爭妍鬥豔的態勢。這也是一種「有你也有我」的互補局面。例如，新文學與通俗文學皆有「問題小說」之目。周作人爲新文學的「問題小說」作界定時，要讀者分清「教訓小說」與「問題小說」之不同。他說：「教訓小說所宣傳的，必是已經成立的、過去的道德。問題小說所提倡的，必尙未成立，卻不可不有的將來的道德。一個重申舊說，一個特創新例，大不相同。」〔註7〕也就是說，新文學的問題小說是要啓迪讀者探索未來應該建立的、有異於封建陳規的新道德。它重在探索，當然並不一定需要有答案。這是受易卜生的「問題劇」的影響。胡適在介紹《易卜生主義》時說：

> 易卜生把家庭社會的實在情形都寫了出來，叫人看了動心，叫人看了覺得我們的家庭社會，原來是如此黑暗腐敗，叫人看了覺得家庭社會眞正不得不維新革命——這就是「易卜生主義」。表面上看去，像是破壞的，其實完全是建設的，譬如醫生診了病，開了一個脈案，把病狀詳細寫出，這難道是消極的破壞的手續嗎？但是易卜生雖開了許多脈案，卻不肯輕易開藥方。他知道人類社會是極複雜的組織，有種種極不相同的境地，有種種極不相同的情形。社會的病，種類紛繁，決不是什麼「包醫百病」的藥方所能治得好的。因此他只好開了脈案，說出病情，讓病人各人自己去尋醫病的藥方。〔註8〕

〔註6〕拙編：《中國近現代通俗文學史（上）》，江蘇教育出版社2000年版。
〔註7〕周作人：《中國小說中的男女問題》，載《每週評論》1919年2月2日。
〔註8〕胡適：《易卜生主義》，《胡適文存》第1集第464～465頁，黃山書社1996年版。

　　這就是新文學「問題小說」的祖師的觀點，也就是新文學「問題小說」創作的路子。魯迅也寫過《娜拉走後怎樣》的雜文。可是他沒有開出什麼藥方來。他只說娜拉走後出路只有兩條，一條是墮落，一條是回來。要不墮落，也不回來，就要自己解決「經濟權」問題，可是怎麼才能取得這種權柄呢，魯迅也不知道，「單知道仍然要戰鬥」。〔註9〕這也不能算是一個答案。早期的魯迅是與易卜生同調的。他在《我怎樣做起小說來》一文中說：「所以我的取材，多採自病態社會的不幸的人們中，意思是在揭出病苦，引起療救的注意。」〔註10〕這幾句話是很有分寸感的。他也不包治百病，而只是引起療救的「注意」。他並不開藥方。

　　通俗文學也有以寫「問題小說」為標榜者。代表人物是張舍我。但與他共同發起的還有《小說月報》的主持人惲鐵樵。張舍我在小說《博愛與利己》的「作者附識」中說：

> 問題小說（Problem Story），創自美國之小說家施篤唐氏（Prank Stockton），其小說《女歟虎歟》（The Lady or The Tiger）〔某君譯之為《妒之研究》，見《小說月報》7卷，惲鐵樵先生嘗懸賞徵文以論其究竟，頗饒興味。〕。氏以二千金售之《獨立週刊》，披露後極為一般哲學家與心理學家所稱許，而氏之名亦遂大噪。問題小說之作，原由於哲學上或社會上之一種重大問題。著者以為非一二人所能武斷解決，亦非一二人之思想識力所能解決，故演之於小說，以求社會上之共同研究與解決，意至善也。故今日歐美小說家中，從事於此種作品者漸多。首期之《父子歟夫婦歟》一篇為社會的，此篇則為哲理的。然粗率疏散，無當大雅，願讀者諸君有以教之。〔註11〕

　　施篤唐氏在《女歟虎歟》中是將問題直白地置於讀者面前。小說的內容並不複雜，但問題的回答則非A即B，非B即A那麼簡單。正如有人譯為《妒之研究》一樣，研究報告的結論是可以各執一詞的。故事內容是寫一蠻族之王一貫用一種特殊的方法來判決治下的罪犯：在一個巨大的鬥獸場內，將罪犯置於大庭廣眾座前。在場內有兩扇絕然相同的門。一扇裏面是猛虎，一扇

〔註9〕　魯迅：《娜拉走後怎樣》，《魯迅全集》第1卷第271頁，人民文學出版社1963年版。

〔註10〕　魯迅：《我怎樣做起小說來》，《魯迅全集》第4卷第393頁，人民文學出版社1963年版。

〔註11〕　張舍我：《博愛與利己》，載《小說月報》第7卷第7號。

裏面是美女。叫受判的罪犯自己去開啓其中的一扇。如果開了內有猛虎的一扇，就是證實他是有罪的，他被吞噬是罪有應得；如果開啓了美女的一扇門，則就將美女嫁給此人，說明他是受了冤屈，現在以「豔福」補償之。蠻王有一女兒，乃掌上明珠，可是她與宮中一個僕役相愛。蠻王遷怒於僕役，要將少年送入鬥獸場判決。公主付出了鉅額賄賂，知道哪扇門內是猛虎，哪扇門內是美女，欲以左右手向少年示意。可是公主又知道門內之美女乃她的情敵，此女經常與少年眉目傳情。現在「罪犯」將等待公主之示意行事。公主舉起了右手，少年準備去開右門。此時，施篤唐寫道：

> 扉啓以後，其中爲猛虎歟，美人歟？是皆出於公主之所賜。惟記者不欲更言，今當留此問題，經待慧心人之解決。諸君試一爲思惟，當覺答此難題非易易也……使情人一入虎口，則死者不復生；一爲情敵之夫，則往者不可諫。此後悠悠歲月，終爲埋恨之光陰，即止地老天荒，此恨無極。一生一死，終難兩全。或生或死，無非一散。然則公主心中欲其所歡施身於何方乎？想其轉輾躊躇，魂夢繚繞，芳心一寸，回轇無窮。有時念及所歡，將飽虎腹……碧血四飛，豐肌立盡……時或想情人，啓門而睹彼美……歡也既慶更生，又償夙願，輕憐緩惜，笑見新人……凡此諸端，縈回不已。生生死死，兩不能甘。而必擇一而處，此情眞到萬難矣。或者欲長保情郎，毋爲他人所奪，寧爲玉碎，不爲瓦全，冀他日冥冥之中，猶得歡聚泉下，此亦未使非計也。然驅愛者置之死地，心或有不忍爲，則留以有待，亦屬人情之常態。要之明人於此，當各自有會心，無煩余君之喋喋。諸君於茶餘酒後，試各審思而裁度之。美人歟，猛虎歟？

通俗文學之「問題小說」有時也會涉及社會諸問題，但其重點不在於探索，而是熱衷於「慧心者」進行一種智力測試。讓他們經過巧思後作出「自圓其說」的答案。這是非常符合通俗文學追求趣味性的宗旨的。因此《小說月報》之編者惲鐵樵在文後附言懸賞徵文：「歐美盛行辯論會，常分團體爲兩組，擬答互詰。蓋所以造就言語之才，備他日折衝之選。本題命意，取義於此。愛讀諸君……對於本篇，定多雋論，倘錄取往返辯駁之詞見示，當擇優刊錄，以公同好。篇幅幸勿過長，以不逾六百字爲合。」〔註12〕在1916年就有此種刊登與提倡，可見通俗文學的「問題小說」的資格要比新文學的「問

〔註12〕張舍我：《博愛與利己》，載《小說月報》第7卷第7號。

題小說」爲老。但他們的構思的主要套路是不同的，在文壇上應該各有它們自己的位置。

由於新文學作家與通俗文學作家的寫作目的不同，視角各異，在他們筆下的作品也必然會出現不同的風采。相比而言，通俗小說的紀實性更強。例如作爲金融題材的小說，現在有人稱爲財經小說，有的新文學作家不過是取它爲由頭，然後將其政治化，例如《子夜》。它原本要說明一個重大的政治問題，也就是說中國想走資本主義道路是「此路不通」的，即便有像吳蓀甫這樣雄心勃勃的、經過西方薰陶的資本家也無力迴天；中國的殖民化是必然的。交易所金融市場不過是一個外殼。在中國現代文學人物畫廊中，吳蓀甫算得上一個典型形象。可是在通俗文學作家看來，金融小說就得反映中國的金融市場。例如江紅蕉的《交易所現形記》〔註13〕要瞭解上海 1921 年的「信交風潮」，它是一份很可貴的很形象的參考資料。1921 年初，上海有的投機商見交易所有利可圖，先後集股開設了幾家交易所和信託公司，以其本身所發股票，在交易所上市買賣，並暗中哄抬股票價格，獲取暴利。當時，一般商人見「利潤」可觀，亦爭相籌募投股，紛起組織。僅在 1921 年夏秋間幾個月內，即成立交易所一百四五十家，信託公司十多家。一時股票大量上市，形成投機狂潮。不久市面銀根日緊，股票價格暴跌，交易所和信託公司紛紛倒閉，釀成嚴重金融風潮。在風雨飄搖中，上海僅存 6 家交易所。江紅蕉的《交易所現形記》就是反映了這場金融風潮的起始釀成及其最後結局。

（四）與新文學中的鄉土小說、與社會剖析派小說互補的通俗文學「都市鄉土小說」

在小說的民俗價值上，通俗文學是一座富礦。在這方面，即使是新文學中的鄉土小說，也是望塵莫及的。新文學中的鄉土小說是作家被自己的故鄉放逐以後，當他們僑寓在大都市時，所寫的懷戀鄉土和憶及童年的活潑的民間生活的作品。可是他們對現在所僑寓的大都市的民間生活卻是不甚了了的。而通俗作家所擅長的是反映大都市的民間生活與民俗文化，有些作家簡直能把中國大都市上海和北京的民間民俗生活和盤托出，他們善於把上海、北京的民間生活作爲「鄉土小說」來寫。在本書集中，我專門有《論「都市

〔註13〕 江紅蕉：《交易所現形記》，原連載於 1922～23 年《星期》週刊，現收入《中國近現代通俗作家評傳叢書》之 7：《交易所真相的探秘者——江紅蕉》之附錄，南京出版社 1994 年版。

鄉土小說」——中國現代通俗小說對「文學大家庭」的重大貢獻》一文。在
上述這篇文章中主要是以上海和北京的民間生活爲例，說明南方與北方的民
間民俗生活的差異性，當然它們之間的特色是較爲容易分清的。在本文我想
強調另一個問題，也就是在通俗作家筆下，能更爲細緻地寫出南方不同城市
的差異性，這種更爲細微的地方個性，令人不得不感到他們觀察鄉土差別的
敏銳程度。例如在蘇州作家程瞻廬的筆下，常常能寫出蘇滬間的豪華與精緻
的不同的城市「個性」。講到蘇州，「一飲一啄，一茶一飯，卻是掂斤播兩，
標新立異，一點兒也不肯將就。上海要算是繁華地方，任憑什麼東西，應有
盡有，然而在生活細節上就沒有蘇州這般頂眞。上海茶僚裏，只有紅茶、淡
茶；蘇州茶僚裏，便分出君眉、壽眉、雨前、雨霖、龍團、螺春，一逢夏令，
不是泡一碗蓮湯，定是泡一碗雙花點湯的紅龍鑲。上海麵館裏，也不過直截
爽快的雞麵、鴨麵、魚麵、肉麵；蘇州麵館裏，花色便多了，名目便繁了，
細針密縷，五花八門……」接著程瞻廬寫蘇州人是如何「點吃一碗麵」的，
讀後才知道爲什麼蘇州作家陸文夫之所以能寫出膾炙人口的《美食家》來：

> 原來蘇州麵館裏，凡是佐麵的雞鴨魚肉一律喚做澆頭，一碗麵
> 堆著兩樣澆頭，便喚做鴛鴦，堆著雞鴨澆頭，就是雞鴨鴛鴦，堆著
> 蝦蟹澆頭，便是蝦蟹鴛鴦，又喚蝦蟹糊塗。此外，又有小鴛鴦，大
> 鴛鴦。把豬肉切成小方塊，紅湯煮熟了，喚做臊子肉，又喚作鹵子
> 肉。另把黃鱔絲鑲做澆頭，喚做小鴛鴦，又喚做鱔鴛鴦。前人吳門
> 雜詠詩道：「紅日半窗剛睡起，阿儂澆得鱔鴛鴦。」可以算得有詩爲
> 證。大魚大肉鑲配做澆頭，喚做大鴛鴦，又喚做紅兩鮮。……還有
> 輕麵重澆，是說麵要減少，澆頭要加多；寬湯免青，是說湯汁要寬
> 些，蔥蒜要免除；加紅油，便是另加魚油；做底澆，便是把澆頭藏
> 在麵底。肉要硬膘大精頭，是說揀選精肥各半的肉；不要瘦五花，
> 是說不要一層精一層肥的五花肉。魚要肚擋，是說揀選魚肚上的肉；
> 不要鳧水，是說不要魚尾巴。這一篇累累贅贅的話，比著魯智深在
> 狀元橋買肉，揀精揀壯，揀寸筋軟骨，還要加倍挑剔，加倍疙瘩。（以
> 上所引的茶僚與麵館這兩段均見《眾醉獨醒》第19回）

我們過去也許有一種思維定勢，認爲鄉土小說主要是反映農村或小城鎮
的生活的小說，其實，鄉土即地方特色，正如「鄉土教材」不等於「鄉村教
材」一樣，而是指某一地域的環境、物產、風土、人情的教材。與新文學的

鄉土文學相比，通俗文學側重於寫都市而不是側重去寫鄉村與小城鎮的生活：與新文學中的都市社會剖析派小說相較，它們的視角又各有重點，它比較側重於都市的民間民俗生活。這就形成了可以互補的前提。通俗文學中的「都市鄉土小說」就是顯示這一都市的沿革與民間民俗傳統特色。寫這類都市通俗小說又何止反映上海、北京、蘇州等地，劉雲若的《小揚州志》等作品，戴愚庵的《沽上英雄譜》、《沽上游俠傳》等「混混小說」就是寫天津的都市鄉土中的特殊一類人物，也就是魯迅提到過的「青皮精神」。應該承認，這種「惟求記賬似的報得很清楚」的現代通俗小說中的都市鄉土文學，極具文學價值、文化學價值、民俗學價值和社會學價值，是我們現代文學中的瑰寶之一。

論中國早期自由職業文化人對文學現代化的貢獻

（一）

我在《〈海上花列傳〉：現代通俗小說開山之作》一文中提出，中國文學從古典型轉軌為現代型起點的標誌是 1892 年開始連載、1894 年正式出版的《海上花列傳》。韓邦慶的這部長篇從題材內容、人物設置、語言運用、結構技巧，乃至發行渠道等多方面都顯示了濃鬱的現代氣息；另外它還說明了一個重要問題：那就是中國文學的現代化是中國社會推進與文學發展的自身內在要求，是中國文學運行的必然趨勢。它證明了中國文學即使沒有外來文藝思想的助力，我們中國文學也會走上現代化之路的，儘管當時像韓邦慶等作家對文學現代化的推進尚處於不自覺狀態。

可是到 1898 年前後，我國的知識分子對文學的現代化的推進就開始進入自覺狀態了。這一初具自覺狀態的群體大約由三部分人所組成的：一是早期的海歸者，二是戊戌失敗後的流亡者，三是中國的早期的自由職業知識分子。早期海歸者可以嚴復為代表，他翻譯了《天演論》等重要的著作，成為啓蒙的有力工具；他寫出了《本館附印說部緣起》等文章，被梁啓超譽為「雄文」。流亡者當然是以梁啓超為代表的維新人士，他在國外辦起了《新小說》雜誌，他寫出了《論小說與群治之關係》等倡導小說革命的文章，而且在「詩界革命」、「文體革命」的「戲曲改革」方面，都提出了一系列革新文學現狀的主

張。以上這兩部分人在促進文學現代化事業的功績是抹殺不掉的。但是中國
早期的自由職業知識分子的貢獻卻往往爲我們所視而不見，至少是大大低估
了。那就是李伯元、吳趼人和包天笑爲代表的中國早期自由職業文化人。本
文要重點論述的就是這一新興階層對文學現代化的貢獻。

在 1903 年清廷開考經濟特科。當時有人保薦李伯元和吳趼人去參考，可
是被他們拒絕了。吳趼人在李伯元逝世後爲其寫一小傳，其中說到：「光緒辛
丑（辛丑爲 1901 年，年代有誤，應爲癸卯，即 1903 年——引者注）朝廷開特
科，徵經濟之士，湘鄉曾慕濤侍郎以君薦，君謝曰：使余而欲仕，不俟（及）
今日矣。辭不赴。」〔註1〕當時對這種人往往尊稱爲「徵君」（舊稱曾經朝廷徵
聘而不肯就職的隱士）。可是吳趼人表揚了李伯元，卻沒有透露自己也是被人
推薦而不赴者。李葭榮的《我佛山人傳》中曾提及此事：「先是湘鄉曾慕陶（濤）
侍郎飫耳君名，疏薦君經濟，闓應特科，知交咸就君稱幸，君夷然不屑曰，與
物亡競，將焉用是，吾生有涯，姑捨之以圖自適，遂不就徵。」〔註2〕以上材
料日本學者樽本照雄教授在《李伯元和吳趼人的經濟特科》一文中有詳細考
證。〔註3〕對吳趼人只談李伯元的經濟特科事，而沒有提及自己也同時被推薦，
有人說這是吳趼人品格高尚而自謙，有人說他表揚了李伯元，也就等於表揚了
自己。或者說二者兼而有之。但樽本先生的結論是很重要的：

> 對於知識分子來說，當時在上海除了做官以外，還有別的方法、
> 別的世界可以維持生計。李伯元和吳趼人選擇了新聞界。他們大概
> 在新聞界已經做了很多事情並且充分體會到生活的價值。不用說他
> 們也是在經濟上獨立的。事已至此，他們完全不想到北京去投考。
> 李伯元和吳趼人不去投考經濟特科這件事，也象徵著新聞界在上海
> 已經形成了。

新聞界之在上海的形成是有一個過程的。在戊戌維新以前，左宗棠等人
詆毀報人爲「江浙無賴文人之末路」。認爲新聞記者是極盡挑撥離間之能事的
一夥人。因爲過去的信息與興論是掌握在少數統治者之手，現在有印刷品面
向市民大眾，構成了一個「公共空間」，市民也就有了參與意識，甚至成爲社

〔註 1〕吳沃堯：《近代小說家李伯元徵君遺像（後附李伯元小傳)》，《月月小說》第 1
年第 3 號（無頁碼）1906 年 12 月 30 日出版。
〔註 2〕李葭榮：《我佛山人傳》，載 1910 年《天鐸報》，轉達引自胡寄塵《虞初近志》
卷 6，第 34 頁，廣益書局 1913 年版。
〔註 3〕見樽本照雄《清末小說研究集稿》第 127～146 頁，齊魯書社 2006 年版。

會輿論（民情）的主體，這種「壟斷權」的被打破，民眾成了信息與輿論的「共享者」，使統治者甚為惱火，因此報人的地位也被有意地打壓得很低。但是從戊戌維新開始，康有為、梁啓超的《時務報》問世，「乃為上海報界放一異彩，……前此賤視新聞業因而設種種限制之慣習，復悉數革除。」報紙主筆，新聞記者，特約通訊員之類的人也揚眉吐氣，受社會之重視。上海報業之盛，又是因為託足租界，可以免受國內的政治暴力，所以輿論上也有了相對的自由度，社會信用有所增高。〔註4〕但李伯元、吳趼人所編的小報則仍被視為「戲報」與「花報」。可是自從吳趼人成了《新小說》的臺柱，李伯元被國內最大的私營出版機構商務印書館聘為《繡像小說》的主編之後，他們的檔次得到了大大的躍升。他們成了很有名望的人物。過去的讀書人以科舉考試作為榮宗耀祖的捷徑，能破格推薦你們去參與經濟特科的考試，當然是特別看得起你們的意思，真像吳趼人的「知交」都紛紛向他祝賀：「咸就君稱幸」，可是他們卻不屑參加特科的考試。過去的「徵君」是隱士，可是他們不是隱士，他們是中國早期資本社會的「自由職業者」。「自由職業者」的階層在知識分子人群中的日益擴大，是一股新的社會中產階級的製造輿論的力量。

這批自由職業者，收入也頗為可觀的。當時清政府廢科舉辦學校，山東青州府請包天笑去辦學堂（教員也是自由職業者），「我的薪水，是每月白銀五十兩，……五十兩銀子，恰好是一隻元寶，在南方可以兌換銀元七十元左右。我自從受薪以來，以每月束脩二元始，至此亦可算是最高階級了，私心竊喜，學佛者也不能戒除這一個貪字呢。」〔註5〕他在青州大約兩年時間，後來 1906 年他到了上海，他在《時報》的工資是每月 80 元，「小說林編譯所」又請他兼職，薪水每月 40 元；編輯《小說時報》他不拿編輯費，但稿費照算，千字 2 元；他還為商務印書館寫教育小說，千字 3 元。他還給《新新小說》等多種報刊寫稿，還要到學校去兼課，忙當然很忙，可是收入也比青州更加可觀。如此看來，李伯元、吳趼人根本不想去考特科，也不是他們的清高。一方面，他們經濟上有較豐厚的收入，另一方面，他們在新聞工作中看到了自己的人生的價值。當他們眼看：「當今之世，國日貧矣，民日疲矣，士風日下，而商務日亟矣」的現實時，他們作為自由職業的報人，可以率性「以痛

〔註4〕從左宗棠語至此的觀點，可參看姚公鶴《上海閒話》第 128～132 頁，上海古
籍出版社 1989 年版。
〔註5〕包天笑：《釧影樓回憶錄》第 279 頁，香港大華出版社 1971 年版。

哭流涕之筆，寫嬉笑怒罵之文」。〔註6〕而吳趼人也是為了「捨之以圖自適」。這「自適」並非是做什麼「逍遙派」，而是發揮最適合自己的人生價值的才能。

　　人們的價值取向不同了。李伯元與吳趼人在寫作具有現代性的作品的自覺意識方面也與韓邦慶不同了。這兩位具有自覺意識的專業報人與作家，寫出了我國最早的現代型的通俗社會小說，轟動一時。他們的具有現代性的通俗社會小說除了有一定的文學價值之外，也是當時的一種啟蒙的利器。因此我認為，中國文學的現代化是三部分人吹鼓而形成氣候的。但能將啟蒙力量穿透到社會中下層去的，倒還是要靠這些在本土土生土長的自由職業知識分子筆下的通俗小說。過去我們對這些作家的成就的估價卻是遠遠不夠的。

（二）

　　我們強調這批自由職業者的重要性是為了說明清末已有一批新型的知識分子正從舊卵中破殼而出。他們所寫的小說中已有著明顯的現代性。在當時，還沒有後來所稱謂的「新文學作家」；但是這些後來被稱謂為「舊文學作家」的人已在傳統小說的外殼中顯示了自己作品的新質，那就是時代的啟蒙精神。他們兼報人與作家於一身，以啟蒙中下層民眾為己任。魯迅對他們的啟蒙的社會效應是很肯定的。

> 蓋嘉慶以來，雖屢平內亂（白蓮教、太平天國、撚、回），亦屢挫於外敵、（英、法、日本），細民暗昧，尚啜茗聽平叛武功，有識者則已翻然思改革，憑敵愾之心，呼維新與愛國，而於「富強」尤致意焉。戊戌變政不成，越二年即庚子歲而有義和團之變，群乃知政府不足與圖治，頓有掊擊之意矣。其在小說，則揭發伏藏，顯其弊惡，而於時政，嚴加糾彈，或更擴充，並及風俗。

　　這些小說能將熱衷於聽「平叛武功」的「細民」轉變他們的注意力，去關注時政的弊惡，讓群眾知道「政府不足與圖治」，而且「呼維新與愛國」，這難道還與「啟蒙」無緣的嗎？但後來對他們的評價卻很低，大概與魯迅對他們在藝術上的粗糙的評論「太經典」有關：「辭氣浮露，筆無藏鋒。」「終不過連篇『話柄』，僅足供閒散者談笑之資而已」。〔註7〕這樣將他的「掊擊」、

〔註6〕李伯元：《論〈遊戲報〉之本意》，載《遊戲報》第 63 期，1897 年 8 月 25 日出版。

〔註7〕以上魯迅的有關譴責小說的評價均見《中國小說史略‧第 28 篇‧清末之譴責小說》，《魯迅全集》第 8 卷，第 239 和 244 頁，人民文學出版社 1963 年版。

「糾彈」之類的評價都沖淡了。自從魯迅在藝術上對譴責小說作出了評價之後，胡適與阿英等人都「委婉」地提出了不同的看法。胡適認爲魯迅是站在精英立場上，沒有考慮到這些小說主要是針對「淺人社會」的要求而寫作的。〔註8〕阿英則認爲：

> 而這時的清政府，對外則屈辱投降，奴顏婢膝，對内則貪污腐化，苛斂暴徵。生活在這樣憤怒不遑的情況之下，「辭氣浮露，筆無藏鋒」，是不易避免的，不但小說，就是詩詞也很少不例外。這與當時的局勢是有關係的，不能說只是「度量」與「素養」的問題。所謂「嗜好」，也只是標幟著人民對政府、對帝國主義憎惡的深度而已。

所描寫的「話柄」，主要取材於當時的「官場」和「洋場」。在一定限度上，反映了腐朽的封建統治與半殖民地國家所特有的生活墮落與道德敗壞的現象。

> 《二十年目睹之怪現狀》，在當時是「婦孺能道之」（汪維甫：《我佛山人筆記敍》），在讀者間影響之大，可以想見。而數十年來流傳迄不衰，亦足證其真價。蓋雖未達藝術高峰，卻一定深度的反映了當時現實也。所述「話柄」，據蔣瑞藻《小說考證》引《缺名筆記》，大都有所本。〔註9〕

所謂「話柄」，按照《辭海》上的解釋是「被他人當作談話資料的言論或行爲」。我認爲「話柄」與「情節與細節」是很難分別的。范進中舉後吃了一隻豬油手的一個大耳光才被打醒，嚴監生臨終前的「兩根燈草」，都是可以作爲「話柄」，被他人當作談話資料的言論或行爲。諷刺小說中出現較多「話柄」，是常有的事，至於深入到婦孺皆知，是否也算是被「閒散者」作爲談笑資料？我以爲也是難於分清的。不過阿英所說的「未達藝術高峰」這一評價倒是可以落實的。

過去我們是將「反帝反封建」作爲鑒定是否是現代文學的一個重要標準。但是這一標准定得是否妥當，還可以討論。現代文學是靠其現代性而有別於古典作品的。但是如果我們姑且拿這個「反帝反封」標準去衡量李伯元與吳

〔註8〕對於胡適與魯迅的不同看法可參看本書集中的《特緣時勢要求，以合時人嗜好——以評議魯迅、胡適的有關「譴責小說」論點爲中心》一文。

〔註9〕以上阿英的三段話，見阿英的《小說三談》第202、213、220～221頁，上海古籍出版社1979年版。

跼人的作品，也倒非要承認它們是非常合格的「產品」不可。當阿英談及《官場現形記》的廣泛影響時說：

> 無論是在政治上抑文學上，還是很大的。揭露了封建統治的腐朽，揭露了帝國主義的陰謀，也鞭撻了社會許多不合理現象，反對科舉制度等等，從而提高了中國人民的覺悟。就由於這部小說的誕生，與時勢的要求，逐漸形成了晚清譴責小說的高潮，在相當深度上反映了當時社會的現實：「山雨欲來風滿樓」的革命前夜的現實。是譴責小說中的典範之作。〔註10〕

這確是一部不同於古代市人小說的、具有現代性的中國現代通俗社會小說。李伯元不僅在自己的創作中能顯示出這種現代性，而且在他所編輯的文學雜誌中也展現了期刊的現代型的面容。在他主編《繡像小說》的發刊緣起中就宣稱：「遠擷泰西之良規，近挹海東之餘韻，或手著、或譯本，隨時甄錄，月出兩期，藉思開化夫下愚，遑計貽譏於大雅。嗚呼！庚子一役，近事堪稽，愛國君子，倘或引爲同調，暢此宗風，則請以此編爲之嚆矢。」他完全要以「嚆矢」——「林中的響箭」般的先行者的身姿態出現；另一方面，它又不像梁啓超辦刊物，處處只求表現他的「專欲發表區區政見，以就正於愛國達識之君子」，而是一本「正宗」的文學刊物。《繡像小說》的「看家作品」是《文明小史》，它從第1期連載至第56期，阿英曾給予高度的評價：

> 《官場現形記》誠然是一部傑作，但就整然的反映一個變動的時代說，《文明小史》是應該給予更高的估價的。……特殊是寫湖南的十多回，可說是全書最精彩，也是作者筆力最酣暢，最足以表現創作力的高強的表徵。寫個人的性格，寫群眾的活動，寫官僚的媚外，寫豪紳的作惡，眞是舊話所謂「極盡繪聲繪色之妙」。出現於這部書裏的人物，一般的說，雖止官僚、維新黨、帝國主義三方面，但各有其姿態，各有其性格，各有其不同的活動，是並不使讀者有「重現」之感的。至於全書採用諷刺與幽默的筆調，也可算是一種獨特的特色。〔註11〕

阿英將《文明小史》視爲「在維新運動期間，是一部最出色的小說」。他對《文明小史》開端的十幾回的藝術性也予以充分的肯定。除了主編者自己

〔註10〕阿英：《小說四談》，第212頁，上海古籍出版社1981年版。
〔註11〕阿英：《小說四談》第131～132頁，上海古籍出版社1981年版。

拿出優秀的作品來之外，其他的來稿中可圈可點的也是不少的。如從第 7 期起，刊出了《鄰女語》這樣的優秀之作。蔣瑞藻引《清代軼聞》中語：「《鄰女語》一書，記庚子國變事頗詳確，文筆清雋可喜，實近日歷史小說之別開生面者。」〔註12〕所可惜的是全書未能續成。而《繡像小說》第 9 期又推出了《老殘遊記》，此書在後代的評價中已是有口皆碑。在《老殘遊記》的第 1回的回評中說：「舉世皆病又舉世皆睡，眞正無下手處。搖串鈴先醒其睡，無論何等病症，非先醒無治法。具菩薩心，得異人口訣，鈴而日串，則盼望同志相助，心苦情切。」劉鶚作爲一位「業餘」作家，他的小說能寫到這一地步，眞可謂是「天才」。《繡像小說》佳作迭出。李伯元還用多種辦法，顯示其刊物的現代性。在第 1 期上有一篇特別的稿子，名曰《京話演說：振貝子英輯日記》，連續刊登了 38 期。這是滿清大員振貝子出使英倫賀英皇加冕的日記，他由英而法，由法而美，由美而日。給中國人講了許多外國的政、軍、經、法、農、商、文教等等的新鮮事。其實它根本不是振貝子自己的記錄，而是他的隨員唐文治的日記。唐文治是一位大學問家。他曾任南洋公學（交通大學前身）監督 14 年之久，後來主持無錫國專。他當年是作爲四品銜外務部主事隨貝子爺出使的。這是較早走出國門的一次考察活動，日記也可以是每天的流水賬，但在這篇賬目裏卻能呼吸到五湖四海的新鮮空氣。李伯元不但刊登唐文治的日記，而且自己在第 1 期中以謳歌變俗人爲筆名，寫了 3 種作品：1、「俗耳針砭彈詞第 1 回」（從第 2 期起，第 2 回即改名爲「醒世緣彈詞」；2、「經國美談新戲」；3、「時調唱歌」。阿英對這種民間的文藝形式非常關注，特別是對「時調唱歌」。他說：「這些時調、開篇、道情，都是發表在雜誌《繡像小說》上的，還不是眞正流行在民間的作品，但卻反映了當時人民的憤慨、傷感與熱望。其他刊物，除《月月小說》偶登一兩篇外，是不收這一類的作品的，大概是因爲『太不高雅』吧。」〔註13〕李伯元從《繡像小說》的創刊號起，就啓用了如此多的文藝形式，這說明了什麼呢？那就是他是當年上海市民文化中的面向中下層的啓蒙主義者。而用精英立場去評價其作品，難免有不合口徑之處。

至於吳趼人他也是像李伯元一樣，向「官場」與「洋場」的黑暗面開刀、他的反對「媚外」，痛恨「漢奸」的程度，恐怕比李伯元更激烈。在中國人民

〔註12〕蔣瑞藻：《小說考證續編》第 418 頁
〔註13〕阿英：《小說二談》第 196 頁，上海古籍出版社 1985 年新 1 版。

反對美帝國主義華工禁約運動中，吳趼人其時在漢口《楚報》工作，就因爲此報是美國人所經營，他就辭職返滬，對反帝運動多所盡力。就吳趼人而言，他常自稱是「舊道德」的擁戴者，但「舊道德」與「封建道德」是不能劃等號的。記得魯迅在《爲了忘卻的記念》中談及柔石時，曾說過：「無論從舊道德，從新道德，只要是損己利人的，他就挑選上，自己背起來。」〔註14〕可見魯迅對舊道德中的「先天下之憂而憂，後天下之樂而樂」的精神，即使是損己而利人，也自甘承擔的風尙也是非常欣賞的。當吳趼人在寫《恨海》時，寫到棣華最後的悔恨，不是將吳趼人恪守的「舊道德」（張棣華以前恪守的是封建道德）擊個粉碎嗎？他們這對未來的小夫妻在逃難時，處處怕「越禮之罪」，始終不肯同坐一車，「徒步相隨，方才散失，以致今日。這明明是女兒害了他。」而到這時，棣華竟親口爲病入膏肓的伯和哺藥，這應該是她衝破了「越禮」的禁錮，表示自己的懺悔：「自己把藥呷在口裏噙住，伏下身子，哺到伯和嘴裏去。看他咽了，再哺。一連哺了二十多口……這些來人，無非是店裏打雜、出店之類，都知道伯和是個未成親的女婿，棣華是個未出嫁的女兒。今見此舉動，未免竊竊私議。有的說難得的，有的說不害臊的，紛紛不一。」（《恨海》第 10 回）這不是吳趼人在用他筆下的人物在批判他的「舊道德」中的封建成份嗎？這也就是在批判他自己頭腦中的封建因素啊。我們也許可以說這就叫作「現實主義的勝利」。在這個在轉型的社會中，要堅持地地道道的封建道德也只有那些頑固不化的花崗岩腦袋才能辦到。一般說來，像吳趼人等人所堅守的「舊道德」中也是有若干合理的民族美德在內的。而其中不合理的封建的規範，也會由生活來教導它們，說明它們的不合時宜，乃至害人害己。就像棣華的「懺悔」，最後，她的行動甚至比「新人物」還走得更遠。

現在再看包天笑，他在 1901 年在蘇州辦了一個木刻版的《蘇州白話報》，它的第 1 期中的第 1 篇就是「論說」，題目是《國家同百姓直接的關係》，開頭說道：「今日是《蘇州白話報》第一次的議論，吾要把吾們中國第一要緊的道理，演出來講與大家聽聽。那一樣是緊要的道理呢？就是我題目上表明的，國家與百姓有直接的關係便是。你們看這白話報的，自從小的時候，都聽著父兄老輩的說話，他們見了國家兩個字，便說道：我們是小百姓，與國家不干涉的。他們見了國家的政事，便道，這是官長的職役，我們小百姓是無份

〔註14〕魯迅：《爲了忘卻的記念》，《魯迅全集》第 4 卷第 371 頁，人民文學出版社 1963 年版。

的。雖則是謹愼小心的意思，然而講到那，眞道理便大錯了。大家要曉得，國家究竟是甚麼物事做起來的呢？便是合攏那些小百姓做起來的，倘若除去了小百姓，便那裏去尋出國家來？」﹝註15﹞讀了這一段議論，我們可以知道初期白話的形態，更可以知道文章是在倡導民權，它簡直將個皇帝老兒放在一旁了。這顯然是受了梁啓超的《清議報》上的文章的影響：「國者何？積民而成也」。他首先提出「國民」這個概念，認爲中國幾千年來只知有「國家」，不知有「國民」，無國民，則只有奴隸。包天笑在開宗明義第 1 篇文章中就灌輸一個重要的思想，那就用「國家」取代「朝廷」，用「國民」取代「臣民」。宣揚的是「天下爲公」的思想。應該說，他們是一批正在轉型中的而還沒有掙脫儒家傳統的平民主義者。但他們在文學的現代性上，卻非常鮮明，他們正在爲平民製造一種「啓蒙」視野。他們不再是去依附「朝廷」的，已具有一定獨立性的一群知識分子。在當時，上海是中國現代化的中心城市。這種環境正在吸引、培育和支持著一批新的過渡性人物。在這批人的身上，新的思想觀念、新的生活方式、新的自我理解的價值法則正在形成，他們是這個現代化都市中哺育出來的新型知識分子階層，也使上海較早地出現了有別於古代市人文學的現代型的市民文化。他們是中下層市民社會的啓蒙者，是社會轉型的參與者，也是政府的監督者，但他們還不是革命的鼓動者。而上海的現代化的機械印刷和現代出版業，通過它們印刷的報紙和其他出版物，又逐漸滲透到中國的內地去。包天笑身在蘇州，但他就受了這股時潮的感染，他的《蘇州白話報》以其啓蒙精神也成爲文化現代化的實踐者。

（三）

　　「五四」文學革命是從提倡白話文學開始的。可是在過去，即使是讀漢語言文學系的學生又有幾個人知道裘廷梁這個名字的呢？又在幾許人知道在胡適於 1917 年 1 月發表《文學改良芻議》時，於同年同月在上海出版了一本通體白話的文學刊物名叫《小說畫報》的呢？凡此種種，都在被文學史「遮蔽」之列的內容。但是從「將 20 世紀文學作爲一個整體來進行研究」的設想提出之後，這些被「遮蔽」的內容正逐漸浮出「20 世紀文學史」的水面。黃修己教授主編的《20 世紀中國文學史》中就有了態度鮮明的論述：

﹝註15﹞ 包天笑：《國家同百姓直接的關係》，載《蘇州白話報》第 1 期，1901 年 10 月 21 日出版。

　　「五四」文學革命，是從提倡白話文學開始的。而提出用白話
寫詩的主張，卻可追溯到半個世紀之前。黃遵憲在 1868 年就提出「我
手寫我口」，1888 年左右寫成的《日本國志》中，又進一步提出了
「言文合一」的問題，可謂發近代白話文運動的先聲。梁啟超在戊
戌變法前後也是「言文合一」的鼓吹者。晚清白話文運動中最引人
注目的人物則是裘廷梁。1898 年，他在《無錫白話報》發表《論白
話爲維新之本》，該文痛陳文言之流弊，細訴白話之優長，旗幟鮮明
地提出了「崇白話而廢文言」的主張。其崇白話的立足點固然在開
通民智，但把文言置於白話的對立地位，絲毫不給文言一席之地，
這種斷然決絕的態度與「五四」新文化運動中胡適、陳獨秀等人的
主張已沒有什麼根本的區別。……「五四」時期之所以能確立白話
文學的地位，除了新文學運動的先驅以優秀的作品樹立了典範外，
也是與在此之前經過了十多年的宣傳、實踐、探索分不開的。晚清
的白話文運動，既是時代的要求，也是整個民族覺醒的產物，它與
「五四」白話文運動實有一脈相承的內在聯繫，早期啟蒙主義先驅
推動「白話文學」誕生的貢獻，是不可抹殺的。〔註16〕

　　中國最早的白話報刊確是《無錫白話報》，據《中國近代期刊篇目彙錄》
上介紹：「《無錫白話報》1898 年 5 月（光緒 24 年閏 3 月）創刊，在無錫出版。
5 日刊。從 5 期起，改名《中國官音白話報》，……爲無錫裘廷梁（可桴）及
其侄女裘毓芬（梅侶女史）所倡辦和主編。爲我國最早的白話刊物。」〔註17〕
裘廷梁在《無錫白話報·序》中說：「古今中外變法，必自空談始（這裡的「空
談」應作「大造輿論」解——引者）。故今日中國將變未變之際，以擴張報務
爲第一義。閱報之多寡與愛力之多寡有正比例，與阻力之多寡有反比例。」
裘廷梁曰：「欲民智大啟，必自廣興學校始，不得已而求其次，必自閱報始，
報安能人人而閱之？必自白話報始。」他在序言中談起 1897 年 7 月，他到上
海去「力請汪君穰卿增設淺報，穰卿事冗不遑也。」當時汪穰卿（即汪康年）
正與黃遵憲、夏曾佑辦《時務報》，延請梁啟超爲主筆。由於汪無力他顧，而

〔註16〕黃修己主編：《20 世紀中國文學史（上卷）》第 26～27 頁，該段執筆者爲張海
　　　　元），中山大學出版社 1998 年版。據有人統計，清末民初的白話報刊共有 170
　　　　多種，見黃霖《近代文學批評史》第 417 頁，上海古籍出版社 1993 年版。
〔註17〕上海圖書館編：《中國近代期刊篇目彙錄（1）》第 922 頁，上海人民出版社 1980
　　　　年版。

裘就自辦《無錫白話報》，但他又覺勢單力薄，因此呼籲：「然區區一二人之力不足應天下之求。余又以爲必每縣自設一報，浸淫遍於十八行省而後民智大開。……以話代文，俾商者、農者、工者及童塾子弟，力足以購報者，略能通知中外古今及西政、西學之足以利天下，爲廣開民智之助。他縣有踵行者乎？餘日望之。光緒戊戌正月，裘廷梁。」創刊號的第二篇文章是裘毓芬的《勸看白話報》：「這報是專門撿各樣有用處的書，與各種報上新奇有益處的事情，一齊演成白話，叫大家一點心思不費，一看就可以知道古往今來的事跡；又可以知道各國的一切情形，還可以知道現在世界上的形勢。無論念書人、生意人、鄉下種田人，與女人小孩。這白話報總不能不看的。」於是這張報紙的性質也就一目了然了，它主要是一張將「文」譯爲「話」的報紙。不過它也有本埠新聞，名日《無錫新聞》欄。第 1 期就有一篇《白話大行》的新聞：「無錫做白話頭一個人，是吳舉人名眺，號叫稚暉。他兩三年前，做出好幾種白話書，個個看了佩服，可惜都未做完。現在城裏舉人、秀才，個個想做白話書……這十幾個人，都是有學問有名聲的，有幾個說要做公法律例書，有幾個說要做格致工藝書，做成白話，都叫本館代刻。這白話風氣開了，以後做白話的，越出越多，可以做到中國 4 萬萬人，個個有見識有學問。白話的功勞，比文理極好的書還大，這都是天下人的福氣。」〔註 18〕我們引用這些難得一見的資料，是可以從中知道無錫確有一幫倡導白話的「志士」。

　　1901 年杭州出現由林獬等人主持的《杭州白話報》。同年蘇州才出現了由包天笑等主持的《蘇州白話報》。1903 年在上海的寧波同鄉會發行《寧波白話報》……等等。這些冠於市縣域名的白話報不知是不是響應裘廷梁的「每縣自設一報」的號召。但有一點卻可以肯定，早期啓蒙者在白話文的倡導中也起了先頭部隊的作用。而第一個純用白話的小說期刊則是 1917 年 1 月由包天笑創辦的《小說畫報》。包天笑在 1901 年就編《蘇州白話報》，爲什麼遲至 1917 年才辦白話小說刊物，這其中相隔竟是 16 年之久。關於這一個問題說來話長，需要專文論述。但在包氏主筆的白話小說雜誌的卷首就寫道：「蓋文學進化之軌道，必由古語之文學變而爲俗語之文學……自宋而後文學界一大革命，即

〔註18〕以上所引《無錫白話報》的文字，均見該刊第 1 期，但因是線裝刊物，頁碼甚難標清。在《中國近代期刊篇目彙錄》的《無錫白話報》目錄上，不知爲什麼竟沒有《無錫白話報・序》和《勸看白話報》這兩篇重要文章的目錄，是否該報第 1 期有兩個版本？這只能存疑。在文中也不免多摘錄幾句這兩文章的內容，以供讀者參考。

俗話文學之崛然特起。」在編者《例言》的第一條，他就表明：「小說以白話為正宗，本雜誌全用白話體，取其雅俗共賞，凡閨秀、學生、商界、工人，無不咸宜。」〔註19〕當然，包天笑只提「小說以白話為正宗」。與同年同月胡適在《文學改良芻議》中所提出的白話文學「為中國文學之正宗」，是有一定的差距的。正因為是「文學」之正宗，胡適才迎難而上，在「白話詩」創作中進行了勇敢的嘗試。但當年胡適、陳獨秀等高舉文學革命大旗時，就開始有「遮蔽」昔日的先驅者的「嫌疑」：他們對過去的白話文的倡導者的功績是不計其內的，為此包天笑是很有看法的，他在1926年的一篇文章中說：

> 倡白話文，今人均知為胡適之。其實奔走南北，創國語研究會
> 有遠在胡適之前者。如吾鄉陳頌平先生即其一也。頌平先生……服
> 官於教育部。當民國元年，即為提倡國語之運動。至滬時，首來訪
> 余。欲求於報紙上任宣傳之責。故余之創《小說畫報》，即秉此請。……
> 故《小說畫報》開風氣之先，純粹用白話也。時胡適之先生，方為
> 章秋桐之《甲寅》雜誌譯短篇小說曰《柏林之圍》，則純用文言體；
> 而創「她」字之劉半儂先生，佐余《小說畫報》中撰一章回小說曰
> 《歇浦陸沉記》也。數年來，諸公之思想，丕然一變矣。〔註20〕

類似的話包天笑是說過不止一次的，他在《釧影樓回憶錄》中還憶及20世紀初不少人開風氣之先，創辦白話報：「其時創辦杭州白話報者，有陳叔通、林琴南（林琴南有否參加了創辦，待考；但林琴南於1901年在杭州創辦了《譯林》——引者注）等諸君。寫至此，我有一插話：後來林在北大，為了他的反對白話文而與人爭論，實在成為意氣之爭，有人詬他頑固派，這位老先生大為憤激，遂起而反唇也。至於反對白話文，章太炎比他，卻還激烈。再說：提倡白話文，在清季光緒年間，頗已盛行，比了胡適之等那時還早幾十年呢。」〔註21〕他對歷史的並不公正提出了自己的意見。

（四）

至於文學翻譯，從1899年林紓（冷紅生）與曉齋主人（王壽昌）合譯《巴黎茶花女遺事》產生巨大的影響之後，中國從此逐漸進入了規模性的文學翻譯

〔註19〕包天笑：《小說畫報》第1期第1頁，1917年1月出版。
〔註20〕天笑：《釧影樓筆記——白話文之始》，載《上海畫報》第115期第3版，1926年5月27日出版。
〔註21〕包天笑：《釧影樓回憶錄》第168頁。香港大華出版社1971年版。

工程。這期間有梁啓超的倡導譯印政治小說等等的號召。但是遠不及林紓翻譯
一百多部的外國小說的影響，是他，通過譯介，幾乎培養了一代知識精英作家。
當時，中國即將成爲第一代「新文學」的作家還很年輕，他們許多人都受過這
些譯作的薰陶。不論是對周氏兄弟、郭沫若、冰心、李劼人、錢鍾書……，都
受過此類譯作之恩惠。儘管後來的現代文學史上大多將林紓描繪成「新文學」
的頭號敵人。就主觀而言，林紓的思想確有倒退之嫌；但在客觀上，也有人指
出化名王敬軒者們「設套」——預設陷阱，逼著林紓出醜，連胡適也覺得他們
如此做法是不合文學界的正常的「遊戲規則」的。「林紓與五四新文化的衝突，
實在說，更像是一齣喜劇——年近 70 的顧頇老人，獨自與一群偏激少年鏖戰。
林紓的種種失態，首先是他的不智，但也實在有點被『逼』的意味。」〔註22〕
我認爲將這個客觀因素計算在內，才能得到公允的評斷。文學歷史上總有將這
場論爭進行一次澄清的必要。至於談及林紓的翻譯，文壇上還有一種說法：林
紓竟然連小說與戲劇也分不清，他「將小說和劇本混爲一談，如莎士比亞、易
卜生的劇本（《亨利第四》、《群鬼》等，竟以小說形式出現，面目全非」。據日
本研究清末小說的專家樽本照雄教授的考訂，這種說法的最初「創造者」是鄭
振鐸先生。林紓是逝世於 1924 年 10 月 9 日。鄭振鐸先生在 1924 年 11 月 10 日
出版的《小說月報》第 15 卷第 11 號上，發表了一篇紀念林紓的文章，題目是
《林琴南先生》，這篇紀念文章原意是想爲林紓說幾句公平話的，目的是要大家
公允地評價林琴南。可是鄭先生在文中有這麼一段話：

> 　　還有一件事，也是林先生爲他的口譯者所誤的：小說與戲劇，
> 性質本大不同。但林先生卻把許多極好的劇本，譯成了小說——添
> 進了許多敘事，刪減了許多對話，簡直變成與原本完全不同的一部
> 書了。如莎士比亞的劇本，亨利第四，雷差得紀，亨利第六，凱撒
> 遺事以及易卜生的群鬼（梅孽）都是被他譯得變成了另外一部書了
> ——原文的美與風格及重要的對話完全消滅不見……

　　樽本先生列出一張長長的名單，指出鄭振鐸的這一說法在中國一直被援
引至今天。但樽本先生找到了林紓翻譯時所據的原本：那是奎勒·庫奇（Quiller-
Couch）出版於 1899 年的「Historical Tales From Shakespear」。因此，樽本先
生認爲林琴南的責任只是沒有注明「林譯，原奎勒·庫奇改寫莎士比亞作品」。

〔註22〕楊聯芬：《晚清至五四：中國文學現代性的發生》第 123 頁，北大出版社 2003
　　　年版。

而「鄭振鐸等評者未探索林琴南翻譯所採用的版本」。因此誤說成了林紓是連小說與劇本也分不清的人，以致常常被人們引爲笑談。同樣，樽本先生還找到了林紓譯易卜生的《群鬼》（梅孽）的原本，那是傑克得·德爾（Draycot M.Dell）改寫易卜生的劇本爲小說的 IBSEN′S "GHOSTS" Adapted as a Story。樽本先生證明了林琴南所翻譯的是都是小說而非劇本。由於沒有追根究底地查對就加以「指責」，以致在文壇上傳爲「笑柄」，眞有點將林紓小丑化、妖魔化了。樽本教授的結論是「根據以上證據，即可判定自 1924 年鄭振鐸發表論文之後，83 年來批評林琴南將劇本譯成小說的定論，是不能成立的。」〔註 23〕有關林紓的種種公案，樽本照雄教授出版了一部長達 418 頁的專著《林紓冤罪事件簿》，可以參看。〔註 24〕

除了林紓等少數翻譯者外，在「五四」之前，通俗作家在譯介方面也承擔了大量的工作。粗略統計一下，大概也有 30 多位通俗作家與翻譯文學作品是能掛得上鈎的。最先受林紓影響而開始翻譯外國小說的是包天笑與楊紫麟於 1901 年合譯《迦因小傳》。在 1903 年，包天笑譯科學小說《鐵世界》；同年陳景韓譯《明日之戰爭》和《偵探譚》。這一年精英作家方面魯迅譯《斯巴達之魂》、《哀塵》、《月界旅行》、《地底旅行》等。1904 年，包天笑譯地理小說《秘密使者》；而周作人則譯《俠女奴》。1905 年包天笑譯《法螺先生譚》；魯迅譯《造人術》，周作人譯《玉蟲緣》。1906 年徐卓呆譯《大除夕》，而胡適譯《暴堪海艦之沉沒》。這是從 1901 年至 1906 年的一篇不完全的翻譯賬。

而在當時，與吳趼人合作辦《月月小說》的翻譯家周桂笙，譯作也很多。特別應該指出的是，周桂笙以譯偵探小說著稱，在 19 世紀 20 世紀之交時，偵探小說在中國的確起過一種特殊的作用。通過這些偵探小說與我國當時的法制與典獄的現狀相對照，例如與《繡像小說》中的連載小說《活地獄》相對照，科學、人權、民主、文明等新思想就借體於偵探小說爲媒介，像一股清新的風吹進了閉塞和暗無天日的中國。這應該看作是「五四」時期熱烈歡迎「德先生」與「賽先生」的先聲。偵探小說用文藝的形式讓科學、民主、人權和文明之風先對我國的民眾進行了初步的啓蒙。

〔註 23〕 樽本照雄：《林琴南冤獄——林譯莎士比亞和易卜生》，載〔臺北〕《政治大學學報》第 8 期，2007 年 12 月出版。

〔註 24〕 樽本照雄：《林紓冤罪事件簿》（日文），〔日本〕清末小說研究會發行，2008 年 3 月版。

　　1909 年陳景韓與包天笑合編《小說時報》，這本刊物共出了 33 期+1（臨時增刊 1 期），翻譯幾乎佔了 4/5，幾乎像一本「譯林」雜誌。1915 年，包天笑辦大型季刊《小說大觀》，前後共 15 期，其中共發表短篇創作 100 篇，短篇翻譯 50 篇；長篇創作 18 部，長篇翻譯 26 部（筆記、補白均不計其中）。在陳景韓的翻譯中最值得注意的是他所譯的俄國虛無黨小說。「虛無主義」並不是我們現在所定義的否定一切和持懷疑、頹廢觀的人生哲學。在 19 世紀是俄國一部分民主派和知識分子用「虛無主義」一詞表示他們反對農奴制度和封建思想的批判態度。虛無黨小說實際上是反映當時俄國革命民主主義者對封建專制的沙皇統治的前赴後繼、不怕犧牲的革命活動。陳景韓所翻譯和創作的這類小說在當時是有鮮明的鼓舞反對清廷的革命立場的。

　　在 1914～1917 出版的前 100 期《禮拜六》週刊中，周瘦鵑發了 88 篇作品，其中翻譯 48 篇，創作 33 篇，另外改寫外國電影故事 5 篇，還有 2 篇是翻譯還是創作尚存疑。後 100 期出版於「五四」之後，譯與作兩兩相比，也近一半對一半。周瘦鵑將 1917 年之前在《禮拜六》等刊物上的譯作都收入了《歐美名家短篇小說叢刻》，而魯迅與周作人對該書予以高度的評價：

　　　　凡歐美 47 家著作，國別計十有四，其中意、西、瑞典、荷蘭、
　　　　塞爾維亞，在中國皆屬創見，所選亦多佳作。又每一篇署著者名氏，
　　　　並附小像傳略。用心頗為懇摯，不僅志在娛悅俗人耳目，足為近來
　　　　譯事之光。

　　周氏兄弟評語的結論是「則固亦昏夜之微光，雞群之鳴鶴耳」！〔註 25〕這說明了其社會效果也是可稱的。另外還可值得一提的是 1916 年的前期《小說月報》上，惲鐵樵與張舍我首次引進了外國的「問題小說」；而程小青等人的偵探小說的翻譯，也觸及了許多社會問題，贏得當時人們的好評。總之通俗小說家的翻譯工作的成績也是相當可觀的。據不完全統計，在 1901 年至 1919 年間，他們出版翻譯的單行本有 139 部，在刊物上翻譯單篇小說 368 篇，其中連載的是 85 篇，大多是中長篇小說。當然，中國早期譯風也有不少問題與局限，由於篇幅關係這裡就不能加以論述了。但這麼許多早期翻譯在「五四」以後，也大多是被「遮蔽」的。正因為被「遮蔽」，所以每當談及通俗作家的時候，總將他們看成是「三家村」的冬烘先生，一腦袋的封建思想。其實，他們的不少人的翻譯是帶著啟蒙目的的，如像周瘦鵑，他對翻譯被壓迫的弱

〔註 25〕錄自 1917 年 11 月 30 日《教育公報》第 4 年第 15 期「報告」欄。

小民族國家的作品就很重視。他說過：「歐陸弱小民族作家的作品，我也喜歡，經常在各種英文雜誌中盡力搜羅，因為他們國家常在帝國主義者壓迫之下，作家發為心聲，每多抑塞不平之氣。」〔註26〕

　　以上我們從上海初萌的一批都市新型的知識分子階層正在舊卵中破殼而出談起，論述了他們所寫的作品和所辦的刊物已經具有了明顯的現代性的內容，這是一個為中國文學的現代化鋪路的新的群體。而在白話文的倡導與初期文學翻譯方面，他們也是先驅式的人物，這一段歷史是不容遮蔽的。我對「『五四』斷裂論」是這樣理解的：某些新文學作家將「五四」當作一把刀，他們一刀切下去，將「五四」前後，他們的作品就稱為「新文學」；而「五四」前的「非我族類」就是「舊文學」。他們對清末民初的文學領域中先行者都有若干微詞，或者是想將「開拓之功」全記在自己的賬本上，或者是沒有查清原始資料，而對前輩作出不符實的評價（鄭振鐸對林紓譯作的指責即為適例）；再將這些遮蔽與指責形成文學史的「定論」，於是形成了「合群的自大」，意思是「五四」這個「坎」你們是爬不過去，也休想超越。但歷史的事實告訴我們，中國文學的現代化的進程是起自清末民初，當我們考察了中國早期自由職業文化教育人對文學現代化的貢獻之後，我們的中國現代文學史的起點是否應該「向前位移」，也是一個值得再慎重探討的問題。

〔註26〕周瘦鵑：《世界名家短篇小說集》，大東書局 1936 年版，轉引自鄭逸梅《書報話舊》第 54 頁，書林出版社 1983 年版。

論歷史學家對鴛鴦蝴蝶派的評價
——以研究「上海學」的史家論述爲中心

作爲中國近現代的一個重要通俗文學流派——鴛鴦蝴蝶派是中國近現代都市文學的蘗萌，它以描摹中國近現代初興的市民社會爲主要對象。上海是這一通俗文學流派的大本營，也是中國近現代通俗文學的出版中心。中國近現代通俗文學往往可以與中國近現代的上海史相互映照，因此，要較爲深入地研究都市通俗文學，就要多讀甚至熟讀上海史。而研究上海發展史的史學家也必然要對這一具有地方特色文化的重要組成部分作出自己的評價。在世界範圍內研究上海的歷史學家已在自己的研究領域中形成了一門「上海學」，從而也將反映上海都市建成沿革及其移民城市特色的市民文學作爲自己的考察的對象，於是，對鴛鴦蝴蝶派在上海文化史上所發揮的作用，在「上海學」中也必然會給予客觀的定位。這些研究「上海學」的歷史學家對鴛鴦蝴蝶派的定位與結論，與我們過去的中國近現代文學史對這一流派的評價有相當明顯的差距，這正是本文試圖要探討的問題。

（一）

在「上海學」史家的筆下，清末民初的轉型期中，鴛鴦蝴蝶派在文化領域中是與上海的經濟繁榮和上海市民社會初興同步發展的「正面形象」，是中國「現代都市文學的濫觴」：

> 如果我們不是以政治上的褒貶來評判鴛鴦蝴蝶派，不是先驗地
> 把鴛鴦蝴蝶派作爲一個貶義詞，那麼，用鴛鴦蝴蝶派來概括民初上
> 海文壇上出現的這種新的小說傾向，也未嘗不可。作爲民國以後上

海最早出現的文學現象，應當說鴛鴦蝴蝶文學努力在建立一種適合現代都市商業運作機制的文化形式，它的類型化操作（小說人物、故事、道德以及形式的類型化）使得它比較容易找到固定的消費者。同時，通過嘗試，它實際上已經建立起某種形式的文化市場：一定的寫作者與一定的閱讀者之間的良好的供求關係。從這層意義上來說，晚清的傳統文人在民初通過這一形式，完成了自己謀生方式的轉變，都市生活也由此創立了新的文化形式。小說對於改造社會所能起到的影響，絕不像關於「小說革命」言論中所說的那樣駭人，但小說作為一種文學形式受到社會人士的廣泛關注，卻是由民初的鴛鴦蝴蝶派逐漸造就的形勢。而且，由民初職業文人所建立的報刊、小說、戲劇、電影之間的共同關係，對於文學傳播和擴大影響產生了良好的效果。實際上，閱讀的趣味，從某種程度上來說，是作者和讀者共同創造的。就這個意義而言，鴛鴦蝴蝶派小說是創造了上海城市的閱讀趣味。作為現代都市文學的濫觴，我們應該看到鴛鴦蝴蝶派在民初上海文化上的廣泛影響。同時，我們也不應當把這種歷史的影響無限推衍，畢竟小說和文學都在不斷地成長和發展，上海的文學成就和文化，是眾多文化人共同的心血結晶。〔註1〕

華裔歷史學家盧漢超在他的著名的《霓虹燈外——20世紀初日常生活中的上海》中也評價道：到了民國時代，「海派」這個詞開始與文學聯繫起來，「鴛鴦蝴蝶派」小說是最早的「海派文學」。〔註2〕他還指出，海派風格的小說講求娛樂性，以悽楚動人的愛情故事為主線，雖然頭腦清醒一點的讀者也能從中發現某種社會和道德價值。鴛鴦蝴蝶派的作品在民國早期的上海文學界處於主導地位。

從中外歷史學家的論述中，我們就會感到，其中含有若干可以深入探討的評價性問題：例如，為什麼能說鴛鴦蝴蝶派是當時上海出現的一種「新的小說傾向」，它為都市生活創造了一種「新的文化形式」？為什麼這種新的文化形式是適應了「現代商業運作機制」，從而創建和開拓了上海的文化市場？為什麼說這種類型小說與報刊、戲劇和電影能共同協力繁榮的上海的文化市

〔註1〕熊月之主編：《上海通史·第10卷·民國文化》第76～77頁，上海人民出版社1999年版。

〔註2〕盧漢超：《霓虹燈外——20世紀初日常生活中的上海》第47頁，上海古籍出版社2004年版。

場，具有廣泛的影響力，而在傳播媒介上產生了良好的效果？這種新的小說和新的文化形式既使晚清文人完成了自己的謀生方式的轉變，又使他們找到了自己謀生所繫的固定的讀者，這些固定讀者究竟是何種群體？總之在歷史學者的筆下，鴛鴦蝴蝶派是清末民初，在上海出現的值得肯定的一種新的文化載體。當然他們在充分肯定下也不無保留，也即是不能將這種「歷史的影響無限推衍」。以上歷史學家的評價我們將在下文中一一加以闡釋與論證。現在我們先要來關注盧漢超所說的：海派風格的小說雖然講求娛樂性，以悽楚動人的愛情故事爲主線，但是「頭腦清醒一點的讀者也能從中發現某種社會和道德價值」。那就是我們慣常所最關注的作品的內容問題了。

在《上海通史》中，歷史學家所舉的實例過去也許是很少被新文學界所注目的一個刊物——1917 年 1 月創刊的《小說畫報》。這個雜誌連權威的工具書《中國近代期刊篇目彙錄》中也沒有它的刊名，那就當然更不會收錄它的詳目了。但是近年來研究鴛鴦蝴蝶派的作者卻多次提到它：這本雜誌是胡適發表《文學改良芻議》的同年同月在上海出版的一本通體白話小說刊物。僅就這一點而言，它就有一定的文學史意義了。

> 民初上海文壇向公眾推出了通俗文學期刊《小說畫報》（1917年 1 月～1919 年 8 月，計出 22 期），……他們選擇以「閨秀學生」爲主要對象，以小說形式輸入新道德、新觀念，「所撰小說均關於道德教育、政治科學等，最益身心、最有興味之作」，（第 1 期《例言》），折射出有關上海女性觀念更新的信息。

> 《小說畫報》婚戀小說的基調，已不是《點石齋畫報》欣賞的對婚姻敢怒敢棄的俗婦，而是「郎才郎貌，女才女貌」對等結交的良緣。青年男女對理想配偶的標準已逐漸接近。相貌、性情、才學，是青年學人選擇配偶的要素。而理想姻緣的模式則是一對青年男女，雙雙出自洋學堂，中英文俱佳，不僅彼此一見鍾情，連父母也深感合情合禮，美滿無憾。作爲佳人，她們的新道德觀首先是婚戀自主。（《小說畫報》第 15 期〔1918，8〕，第 6 期〔1917，6〕，第22 期〔1919，9〕）這種通俗文學作品中的女學生形象，對誘發讀者的心靈震撼和示範效應是前所未有的，反映了社會對女性審美眼光的變化調整，由單一轉向多元。……這些小說的視角反映作者對民初都市女性命運的關注、思考，和對重塑女性形象的參與。……作

者將女學生作爲表現新女性的代表，側重展示她們的婚戀觀、貞操
觀、職業觀，實已觸及到民初上海女性面臨的挑戰。《小說畫報》通
過小說中的新女性，向生活在上海的女學生提出如何選擇人生的問
題。其中傳遞了女性婚戀自主、男女擇偶標準的趨同、小家庭的理
想以及女子職業的發展等信息。到 30 年代，這些問題已成爲上海女
性面對的現實選擇。〔註3〕

　　歷史學家還指出，《小說畫報》中的美女形象，已不是《點石齋畫報》和
《飛影閣畫報》中的妓女的圖像，「該刊的女性造型選擇女學生爲模特，著力
展示她們活潑健美的魅力。」〔註4〕其實《小說畫報》並不完全如史學家所說
的「閨秀學生」爲主要對象。因爲該雜誌的《例言》開宗名義第一條即宣稱：
「小說以白話爲正宗，本雜誌全用白話體，取其雅俗共賞，凡閨秀、學生、
商界、工人無不咸宜。」它內定的讀者面是非常寬泛的。但它的確如《上海
通史》上所說的，非常關心女性面對的現實選擇問題。主筆包天笑在雜誌的
第一年就分 4 期刊登了 4 篇同名爲《友人之妻》（一）至（四）的系列小說。
在這 4 篇小說中，3 篇都是寫留學生，回國後的擇偶條件問題，另一篇的主人
公雖然不是留學生，可是也是寫一位維新教育家的婚姻問題。在《友人之妻
（一）》中，男主人公回國後爲他作媒的人很多，但他首先宣佈了他的擇偶三
條件，不合此三條者「免談」，這三個條件是：

　　　　第一件要天然足，這天然足不是那種似放非放的假裝大腳，鞋
　　子裏塞了許多棉花，是要一種從來不曾纏過的。因爲那時候天足的
　　風氣，還沒有大開，所以才有這一條。第二件要懂得些普通英文，
　　這也有個意思，因爲吾這位友人他學的是政治科，難保將來沒有外
　　交公使之望，到得交際場中，不至於做啞旅行了。第三件倒也好笑，
　　說是身體要高高兒，要是種嬌小玲瓏的美人兒，他一概謝絕，至少
　　只能比他自己短半個頭。自從這三個條件披露出來了，他的定婚卻
　　便有個歸納法，倒省了許多煩難。

　　這三個條件似乎有點類似蔡元培公開徵婚時的條件。緊接著，作者在書
中感慨道：「向來小說書中，總是說郎才女貌，其實郎才女貌在現今時代中，

〔註3〕熊月之主編：《上海通史・第 9 卷・民國社會》第 270～272 頁，上海人民出
　　　版社 1999 年版。
〔註4〕同上，第 293 頁。

算什麼奇。此刻委實是郎才郎貌，女才女貌，才算得是美滿咧！」這些條件與感慨實際上反映了科舉制度的壽終正寢，使留學生變得身價十倍，而在婚戀中他們理想的終身伴侶也只有在女學生中去物色了。而在系列小說《友人之妻（二）》中，這位雖然不是留學生的維新教育家在結婚時，「依著他的意思，竟要仿照歐美各國的辦法，叫做文明結婚起來，也要請了有名的人來做證婚，也要請新娘子不遮方巾，披上白紗，不用跪拜等等。」因此，像《小說畫報》這樣的鴛鴦蝴蝶派刊物，在清末民初，至少在「五四」之前，已在試圖倡導新道德、新觀念、新價值、新倫理、新知識和新的生活方式。歷史學家選擇像類似《小說畫報》這樣的刊物說明鴛鴦蝴蝶派小說爲都市大眾流行文化之一種新形式是具有一定說服力的。這種大眾流行文學已經走出了文人的圈子，而進入了上海市民的視線。歷史學家還肯定了《玉梨魂》與《孽海花》在社會上的廣泛傳播產生了良好的效果。「如果說，《茶花女》在晚清的影響主要還是集中於知識分子和文人中間，那麼，作爲民國初年最流行的小說《玉梨魂》的讀者，則更加廣泛，這是因爲時代發展的關係。……而新學和新式教育從某種意義上來看實際是教育普及的過程，是爲適應近代化城市經濟文化而培養城市市民的過程。……在如此氛圍下，《玉梨魂》這類小說的影響也就走出文人圈，在一般社會中激起反響。曾樸的《孽海花》在晚清上海是一部很暢銷的小說，『不到一二年間，竟再版 15 次，銷行至 5 萬部之多』。而《玉梨魂》，據研究者稱『它的讀者以百萬計』。近代城市大眾媒體的建立和完善，也是《玉梨魂》流行的重要原因。……《玉梨魂》開創了民國上海都市文學史上流行小說的成功模式，同時也建立了一種流行小說的類型，即哀情小說（鴛鴦蝴蝶派）。這種類型幾乎同時在上海其他文藝形式如新劇的家庭倫理戲、電影的悲情倫理片中也逐漸形成。」〔註5〕《玉梨魂》所反映的是「寡婦再嫁」的問題，不僅小說激起了巨大的反響，進入了廣大市民的視野，建構了流行小說的成功模式，而且啓示了其他的文藝形式對家庭倫理劇等題材的連鎖響應。僅就《玉梨魂》而言，就被鄭正秋改編爲同名電影，取得了很大的成功。正如當時的一位評論者所說的：「此劇爲一問題劇，問題即這『寡婦是否可以（可以二字，是一種可能性，閱者請不要誤解）再嫁？』這個問題，非禮教的忠臣孝子，多承認有可能性了。此片雖然沒有直接說出

〔註 5〕熊月之主編：《上海通史‧第 10 卷‧民國文化》第 66～67 頁，上海人民出版社 1999 年版。

『寡婦再嫁之可能』，但在寡婦不得再醮慘狀的描寫內及舊禮教的吃人力量的暗示內，已把『寡婦不得再醮』的惡制度攻擊，間接的提倡與鼓吹『寡婦再嫁』的可能了。（可能二字，是指寡婦欲再嫁的，盡可再嫁，不願再嫁，那麼只得尊重她與死人的戀愛了）此種主義，合於新倫理，合於新潮流，合於人道的。有人說它『提倡節婦』，未免近視了嗎！……此劇為哀情，故多內心的動點。內心表現的感動力最大，感動力即為影片生命的生活素。」〔註6〕由此看來，小說《玉梨魂》與電影《玉梨魂》對啓發人們去探索新倫理發揮過一定的作用。而當時那些有影響的鴛鴦蝴蝶派暢銷小說又往往為電影或其他地方劇種改編演出，廣受市民觀眾的歡迎。在大眾文化的「大家庭」中小說和其他文藝形式也是往往相互發揮著啓迪作用。

歷史學家曾為我們提出一個具有諷刺性意味的現象：

> 在五四時期的新文化運動人士眼裏，「鴛鴦蝴蝶派」主要是指民初的豔情小說（這裡所說的豔情小說即指哀情小說——引者注）。他們對鴛鴦蝴蝶派小說的批判主要是基於道德上的，認為這類小說「貽誤青年」、「陷害學子」。對於民初豔情小說，一些保守的人士早在新文化運動以前就提出了批判，他們認為豔情小說是「青年之罪人」：「近來中國之文人，多從事於豔情小說，加意描寫，盡相窮形」，「一編脫稿，紙貴洛陽」，青年子弟「慕而購閱」，結果「毀心易性，不能自主」。豔情小說造成了「今之青年，誠篤者十居二三，輕薄者十居七八」。新舊人士一樣反對豔情小說，只是新文化人士認為那是復古的禍害，舊派人士認為那是趨新的弊端。〔註7〕

這是一個很耐人尋味和值得深思的悖向同歸問題。這種新舊人士都「同聲相應」的現象，對保守人士說來，他們對時代的新發展無法理解；而對革新人士而言，他們對在時代發展中的某些事物缺乏歷史唯物主義的正確定位。那麼，怎樣才能作出正確的定位，那就是要研究鴛鴦蝴蝶派形成的歷史原因，以及在某種歷史機遇中，上海近現代的社會怎麼促成這種文化機制的轉型，使它得以具有廣泛的影響。因此歷史學家認為，「其實對於研究歷史的

〔註6〕冰心投稿：《〈玉梨魂〉之評論觀》，《電影雜誌》第1卷第2號，1924年6月出版。當時雜誌刊登讀者來稿（即外稿）時往往加上「投稿」字樣。此「冰心」非我們熟知的女作家冰心，因為其時冰心在美國留學。

〔註7〕熊月之主編：《上海通史·第10卷·民國文化》第61頁，上海人民出版社1999年版。

人來說，對鴛鴦蝴蝶派的評價已經不是一個重要的問題，有意義的是通過對於鴛鴦蝴蝶派形成的歷史原因的探究，眞正認識近代上海的文化機制是如何形成與運作的，並從中發現一些人所未見的東西。」〔註8〕

（二）

在探究鴛鴦蝴蝶派形成的原因時，歷史學家認爲鴛鴦蝴蝶派文學是與清末民初社會的轉型、現代市民社會的初興同步發展而生成的。

「上海小説的繁榮始於晚清，這個過程實際上同近代上海城市市民社會的興起密切相關，近代小説的讀者就是那些近代城市中正在成長的新市民。整個社會經濟結構的變化，必然造成社會中人們文化趣味的變化。晚清上海小説的發達，正是新的文化趣味的表現之一。有人認爲是戊戌變法時期維新派對小説的鼓吹，造成小説較高的社會地位。其實正相反，是小説在一般市民中日益蔓延的流行趨勢，使得梁啓超等人產生利用小説進行政治思想宣傳的願望。……20 世紀初年的政治小説，只是滿足了當時人們高漲的政治熱情，並沒有對社會也沒有對文化提供更多的新東西。世紀初的亢奮過去後，上海社會又回到原來的正常生活中，小説重新成爲人們文化生活的一項內容。不過，社會心態很明顯地發生了變化，人們對小説的欣賞也跟著起了很大的變化。從晚清到民初小説風格的變化中，我們還可以得到一個明顯的信息，民初上海的文化消費者比晚清要年輕得多。晚清上海流行的狹邪小説、譴責小説，在民初已經漸失影響，取而代之的是哀情小説。這表明晚清的小説讀者大多數還是舊文人，到民初，小説讀者已經有了大量的學生（包括女學生）。」〔註9〕

隨著上海工商經濟的大發展，各方的移民的大量湧入都市，現代化的市場經濟促進現代市民社會的形成，而新市民的文化生活中閱讀者小説成了他們休閒需求中最省儉和最有興趣的內容。而過去的狹邪小説較爲符合文人雅士的情趣，而譴責小説又是老百姓對清廷腐敗政府由憤慨轉爲極度蔑視嘲諷的發泄洪流，當清廷被推翻，市民又回到原來的正常生活中時，他們的情趣是否發生了變化？歷史學家的回答是：「一般市民的文化興趣也同晚清時有了

<hr>

〔註 8〕熊月之主編：《上海通史·第 10 卷·民國文化》第 77 頁，上海人民出版社 1999 年版。

〔註 9〕同上，第 59～60 頁。

明顯不同，無論是小說還是戲劇，哀情纏綿的東西比以前更受歡迎。鴛鴦蝴蝶派小說、家庭倫理新劇等在這個城市中有了更多的愛好者，當然這種情形和正在變化著的市民結構也有莫大的關係。」〔註 10〕在當時，雖然清廷被推翻，但社會的舊道德、舊觀念並未有多大的觸動。對年輕人來說，他們希望更改婚制等切身的要求也並未得到滿足，這種哀情小說能直接或間接地表現他們要求衝破千年鐵律的願望。另外，就市民們而言，對「一家一姓的福祉平安以及由商品社會、世俗功利所造就的個人利益及其保全意識，總是小民百姓最基本的訴求。」〔註 11〕在市民追求新的生活方式時，他們就急需新的家庭倫理觀的指導，因此，當時的鴛鴦蝴蝶派式的新家庭倫理劇也得到廣大讀者的擁戴。《玉梨魂》和《孽冤鏡》等小說在民初能得到如此的流行與暢銷，與市民的興趣所向是極有關係的。不僅是小說，當電影市場的票房產生危機感時，鄭正秋就祭起家庭倫理新劇《孤兒救祖記》為「法寶」，賺得盆滿缽滿。當年的「申曲」在革新時，創作了家庭倫理新劇《離婚怨》，屢演屢滿，甚至影響了滬劇的發展史。因此，哀情小說與家庭倫理小說在市民社會的一定的歷史發展階段中必然要扮演重要的角色。它們是市民用自己口袋中的錢幣去購買世情、興情、價值共識和娛樂消遣所培育的一股「人氣」，是眾人拾柴火炎高的必然反映。於是「上海學」史家們得出一個有悖文學史家們的大膽結論，他們認為：「由改良群治、教化社會為號召的小說革命，在民初的上海所體現的實際文化成果，就是『鴛鴦蝴蝶派』小說。實際上，鴛鴦蝴蝶派小說是民初的上海文人為適應變化了的社會的一種嘗試，也是小說這一文化形式在現代上海社會這樣的都市裏找到自己生存位置的努力。它所建立的文學類型化趨勢以及所找到的同讀者之間的關係，包含了許多作為現代都市商業文化中一些特徵性的東西。因此，對於民初鴛鴦蝴蝶派文學的研究，將會是一個很有意思的課題。」〔註 12〕

對民初上海通俗作家的文士們的結構，歷史學家也作出了自己的判斷：「從 19 世紀後半期起，上海就成為中國近代新型知識分子的集結地。最早一批新型知識分子主要從上海和江南一帶的舊文人、士紳轉化而來的，⋯⋯這

〔註10〕熊月之主編：《上海通史・第 10 卷・民國文化》第 5 頁，上海人民出版社 1999年版。
〔註11〕徐蛙民：《上海市民社會史論》第 247 頁，上海文匯出版社 2007 年版。
〔註12〕熊月之主編：《上海通史・第 10 卷・民國文化》第 75 頁，上海人民出版社 1999年版。

些人進入上海後，謀食於城市新式的文化事業機構，以傳播西學或者從事城市大衆文化事業爲主要職責。」〔註13〕應該說，這些舊文人或士紳應該說是最早從舊卵中破殼而出的自由職業者。他們已具備較新的知識結構，也不再苟同於傳統士大夫的人生價值觀，不再把做官作爲榮宗耀祖的途徑。他們已經不是廟堂御用文人，而是屬於民間社會的自由人。憑著自己的知識技能，或獨立謀生，或服務於新式的文化教育機構，從事新聞、出版、教育、西書翻譯、畫師、作家、技師、醫療、律師等職業。像李伯元、徐枕亞和包天笑就屬於這類自由知識分子。李伯元拒絕了清廷的經濟特科的考試，他作爲一位作家和報人已在上海的新聞、出版界找到了發揮自己才能的位置，實現自己的人生價值。而包天笑、徐枕亞也像李伯元一樣，作爲報人和作家，不僅受許多「粉絲」——忠實的讀者的敬仰，而且有相當豐厚的收入。

有一批中國早期的自由職業者成爲作家，有廣大的新市民作爲他們作品的主要讀者，他們之間是以商業經營機制構成了供求關係。對這些新的作者與新的讀者而言，「寫作成爲職業，閱讀成爲消費。」〔註14〕當然，寫作者要向閱讀者傳導一定的新的信息，如新的價值觀、新的倫理觀和新的生活方式等等，而對閱讀者說來，也要對作者所傳導的新的信息感興趣。商業經營機制的最初觸媒就是建築在這「興趣」之上。閱讀的興趣在某種意義上說來是作者與讀者共同創造的。而鴛鴦蝴蝶派與上海的新市民共同創造了清末民初上海的閱讀趣味。《玉梨魂》與《孽冤鏡》受到年輕化的讀者群爲主的廣大市民的興趣，而《歇浦潮》、《人海潮》和《上海春秋》卻引起了廣大新移民的興趣，它們告訴新移民在上海要謹防各種魑魅魍魎的陷阱。在商業經營機制的激勵下，對有興趣的題材，其他作者也就聞風一湧而上，直到粗劣的作品迭出，讓讀者倒了胃口才罷休；於是再共同去創造新的熱點。上海的現代化文化市場就是靠一個一個新熱點構成而逐漸走向成熟的。

城市社會構成人員的不同了，這個城市的主要文化訴求也就變樣。正像一般市民逐漸成爲上海劇場的觀衆的主體一樣，中國第一代作家也與新市民建立了良好的供求關係，在文學領域中逐漸有了廣泛的影響，成爲大衆流行文化的有機組成部分。從建構現代文化市場的觀點出發，又從上海新市民衝

〔註13〕熊月之主編：《上海通史‧第10卷‧民國文化》第1頁，上海人民出版社1999年版。

〔註14〕同上，第59頁。

破舊的士大夫的特權文化和培育自己的閱讀習慣著眼，歷史學家對後來被新文學家痛批的《禮拜六》週刊也予以一定的好評。他們稱周瘦鵑是「優秀的文人與作家」，〔註15〕而「《禮拜六》是一本依靠市場發行生存的小說類雜誌，因此它的商業性傾向是毋庸置疑的。」〔註16〕「由於王、周兩位主編的盡心，《禮拜六》週刊在民初眾多的小說刊物中脫穎而出，成為民初最成功、最流行的雜誌……『每逢星期六清早，發行《禮拜六》的中華圖書館門前，就有許多讀者在等候；門一開，就爭先恐後地湧進去購買。這情況倒像清早爭買大餅油條一樣。』……實際上，無論是『鴛鴦蝴蝶派』還是『禮拜六派』，都是從當時論爭的需要出發，並不是從研究的出發去命名的，帶有很大的隨意性。」〔註17〕其實不論是在民初，即使到 20 世紀 40 年代，張愛玲對市民讀者的評價，還有我們許多值得探討的餘地。她對自己作為作家的職業，有自己的理解：「苦雖苦一點，我喜歡我的職業。『學成文武藝，賣與帝王家』；從前的文人是靠統治階級吃飯的，現在情形略有不同，我很高興我的衣食父母不是『帝王家』，而是買雜誌的大眾。不是拍大眾馬屁的話——大眾實在是最可愛的顧主，不那麼反覆無常，『天威莫測』；不搭架子，真心待人，為了你的一點好處會記得你到五年十年之久。」〔註18〕她還是非常看重她與普通市民讀者的關係。甚至自己也站在市民的立場上去思考問題，去撰寫自己的作品中的「人生」：「每一次看到『小市民』的字樣，我就局促地想到自己，彷彿胸前佩著這樣的紅綢字條。」〔註19〕「世上有用的往往是俗人，我願意保留我的俗不可耐的名字，向我自己作為一個警告，設法除去一般知書識字人的咬文嚼字的積習，從柴米油鹽、肥皂、水與太陽之中去尋找實際的人生。」〔註20〕從張愛玲的自述中我們可以知道，即使是在 20 世紀 40 年代，大眾流行文學的作家對上海市民讀者也有所期待，更何況是在民初的上海呢？我以為歷史學家對民初上海的文化生態的把握，在今天的文化多元價值觀的關照下是符合辯證的歷史唯物史觀的。

〔註15〕熊月之主編：《上海通史·第 10 卷·民國文化》第 195 頁，上海人民出版社 1999 年版。

〔註16〕同上，第 71～72 頁。

〔註17〕同上，第 70～71 頁。

〔註18〕張愛玲：《童言無忌》，《張愛玲散文全編》第 97 頁，浙江文藝出版社 1992 年版。

〔註19〕張愛玲：《必也正名乎》，出處同上，第 46～47 頁。

〔註20〕張愛玲：《童言無忌》，同上，第 98 頁。

（三）

以上主要是論述清末民初上海文壇的情況，可是從「文學革命」開始，特別是「五四」以後，新文學在文學界發揮了巨大的作用，歷史學家是如何評價雅俗文學的呢？這就要從他們對雅俗文壇的對比說起了。

有學者認為：「新文學是一種由西方『啓蒙』論述和大學文化資本相結合的強勢話語。」〔註21〕這一判斷是有根據的。首先，魯迅曾一再說過：「現在的新文藝是外來的新興潮流，本不是古國的一般人們所能輕易瞭解的，尤其是在這特別的中國。」〔註22〕在 1934 年魯迅又說：「小說家的侵入文壇，僅是開始『文學革命』運動，即 1917 年以來的事。自然，一方面是由於社會的要求，一方面則是受了西洋文學的影響。」〔註23〕而在 1936 年，他說得更加絕對：「新文學是在外國文學潮流的推動下發生的，從中國古代文學方面，幾乎一點遺產也沒攝取。」〔註24〕從魯迅這三處言論中，關於新文學是受「西方『啓蒙』論述」而誕生的這一點是得到了充分的佐證；但從魯迅這些論述中，也應該想見，既然新文藝不易為中國的一般人們所輕易瞭解，那麼，中國的一般人們是否需要一種可以比較容易瞭解的文藝呢？這也是可以肯定的。另外，魯迅也沒有將 1917 年之前的小說列入中國的文學之中，他完全是站在新文學的精英立場上說這些話的。其次，關於「大學文化資本相結合」的論點，大概是從新文學的多數作家的文化學歷而言的，加上許多新文學作家又具有「作家兼大學教員」的身份。一般說來，少數通俗作家雖然也曾有大學的學習經歷，甚至是留學生，但是能站到大學講臺上去的卻是鳳毛麟角。但是歷史學家在對比雅俗作家的文化背景時，指出通俗作家大多是「報人兼作家」的身份。的確，通俗作家雖然爬不上大學講臺，但是他們在沒有圍牆的「社會大學」中卻扮演著重要的角色，他們大多數是「報人」，面對的是整個社會；他們的創作主要又是面對著中下層民眾。歷史學家對清末民初的報人的評價是很高的，同時也指出他們的局限性。例如在《海外上海學》一書王敏就較為詳細地介紹了季家珍（Joan Judge）的專

〔註21〕陳建華：《豈止「消閒」：周瘦鵑與 1920 年代上海文學公共空間》，載姜進主編《都市文化中的現代中國》第 227 頁，華東師範大學出版社 2007 年版。

〔註22〕魯迅：《關於〈小說世界〉》，載《集外集拾遺補編》，《魯迅全集》第 8 卷第 112 頁，人民文學出版社 1991 年版。

〔註23〕魯迅：《〈草鞋腳〉小引》，載《魯迅全集》第 6 卷第 20 頁，人民文學出版社 1991 年版。

〔註24〕魯迅：《「中國傑出小說」小引》，《魯迅全集》第 8 卷第 399 頁，人民文學出版社 1991 年版。

著《印刷與政治：〈時報〉與清末改革文化》。季家珍指出：19 世紀末 20 世紀初的上海，是一個印刷品開始與政治發生密切關係的時期，其標誌是戊戌維新時期的《時務報》，而 1904 年 6 月狄葆賢創辦的《時報》比《時務報》的時間更長，影響更大。這些政治性出版物同西方「市民社會」中的「公共空間」有可比性。《時報》周圍聚集著一批具有新思想的知識分子。而《時報》的主幹就是報人兼作家的陳景韓（冷血）和包天笑等人。寫的《催醒術》就是一篇 1909 年發表的「狂人日記」，這是他和包天笑共同主編的刊物《小說時報》創刊作為報人，他們是政治改革和社會轉型的主動參與者，又是下層民眾的啟蒙者，要使專制國的「子民」、「臣民」成為現代的公民、國民，擔負的是「新民」塑造者的角色。另一方面，他們作為作家，又能夠將思想家的思想，轉換成可以讓民眾接受的社會話語，以便進一步提高國民素質。〔註25〕如陳景韓所號中的「代發刊詞」式的小說，他宣稱自己這個刊物的宗旨就是為了「催醒」，「催醒」在這裡就是「啟蒙」的同義詞。他希望催醒以後的中國民眾能「伏者起，立者肅，走者疾，言者清以明，事者強以有力。滿途之人，一時若飲劇藥，若觸電氣，若有人各於其體魄中與之精神力量若干，而使之頓然一振者。」誰為民眾的體魄中去注入「精神力量」呢？當然是像他自己這樣的報人和作家，而注入這些精神力量後的民眾當然就是他希望於中國未來的「新民」。季家珍認為，像狄葆賢、陳景韓這種人「他們又不同於五四新文化運動時期同傳統徹底決裂的激進知識分子。」他們在要求立憲時期，扮演的是民眾的啟蒙者，政府的督促者，也希望成為民眾與政府之間的溝通者。但是他們也是失望者，「隨著第四次請開國會運動被清政府拒絕，報人們也疏離了清政府」，「新聞報業最終敲響了清政府的喪鐘」。因此才有包天笑在辛亥革命後很堅決地作出「擁護新政制」的表態。

　　歷史學家在關注「五四」之後的文化史時，對民國文壇究竟是應該堅持一元化還是倡導兼容並包的多元化這一問題發表了自己的史學見解。熊月之在《鄉村裏的都市與都市裏的鄉村——論近代上海民眾文化的特點》一文中指出：「上海是世界性與地方性並存、摩登性與傳統性並存、先進性與落後性並存，貧富懸殊，是個極為混雜的城市。」「上海的移民，往往是離土未離根，身離魂未離。」對家鄉與上海抱著一種雙重認同的態度。多元、混雜是上海民眾文化的特點：中西混雜，現代與傳統交叉，是個「十景拼盤」，因此，他

〔註25〕以上論述均摘引自熊月之、周武主編：《海外上海學》中王敏所寫的《印刷與政治》一文，第 217～226 頁，上海古籍出版社 2004 年版。

特別強調「民眾文化的分層性」。〔註26〕而另一位歷史學者又提出了上海文化還存在著分區性的現象：商人的地域分區：北四川路、武昌路、天潼路——廣東人集中行商居留地；舊城南市小東門外的洋行街——福建商人較爲集中；南市內外鹹瓜街的商號——基本上是寧波人在經營。〔註27〕於是在各自爲多數的區域內說家鄉話，吃家鄉菜，聽家鄉戲，守家鄉風俗，形成一種相對的區域文化，也增強了鄉土文化在上海的生命力。在這個意義上，近現代的許多上海人也同時生活在都市的鄉鎮裏。

　　不僅如此，就上海的更宏觀的範圍中去研究，它是一市三治，除了中國政府的管轄區外，還有公共租界與法租界，因此，多元性是必然會在一切事物中得到充分的表現：行政多元、法律多元、人口多元、文化多元、道德多元，這些「多元」皆處於共時性中，而不是歷時性的。在這種具體的環境裏，再加上新史學思潮所提倡的研究動向是「由上而下」、「由高而低」、「由貴到賤」，於是里弄文化、民間的通俗文化與下層社會的關係就成爲這些歷史學家重點關注的對象。盧漢超就指出：「就像城市中被摩天大樓遮蔽的無數的里弄房子那樣，在城市精英投射出的令人暈弦的光影之下，普通百姓的生活顯得模糊不清，然而，正是這些爲數眾多而又地位微賤的『小市民』編織著城市經緯中最豐富多彩的部分。」〔註28〕因此他認爲，如果缺少了對里弄的研究，上海的社會史或文化史都會顯得不完整。而研究上海的里弄文化也是研究近現代中國市民文化不可缺少的一個環節。在這一研究過程中，他甚至注意到了上海里弄中的小書攤，將它視爲民間的流動圖書館，而這些街頭讀物，正是尋常百姓獲取歷史知識與文學興趣的初級課本。而對於鴛鴦蝴蝶派小說在普通老百姓中的影響當然也不容忽視：「上海小市民是二十世紀早期（尤其是在二十年代）在全國極具影響力的『鴛鴦蝴蝶』派小說的主要讀者，……鄰里之間的曖昧故事是他們閱讀的愛情小說的生動再現。」〔註29〕在民國時期，可以說，再也沒有其他城市像上海那樣出版自由，而新文學與通俗文學都在這樣的環境下共同繁榮。他認爲，用新文學去遮蔽鴛鴦蝴蝶派在當時的影響

〔註26〕 熊月之：《鄉村裏的都市與都市裏的鄉村》，載姜進主編《都市文化中的現代中國》第11～26頁，上海文匯出版社2007年版。

〔註27〕 徐蛙民：《上海市民社會史論》，第41頁，上海文匯出版社2007年版。

〔註28〕 盧漢超：《霓虹燈外——20世紀初日常生活中的上海》第274頁，上海古籍出版社2004年版。

〔註29〕 同上，第208頁。

是人爲地製造出來的一種假象：「上海作爲現代中國西化的櫥窗這一形象經常遮掩住了『小市民』日常生活中傳統的持續性。……儘管西方的影響從表面上看是城市的主流且被中國的上層社會所渲染誇大，在遍佈城市的狹隘里弄裏，傳統仍然盛行。……如果說，中西文化在上海這個交匯之地誰都不佔優勢，那麼，這不是因爲兩種文化的對峙而導致僵局，而是因爲兩者都顯示了非凡的韌性，對很多人來說，這個城市的魅力正是來自這種文化交融結合。」〔註30〕傳統與現代不是簡單對立的關係。從這種「兩者都顯示了非凡的韌性」的「城市魅力」出發，歷史學家也就指出了一些新文學家對通俗文學的作用缺乏認知的局限性。

新文學家中抱定文學「一元」觀的人是不在少數的。雖然在新文學內部也有不同觀點的對立，可是在對待鴛鴦蝴蝶派的態度是卻是比較一致的。以至於這種情緒發展到解放後的文學史著作中就給它們扣上了「逆流」的帽子。盧漢超在他的專著中分析了當時作爲新文學作家中的部分「亭子間作家」的思想狀態：「這類作者的特點是：敏感，自負，看不起周圍的一切但又無法超然世外……」。〔註31〕這些住在亭子間中的文人四周都是普通老百姓，可是他們卻將這些鄰居們視爲庸俗的小市民：

> 如同金字塔一樣，這些生活寬裕的作家們位於塔的頂端，而塔的下部則是許許多多剛剛來到上海的青年知識分子們，他們多數以當自由撰稿人爲生。從經濟角度而言，這些年輕作家可能還無法躋身社會精英的行列，他們寫作的收入並不比一般的技工或者店主來得高。爲了人生理想而奮鬥的他們住在上海弄堂的「亭子間」裏，與平民爲伍的同時維持著精神上的精英狀態。……考雷（Cowley）關於20世紀20、30年代一群逗留巴黎的美國作家的描述同樣可以用於幾乎同時期居住在上海的作家們：「他們中的一些人成了革命家，另一些人在純粹的藝術中尋求精神安慰；但是他們所有人都追尋著能夠令他們滿意的現實世界，在這個世界中，儘管他們周圍是木匠們和店員們，他們仍然可以悄然地懷有貴族般的心態。」〔註32〕

〔註30〕盧漢超：《霓虹燈外──20世紀初日常生活中的上海》第274頁，上海古籍出版社2004年版。

〔註31〕同上，第158頁。

〔註32〕同上，第48頁。

對考雷的評價值得補充的是，這些「亭子間作家」中的有革命思想的人，他們在理論上是尊重工農大眾的，也知道「勞工神聖」的道理，或許他們還會主動到工廠或工人夜校中去接近他們，寫起文章來也是頭頭是道的。可是在里弄裏，「大眾」也必然有這樣或那樣的流俗的毛病，那麼同樣是一個具體的工人，在里弄裏就被他們視爲庸俗的小市民了。這種「二元」的矛盾心態在他們身上，往往自己也是不自覺的。例如上海的娛樂場所的「分層性」是很明顯的。在高級的電影院裏，觀眾當然是很文明的；可是在什麼三流的電影院裏，觀眾在看電影的時候，例如看《火燒紅蓮寺》，在「正邪鬥法」之際，當以正壓邪時，觀眾就會鼓掌狂呼，這其實也是觀眾發自內心赤誠的愛憎感，可是這種舉止就會被視爲是「封建小市民」的不文明的表現。其實這些觀眾中是不乏工人群眾的，但是那時的工人在他們的腦中就是變成了「引車賣漿」的不入流之流了。

有的歷史學家還對此類「一元論」的思想根源進行了剖析。認爲在清末，眼看日本明治維新的成功，戊戌變法的失敗，人們深深地感到失望，再加上清廷的所謂立憲不過是一紙遙不可及的空頭支票，覺得改良路線無異於「與虎謀皮」。這時爲了國家政制的革新與民族的富強，「就直接導致了激進主義的蔓延與高漲，並且由此開啓了中國近現代激進主義的先河」。「由於文化激進主義而導致文化集權與文化專制，將爲思想政治的專制強權的形態破壞多元價值，以致是粗暴地進入私人領域，諸如個人愛好、戀愛婚姻、親情友情，甚至情緒性格橫加干涉與管束，提供理論與方法的依據。」因此，「文化激進主義所做的，恰恰是將『一元論』重新請回來。」〔註33〕於是，上海市民社會的許多現代性內涵，也就下意識地被這些激進的作家所漠視。這種對市民社會認識的空缺就使他們對鴛鴦蝴蝶派進行了徹底的否定。就此而論，這也是某些新文學家的歷史局限性。

研究「上海學」的歷史學家從研究近現代上海的社會史和文化史的過程中，以辯證法和歷史唯物主義爲指針，對近現代的一個重要通俗文學流派——鴛鴦蝴蝶派作出了自己的評斷，對這一流派在上海市民社會的形成和發展中所作出的貢獻予以客觀的估價：

> 「有人說，晚清上海的市民意識是『讀』來的。」「除報刊、出
> 版和學堂之外，晚清上海還擁有眾多貼近民眾的、更爲通俗化、大

〔註33〕徐蚌民：《上海市民社會史論》第280～281頁，上海文匯出版社2007年版。

眾化的大眾藝術樣式，如畫報、戲曲、小說、電影、曲藝等等，它們以自己獨具的魅力吸引讀者和觀眾的視線，成爲他們增長見識和休閒解悶的另一渠道。……不少學者認爲各種大眾化的藝術樣式就是市民文化。就其功能而言，主要體現在兩方面：一是娛樂消遣，豐富市民的閒暇生活；二是以市民喜聞樂見的形式有效地灌輸近代意識……。其實，雲蒸霞蔚的大眾文化，並不僅僅具有娛樂功能，對絕大多數城市民眾而言，它更是近代市民意識萌生與滋長的觸媒，或者說是近代市民的啓蒙教科書。」〔註34〕

「問題的另一面是大眾文化的興盛又意味著文化向中下層社會的全面開放，它在一般性地滿足中下層社會的娛樂消費需求的同時，又從多方面改變和塑造著中下層社會，是上海人從鄉民轉變爲市民的又一座『引橋』」〔註35〕。

歷史家對他們的貢獻既作爲充分的肯定，同時他們也非常中肯地指出，他們不是決裂者、革命者、舊社會的摧毀者。這是他們的局限性。但是歷史不能否定他們在「鄉民市民化」的現代化工程中所發揮的積極作用。相應的，歷史學家在肯定新文學家的同時，也指出了他們的不足與局限，那就是將近現代文學史上的一個多元化的兼容並蓄的文壇「遮掩」成一個「一元化」的文學界，一度還將這些有一定貢獻的力量「推劃」到敵對力量的一邊，造成了文學史上的一個錯案。不過，歷史學家在談及新文學家對鴛鴦蝴蝶的批判時，也說了一段「富有彈性」的話：

作爲新出現的文學形式，鴛鴦蝴蝶派小說還有許多粗疏的地方，如果從這一方面去批評它是完全合理的。五四時期在粉碎舊文化，創立新文化的理想下，對於鴛鴦蝴蝶派的情趣之類進行批判，也是理所當然的。因爲，從情理上來講，鴛鴦蝴蝶派並沒有提供多少新的東西，看看五四時期對於傳統文化的無情抨擊，那麼鴛鴦蝴蝶派所遭受的並不是太過份。〔註36〕

〔註34〕 熊月之主編、周武、吳桂龍著《上海通史·第5卷·晚清社會》第387、394頁，上海人民出版社1999年版。

〔註35〕 同上，第395頁。

〔註36〕 熊月之主編：《上海通史·第10卷·民國文化》第77頁，上海人民出版社1999年版。

　　鴛鴦蝴蝶派的作品當然也是分層的，而且他們的作品中的粗疏與粗糙的東西也是不少的。有的作品情趣也並不高尚，指出他們的不足處當然是合理的。而且這個流派在清末民初時期雖然作爲啓蒙者，但是他們提供的新的思想與觀念，例如「寡婦再嫁」、「纏腳與天足」、「文明結婚」、「男女社交公開」等問題畢竟是一些階段性的問題，隨著社會的發展與前進，不斷地提出新的問題的能力，他們與新文學的「強勢話語」相比當然是不足的。因此說他們「並沒有提供多少新的東西」也是言之成理的。至於新文學家對他們的批判當然是過份了的。但歷史學家認爲新文學家對不應該全盤否定的中國傳統文化尙且進行「無情抨擊」和徹底的否定，以致「幾乎一點遺產也沒攝取」，那麼他們以爲像鴛鴦蝴蝶派這樣的「不登大雅之堂」的東西，當然是「等而下之」予以痛斥了，因此也不必覺得太「委屈」的。我以爲，對鴛鴦蝴蝶派的批判也「並不是太過份」與上下文相聯繫，是能作多種的理解的。如果不作「完全應該」去解釋，那麼這些話中還是能體會出它的「分寸感」的。

　　我們應該看到過去上海的市場經濟培育了上海的市民社會的「多元」文化。而今天，當我們在以經濟建設爲中心時，在改革開放的大潮中，市場經濟的逐步回歸，一個市民社會的正在同步發展，市場經濟與市民社會本來就是一個命運的共同體，它們之間有著一根「臍帶」的相聯。因此，對鴛鴦蝴蝶派的重新評價也在這個社會大背景下作出了必要的反省。沒有這個大背景，這種反省也是根本不可能出現的。我們如何去總結過去鴛鴦蝴蝶派的經驗與教訓，從而對歷史作出交代；同時也循此對現實中許多新的市民文學的現象予以探討和解釋，這已成了我們急切需要去應對的問題了。正因爲這樣，我們應該向那些研究「上海學」的歷史學家們學習，衝破思想觀念的禁忌，拿出自己的新的、厚重的研究成果來，去指導今天的文學創作實踐。

1921～1923：中國雅俗文壇的分道揚鑣與各得其所

（一）從 19、20 世紀之交的雅俗「蜜月」談起

　　小說「身價」之飆升──從娛樂消閒之「玩偶」到啓蒙新民之「利器」，是始於 19、20 世紀之交。如果說，1897 年是這種新小說觀的輿論發動年，那麼 1902 年則是它的倡導實踐年。在 1897 年，幾道（嚴復）、別士（夏曾佑）、康有爲和梁啓超等維新志士從西方的經驗中探知小說的「偉力」時，曾對他們心目中未來的「新小說」寄予厚望；但是他們當時在政治舞臺上身兼數役、日無寸暇，還騰不出手來顧及創作實踐。直到「百日維新」失敗，流落異國時，梁啓超才在 1902 年 11 月於日本橫濱創辦了《新小說》，實驗他的「小說界革命」的宏願。梁啓超的《論小說與群治之關係》中的小說「覺世新民」觀、小說乃「文學之最上乘」論，超越了當時革命或保皇的黨派之政見，得到了廣泛的響應。他不僅自己撰寫《新中國未來記》，他的師兄弟和學生也著譯《洪水禍》、《東歐女豪傑》和《迴天綺談》等政治小說，他們展望中國維新的前景，縱談法、俄、英等國革命或改良的政治經驗與教訓。可是梁啓超實際主持《新小說》的編務也僅僅只有三期，1903 年 2 月，他赴美國考察去了。以當時的條件，要「遙控」一個刊物是不可能的。《新小說》月刊的第 3 與第 4 期之間竟脫期 5 個月之久。如果仔細去掂量第 4 至第 7 期的《新小說》的內容，拿它們與前三期相比，就顯得捉襟見肘。爲《新小說》「救場」的是通俗作家吳趼人。從第 8 期起，直到《新小說》終刊的第 24 期，由吳趼人創作、改寫和衍義的作品，每期幾乎佔了一半以上的篇幅。爲什麼梁啓超有如

此「雅量」，讓自己搭建起來的舞臺，肯給吳趼人們去唱戲呢？因爲在他看來，通俗作家吳趼人等的作品是他啓蒙民眾的「同盟軍」。作爲維新政治家，梁啓超對「通俗」是並不反感的。他在 1897 年所寫的《變法通議‧論幼學》中就提倡：「今宜專用俚語，廣著群書：上之可以借闡聖教，下之可以雜述史事，近之可以激發國恥，遠之可以旁及彝情，乃至宦途醜態，試場惡趣，鴉片頑癖，纏足虐刑，皆可窮極異形，振厲末俗。其爲補益，豈有量耶！」〔註 1〕吳趼人等人的作品正好與他的倡導是近似的。因此，他在 1903 年 10 月，從美國返回日本，也只參加《小說叢話》的撰寫，而大量的篇幅還是讓吳趼人、周桂笙等人去揮灑。

此時，在國內，民間最大的出版機構商務印書館也步《新小說》之後塵，請出通俗作家李伯元創編《繡像小說》。這本通俗刊物共出版了 72 期，刊登了晚清的若干著名的小說；但它只絕無僅有地發表過一篇理論文章，那就是別士（夏曾佑）的《小說原理》，文中寫道：

> 綜而觀之，中國人之思想嗜好，本爲二派：一則學士大夫，一則婦女與粗人。故中國之小說亦分二派；一以應學士大夫之用，一以應婦女與粗人之用。體裁各異，而原理則同。今值學界展寬（注：西學流入），士大夫正日不暇給之時，不必再以小說耗其目力。惟婦女與粗人，無書可讀。欲求輸入文化，除小說更無他途。〔註 2〕

與梁啓超一樣，別士作爲知識精英，他在文中對通俗小說也予以充分的關注。凡此都說明了在清末，一方面有一批知識精英在理論上倡導開路，另一方面則有一批通俗作家能以創作實踐體現這些理論的倡導，雅俗關係之融洽就不言而喻了，說是「蜜月」期是並不過份的。

在清末民初還有一些作家，很難將他們定性爲通俗作家，如《小說時報》的主編陳景韓（冷血）、《小說月報》的先後主持人王西神（蘊章）與惲鐵樵（焦木），但他們所辦的刊物都能兼顧都市市民讀者的需求。陳景韓有著深刻而新穎的思想，他在《小說時報》創刊號上發表的《催醒術》可以說是「1909年所發表的一篇『狂人日記』」，而他筆下的「催醒」實際上是「啓蒙」的代名詞；而他與通俗作家包天笑的合作關係是相當默契的，他們甚至常常合用

〔註 1〕梁啓超：《變法通議‧論幼學》，《時務報》第 18 冊，第 1 頁，光緒二十三年（1897 年）1 月 21 日出版。

〔註 2〕別士：《小說原理》，載《繡像小說》第 3 期第 4 頁，1903 年 6 月 25 日出版。

一個筆名：冷笑。王西神是位詞章大家，1910 年主持《小說月報》。惲鐵樵也長於古文，他在 1912～13 年之交接替王西神，編輯《小說月報》時，發了魯迅的第一篇小說《懷舊》，並以編者身份加以盛讚；惲曾寫長信與葉聖陶討論其小說的得失；他也曾鼓勵過張恨水的創作。因此，後人談及惲時稱他爲「慧眼伯樂」。王西神與惲鐵樵主持的前期《小說月報》不能以「頑固堡壘」目之。特別是惲鐵樵編刊時期，更有良好的業績。將刊物辦得「雅馴而不艱深，淺顯而不俚俗，可供公餘遣興之需，亦資課餘補助之用」。〔註 3〕他兼顧娛樂性與教育性，並重視審美功能，使《小說月報》成爲一個純正的、不斷改進的、悉心培養青年新進作者的、沒有門派觀念的、較有全國性影響的文學公共園地。在刊物中除了發魯迅、葉聖陶的作品之外，也培養了徐卓呆、程瞻廬和程小青等一批通俗作家。在新文學誕生之前，中國的雅俗文學的門戶是並不森嚴的。

（二）《小說月報》半革新時的通俗作家動向

《小說月報》從第 9 卷（1918 年）起至 11 卷（1920 年）爲止，又自惲鐵樵手中交還給從國外歸來的王西神。這是《小說月報》逐年走向下坡的時期，讀者也不斷減少，其原因是多方面的：《新青年》雜誌的創辦、「五四」新文化運動的興起，對進步青年產生巨大的吸引力和影響力，相形之下，《小說月報》雖是一個純正的文藝刊物，但缺乏相應的改革力度，這必然會流失了一部分青年讀者。王西神想挽救發行數減少的局面而採取的對策之一是，從第 9 卷第 4 期起開闢「小說俱樂部」。他的宗旨是：「鼓勵小說家之興會，增進閱者諸君之趣味。」在刊物上搞遊戲性的徵答，甚至竟出現了「金魚圖譜」、「花譜」、「竹林新譜（麻雀牌的一種新玩法）」等等。將一個文藝刊物搞成了不倫不類的雜貨拼盤。從主觀上他想增加刊物的發行量，可是這些對策無異於緣木求魚。

商務印書館的高層領導決心實行改革，第一個措施就是劃出一定的篇幅請茅盾主持一個「小說新潮」的欄目。「小說新潮」的「新」是體現在它主要是刊登白話翻譯小說，將國外的新興思潮介紹給國人。開闢「小說新潮」欄目雖然表示了商務印書館上層要改革《小說月報》的初衷，但這一措施並不

能解決發行量下滑的趨勢，因爲《小說月報》並未改變大拼盤的整體面貌。
例如其中的「文苑」欄，在這一卷的 12 期中，刊登文章 13 篇，內容爲序跋、
有傳記、碑記、祝壽、祭文和墓誌銘等；古體詩 133 首，詞 58 首。因此在對
比中，知識青年仍然覺得太暮氣，而市民讀者卻又覺得「小說新潮」太洋氣。
到第 10 期，銷量下降爲 2 千冊。「冶新舊於一爐，勢必兩面不討好。當時新
舊思想鬥爭之劇烈，不容許有兩面派。果然像王蓴農（即王西神）自己所說，
他得罪了『禮拜六派』，然而亦未能取悅於思想覺悟的青年。而況還有不肯虧
『血本』的商務當局的壓力。王蓴農最怕惹麻煩，而且他也無意戀此『雞肋』，
結果他向商務當局提出辭職。」〔註4〕這就是迎來了《小說月報》全面革新的
契機。

在這半革新的一年中，有兩位具有代表性的通俗作家的動向是很值得注
意的。一是周瘦鵑。他在「小說新潮」欄中翻譯了 7 個短篇和一個多幕劇，
即易卜生的《社會柱石》，這個多幕劇連載了 8 次才刊登完畢。那麼也就是說，
在 12 期「小說新潮」中周瘦鵑的名字出現了 15 次。在這一欄目中，他可以
說是一位「主幹」。或許他是完全自認爲是這股「新潮」的擁戴者。但是茅盾
卻並不這樣認爲。在稿源不足時，他只能用周瘦鵑的稿件。但他對周的稿件
是有意見的。直到 1979 年，茅盾還舊事重提：在半革新的第 1 期「小說新潮」
欄內，除了茅盾自己的《小說新潮欄宣言》外，「只有周瘦鵑譯的法國 G・伏
蘭（Gabruel Volland）的短篇小說《畸人》。……《畸人》之所以被周瘦鵑選
中加以吹噓，正因爲其內容是『禮拜六派』一向所喜愛的所謂『奇情加苦情
小說』（『禮拜六派』喜歡把男女關係的小說分類爲豔情、奇情、苦情等等，
以期吸引一般以讀小說爲消遣的小市民的注意）。」茅盾的分析是帶著他對所
謂「禮拜六派」作者的偏見的。這篇小說是寫一位老學者娶了一個年輕嬌媚
的婦人（他雇傭的謄寫人）。那女子奢華無度，還「享受」她那「不正當的自
由」。老學者爲了避免破產，堅決搬到自己鄉下的舊宅中去住，結果與夫人發
生了大衝突。第二天老學者命令老園丁與他一起埋葬一隻大箱子。老園丁以
爲老學者已殺了他的夫人，箱內是夫人的屍體；但他又不敢去報警。直到老
學者逝世，老園丁才找來警察掘起那箱子，「只見箱中裝滿的都是些美麗脆薄
的東西，分明曾經倮貼過美人兒玉膚的，卻並不見甚麼死屍。……這一件事

〔註 4〕茅盾：《革新〈小說月報〉的前後》，《新文學史料》第 3 輯第 70 頁，1979 年
5 月出版。

人家那裏想到這個被妻拋棄的可憐人並不把死屍裝入箱中，卻是葬他愛情上的一片幻影。那些殉葬禮品物，就都是引起婦人虛榮的成績品。」女人拋下了老人「出奔」了。老人痛苦之餘埋葬了他的愛情的殘痕與他遇人不淑的悔恨。周瘦鵑在介紹作者時說「他那一枝筆，真是蘸著墨水和眼淚一起寫的。」而這篇譯文的最後一句也是哀歎：「唉！他到底是個畸人。」作品對這位可憐孤單的畸零人是滿溢著深厚的同情！這篇小說好像與廉價的「奇情加苦情小說」應該有所區別的吧？周瘦鵑在半革新的一年中，是積極的；他翻譯易卜生的《社會柱石》就更應該值得稱讚。他是竭力想向革新的一面「靠攏」的，起碼他是有做「同路人」的資格的，是有被「團結」的可能性的。可是他對「小說新潮」欄那份支持，並沒有改變茅盾對他的看法，這看法一直保留到1979年茅盾寫回憶錄的時候。

值得注意的第二位通俗作家是胡寄塵（懷琛）。他在「文學新潮」中的一首新詩《燕子》曾得到茅盾的讚許，認為「胡懷琛的《燕子》很有意思。」胡寄塵是一位小說家、詩人、學者，還是一位善寫通俗文藝論文的評論家。有人曾說他的《燕子》寫得比胡適的《蝴蝶》好。全詩抄錄如下：「一絲絲的雨兒，一絲絲的風，／一個兩個燕子，飛到西，飛到東。／我怎不能變個燕子，自由自在的飛去？燕子說：你自己束縛了自己，怎能望人家解放你？」他在這首詩後面加了一段長長的跋語，這裡只能抄他自認的「得意之筆」：那就是在「雨」字之後所加的一個「兒」字，他以為極有講究：「第一行裏的一個『兒』字，似乎可以不要，豈知不要他便不諧。因為『兒』字上的『雨』和『兒』字下的『一』字，同是一聲，讀快了便分不清，讀慢些又覺得吃力，所以用個『兒』字分開，讀了『雨』字之後，稍停的時候，順便讀個『兒』字，毫不費力，且覺得自然好聽，這也是天然音節的一斑，不懂這個，新體詩便做不好。」胡寄塵是很重視新詩中的鍊字鍊句的，因此他還曾發表過若干詩論。胡寄塵曾說：「胡適的《嘗試集》出版而後，我很誠懇、很公平，很詳細的批評了一下；因此打了半年多的筆墨官司。」〔註5〕他為胡適的《嘗試集》改詩，就像給中學生改作文一樣。搞得胡適很無奈，只好不理他；而他卻再撰文逼胡適「表態」。這是文壇上的一樁很有趣的公案。茅盾對胡懷琛的《燕子》詩的按語也發表了很長的意見：

〔註5〕胡寄塵：《〈大江集〉自序》，《大江集》第2頁，上海梁溪圖書館1924年第3版。

胡懷琛這番話，有積極意義。第一，他承認如要反對新體詩，必
須自己做過新體詩；第二，自己做過以後，才知道新體詩決不易做，
不是脫不了詞曲的舊套，便是變了白話文，都不叫新體詩；第三，他
又提出天然音節問題，承認是「很難」。……甚至在六十年後的今日，
也還沒有完全徹底解決。胡懷琛的《燕子》詩最後一句「燕子說：你
自己束縛了自己，怎能望人家解放你？」意味深長，是這首詩的警句。
但我們研究胡懷琛之爲人及其詩文，覺得《燕子》詩這個警句實在爲
他自己寫照。胡懷琛自己束縛自己，思想越來越「不解放」。〔註6〕

茅盾在 60 年之後寫回憶錄時，評價胡懷琛「自己束縛自己，思想越來越
『不解放』」，是因爲在《小說月報》全面革新之後，胡寄塵與茅盾也有過幾
次小小論爭。其實像胡寄塵這樣的人既懂點新文學，同時又能寫通俗作品，
他對新文學的若干意見並非是惡意的，也有其值得參考的價值，但茅盾卻認
爲胡的站到通俗文學的一面是「自己束縛自己」。

周瘦鵑、胡寄塵這兩位有代表性的通俗作家在《小說月報》的半革新過
程中，他們是有「趨新」的良好表現的，這表明他們有向「新潮」靠攏的動
向，也顯示了「五四」新文化運動對他們是有所觸動的。但是作爲先鋒派作
家的新文學家卻早有了潛在的界線與定見，這預示著雙方的分道揚鑣的決裂
是遲早會發生的事。

（三）《新聲》的創辦與《小說月報》的全面革新

在《小說月報》半革新時，部分通俗作家也在籌備一個類似的半革新的刊
物，以表示自己在「五四」思潮啓迪下的新體悟。那就是 1921 年 1 月出版的《新
聲》──在新思潮的推動下自己也應該發出一種「新的聲音」。這個刊物的創辦
者是施濟群與嚴諤聲。施濟群是一位醫生，但他熱衷於文藝，很想自己來辦一
個雜誌，但辦雜誌是需要相當數量的周轉資金的。「他是一個學醫的，沒有錢，
但在邑廟附近有兩間祖傳的市房，他就毅然把它賣掉來作資本。」〔註7〕編輯
部就設在嚴諤聲家中。嚴諤聲是一位「雅俗兩棲」的文化人。他在辦《新聲》
之前就爲《時事新報·學燈》寫稿，說明他對新文化的修養也是有一定的基礎。

〔註6〕茅盾：《革新〈小說月報〉的前後》，《新文學史料》第 3 輯第 69 頁，1979 年
　　　5 月出版。
〔註7〕鄭逸梅：《新聲雜誌》，載魏紹昌編《鴛鴦蝴蝶派研究資料》第 326 頁，上海
　　　文藝出版社 1962 年版。

這個雜誌也的確有一部分很新的內容。最突出的是創刊號至第 3 期上開卷第一個欄目：「思潮」欄，主要刊載政論與雜文。作者大多是當時政壇與報界的著名人士，例如邵力子、廖仲愷、朱執信、吳稚暉、葉楚傖、沈玄廬、戴季陶等等。其中邵力子、葉楚傖、戴季陶曾創辦與主持過著名的《民立報》、《民呼報》和《民國日報》的名報人。這些作者大多是同盟會會員，也即是國民黨的元老級人物。這是由葉楚傖（葉小鳳）出面敦請這批人參加撰稿的。當時國民黨還是在孫中山先生領導之下的革命政黨，因此在該刊中所發表的文章也頗有新思潮的光芒，對「五四」新文化運動也予以高度的評價。在第 1 期中嚴慎予的《新思想發生的源泉──「思惟」》一文的開端就寫道：

> 「五四」以後，中國的思想界、學術界，突然開闢了一個新紀元。一切舊制度舊習慣，統統有「立不定」、「站不住」的趨勢，破產的時期也快到了。可是舊制度、舊習慣的本身，並沒有變化；是因為「人」對於這種制度、習慣，仔細觀察，覺得非常懷疑，非常驚駭，於是現出一種不安的狀態，有了脫離這些制度、習慣的要求。這一點「懷疑」，便是舊制度、舊習慣、舊思想破產；新制度、新習慣、新思想建立的發源和根據。

當時，即使是在新文學的雜誌中，像這樣熱情地歌頌「五四」，也極少見；雖然文中把除舊布新的道路看得太平坦了些，可是這種樂觀的精神實在是非常感染讀者的。當時還是共產黨員身份的沈玄廬則寫了一篇雜文《解放》：

> 現住的世界，是什麼世界？是已經覺悟的世界。覺悟點什麼？覺悟「解放」的要求。覺悟了，能夠不解放麼？
>
> 家屬要求家長解放，女子要求男子解放，工人要求資本家解放，農夫要求地主解放。那班做家長、男子、資本家、地主，解放不解放，誠然有一種肯與不肯的問題；但是家屬、女子、工人、農夫，是要求定了。

在這些文章中說得最深刻的是朱執信的遺著《睡的人醒了》。發表此文時，朱執信已被桂系軍閥殺害，因此在文中還刊登了朱執信的遺像。他是從「睡獅論」談起的：

> 你如果說中國睡了幾百年，我是承認的；說中國現在醒了，我自很希望的；說中國沒有睡以前，是一個獅，所以醒了之後，也是個獅，我就不敢附和了。

一個國對一個國，一個人對一個人，要互助，要相愛！不要侵略，不要使人怕！不要做獅子！……我只可再說一聲，睡的人——要醒了！

朱執信在文中正確地指出，「睡獅論」有時是很符合外國侵略者的需求的，它能為侵略者製造藉口：「醒了！這是最好沒有的事。不過為什麼醒了不去做人，卻要去做獅子？他們要侵略中國的，像俾士麥、威廉一輩子的人，自然提起中國來，便說：『這是獅子，他醒了可怕，將來一定有黃禍，我們趕快抵禦他。』」文中說，中國是一個愛好和平的民族，在歷史上是一個處處防禦侵略的國家，而「他們歐洲人拿蒙古代表中國，因為蒙古侵略過歐洲，所以講起中國，就想起蒙古，憑空想出『黃禍』這一名詞，就是未曾瞭解中國的憑據。」像朱執信這樣的文章，不僅在當時與新文學所倡導的「人的文學」是相通的，即使到今天，也還有它的現實意義。現在看到中國「醒了」，在國際上不是又有人在炮製「黃禍論」，妄圖抵制「醒了」的中國嗎？我們過去沒有發現過《新聲》的「思潮」欄的有關資料，這一欄中的有些文章是值得大書一筆的。

《新聲》的「新」還表現在胡寄塵對「新派詩」作了一些探索性的嘗試。他在這一刊物上首發了他的《大江集》。《大江集》是胡適出版《嘗試集》後中國的第二本新詩集子。胡寄塵對自己的「新派詩」是有一套理論的，他認為詩是「偏於情的文學，能唱的文學」。「偏於情不能唱，不能算詩；能唱，不偏於情不算詩。」他給新詩下了一個定義：「極豐富的感情，極精深的理想，用很樸質的、很平易的（便是淺近），有天然音節的文字寫出來。」〔註8〕他的《大江集》的第一首詩是《長江黃河》：「長江長，黃河黃，／滔滔汩汩，浩浩蕩蕩。／來自崑崙山，流入太平洋，／灌溉十餘省，物產何豐穰，／沉浸四千載，文化吐光芒。／長江長，黃河黃，／我祖國，我故鄉。」胡寄塵自我介紹說：「它的好處在於對偶和押韻的地方，完全是天生成的，沒一字是人工做成的。」〔註9〕在我們今天看來，倒是很有點愛國主義情愫在其中。這首詩是胡寄塵視為他的新派詩的「樣板」。其實他是想寫成一種可哼、可吟、可唱的、具有民族形式的新樂府式的白話詩，這未始不是一種新嘗試新探索。

〔註8〕胡寄塵：《詩學討論集》第23頁，上海新文化書社1923年第3版。
〔註9〕胡寄塵：《文學短論》第112頁，上海大中書局1934年第7版。

《新聲》中還有標明是「新小說」的小說若干篇，以胡寄塵寫的爲多，白話，新式標點，但沒有什麼精彩的篇章。不過嚴獨鶴的長篇《人海潮》倒很值得稱贊，可惜只連載了 10 回就因停刊而暫時中斷了。

《新聲》原想編成一本像《小說月報》一樣的半改革的雜誌，用以說明通俗文壇也能編這樣的新文學與通俗文學「合璧」的刊物。可是它是一本「遲到」的半革新刊物。在它創刊後的 10 天，《小說月報》就徹底改組與全面革新了。《小說月報》的全面革新說明了中國的新文學作家已在大城市結聚，形成了一股文學界的新生力量，要使中國文學與世界文學接軌。正如茅盾所表達的：「我敢代國內有志文學的人宣言：我們的最終目的，是要在世界文學中爭個地位，並作出我們民族對於將來文明的貢獻。」〔註 10〕這又是《新聲》所望塵莫及的。因爲從他們的文學觀與知識結構來說，他們最多也只辦出拼盤式的刊物，更何況其中最精彩的政論雜文部分還是外稿呢。

《新聲》的那些新的聲音並沒有引起新文學界的注目，相反，在批判許多通俗刊物時，它也常常被點名，列在其中。而《新聲》第 1 至第 3 期中的新的聲音，也受到了通俗文壇中的部分作家的責難，鄭逸梅在記載中提到：「那『思潮』是談新文化的，後來覺得有些新舊不調和，也就把這一欄取消了。」〔註 11〕《新聲》處在兩面不討好的尷尬局面。從施濟群、嚴諤聲辦這個刊物來說，未始不是一種「趨新」的表現，表示通俗文學界也有人受「五四」的影響，要顯示自己也有革新的需求。可是卻沒有達到辦刊者的預期的效果，出版了 10 期之後，於 1922 年 6 月宣佈停刊。但施濟群的辦刊的熱情與才能倒是被世界書局發現了。於是世界書局請嚴獨鶴與他去主持一個通俗文學週刊——《紅》雜誌。在《新聲》的《本雜誌結束通告》中，不無遺憾地說：編者未曾辜負讀者的盛意，但在這種局面下也只好「急流勇退」了。也許他們還是回到通俗刊物的路上去，更顯得駕輕就熟。一場「遲到」卻又是很有「誠意」的「半革新」的演出也就此謝幕了。

（四）《文學旬刊》對通俗文學的嚴厲「拒斥」

《小說月報》的全面革新在中國現代文學史上是一種新局面的開創。這也是在商務印書館總體規劃中的一個組成部分。當時，商務印書館除了改組

〔註 10〕 茅盾：《我走過的道路（上）》，人民文學出版社，1981 年，第 187 頁。
〔註 11〕 鄭逸梅：《新聲雜誌》，魏紹昌編：《鴛鴦蝴蝶派研究資料》第 327 頁，上海文藝出版社 1962 年版。

《小説月報》之外，《東方雜誌》、《教育雜誌》、《婦女雜誌》和《學生雜誌》等刊物也都先後進行了革新，編輯也都進行了「換馬」。「改組的《小説月報》第 1 期印了 5 千冊，馬上銷完，各處分館紛紛來電要求下期多發，於是第 2 期印 7 千，到第 1 卷末期，已印 1 萬。」〔註12〕這是脫離了拼盤式的面貌後的「立竿見影」的結果，有了針對性的讀者群——在喜愛新文學的知識青年中當然會受到意想不到的歡迎。

　　但是對習慣於讀傳統小説的讀者來説卻有著不同的反應。這種種的反應都是用「看不懂」這三個字作爲抵制的擋箭牌的。所謂看不懂，這是因爲它與民族閱讀習慣之間有一定的差異。但除了的確有「看不懂」的讀者之外，有些人主要是「看不慣」，但他們也高喊「看不懂」。一位筆名爲東枝的人事後也撰文分析道：「凡是一種新思想新文藝的初次介紹，必有一個時期是與國人心理格格不相入的。」他接著報導了兩個信息：「第一件是年來小書坊中隨便雇上幾個斯文流氓，大出其《禮拜六》、《星期》、《半月》、《紅》、《笑》、《快活》，居然大賺其錢。第二件是，風聞該館又接到前 11 卷《小説月報》的讀者來信數千起，都責備《小説月報》不應改良。」〔註13〕說周瘦鵑、嚴獨鶴等人是「斯文流氓」當然是一種誣衊，從中也可以看到當時的「門戶」之見的森嚴。但從數千封（這個數字可能是誇大了的）的「呼聲」中，書商們卻覺得大有可爲了。你商務印書館不要市民大眾讀者，這筆大生意我們來做。而從周瘦鵑、胡寄塵等過去的（前期）《小説月報》的臺柱們看來，既然你們將我們排擠出商務刊物的陣地，我們可以用自己的「多餘的創、編、譯的精力」去自立門戶。王鈍根、周瘦鵑的「復活」《禮拜六》也就成了必然會採取的對策；而胡寄塵則將自己的「創作剩餘精力」用到《紅》雜誌和以後創刊的《小説世界》中去。

　　《小説月報》是 1921 年 1 月改組。《禮拜六》是同年 3 月復刊。周瘦鵑在《禮拜六》第 103 期（即復刊第 3 期）的《編輯室》中寫道：「本刊小説，頗注重社會問題、家庭問題，以極誠懇之筆出之。」以表示自己過去有「趨新」的表現，現在也不想「倒退」；而作爲編者，他也希望作者能多撰寫這方面的稿件。他在第 102 期中發表的《血》、第 106 期上的《子之於歸》和第 114 期上的《腳》等，就是他關心社會問題與家庭問題的小説。但是周瘦鵑在復刊後的《禮拜六》中只負責了很短一個時間，就被大東書局「挖」了過去。

〔註12〕茅盾：《革新〈小説月報〉的前後》，《新文學史料》第 3 輯第 75 頁。
〔註13〕東枝：《〈小説世界〉》，載《晨報副刊》1923 年 1 月 11 日。

而嚴獨鶴也幾乎在同期，被世界書局聘去主持刊物。這也就是東枝所謂的「小書坊」僱「斯文流氓」的那回事了。

過去一直有一種說法，商務印書館編譯所儲備的人才可與當時北大中文系的教師陣容相媲美。它也曾有雄心請胡適來主持編譯所。其他的書局當然無法與它抗衡。可是它現在將市民讀者這一塊「大肥肉」讓出來。上海門檻「賊精」的書商馬上覺得有大利可圖。世界書局與大東書局的老闆過去是從事古舊書買賣的，現在看到商務的「革新」，他們正中下懷。他們也從事新書業了：你打「知識精英」牌，我們與你比「市民大眾」牌。它們分別請出上海的「一鵑一鶴」爲他們主持若干市民大眾文學的期刊。世界書局請出嚴獨鶴與施濟群辦《紅》雜誌週刊。它先備足了 4 期稿子，事先印好，才開張發行。以後也每每備 4 期「存貨」，它宣稱是個不脫期的刊物。《紅》雜誌共出版 100 期，嚴獨鶴幾乎寫了近 40 篇短篇小說，頗有可讀之作；長篇主打平江不肖生的《江湖奇俠傳》。眞可謂「紅」極一時。《紅》雜誌的延伸就是著名的通俗期刊《紅玫瑰》。與辦《紅》雜誌同時，嚴獨鶴等又辦《偵探世界》。連載不肖生的《近代俠義英雄傳》，大刀王五、霍元甲躍然紙上，這位霍元甲至今還在影視上一再被傳頌。世界書局又請江紅蕉辦《家庭》月刊，請李涵秋辦《快活》旬刊。而大東書局將周瘦鵑從《禮拜六》中挖出來，爲他們辦《半月》、《遊戲世界》。後來《半月》的延伸是著名的通俗期刊《紫羅蘭》。而周瘦鵑又以他個人的號召力於 1922 年夏創辦了他的個人雜誌《紫蘭花片》。大東書局又請出通俗文壇老將包天笑辦《星期》週刊。《小說月報》改組後雖然發行量有所上升，可是這大批的通俗期刊的銷量相加卻更爲可觀。

《小說月報》主要是刊登小說，它不便於作短兵相接的戰鬥；於是茅盾與鄭振鐸就在 1921 年 5 月創辦了《文學旬刊》（附在《時事新報》中發行），作爲文學研究會的機關刊物。應該肯定，這個刊物發表了不少好的文章，但本文著重要談的是「分道揚鑣」的過程與責任。可以說，這個先鋒文學刊物也擔負著過於繁重的戰鬥任務。它四面樹敵：首當其衝的當然是針對剛於 3 月「復活」的《禮拜六》及其他被他們稱爲鴛鴦蝴蝶派的通俗文學期刊；其次是南京東南大學的《學衡》派；第三，與創造社的郭沫若和成仿吾也有公開論戰。還有是針對南京高師的一些學寫古體詩的青年學生展開了關於「骸骨的迷戀」的批判。本文只能介紹它與通俗文壇的交鋒。這個刊物是過去精

英話語一統天下時的現代文學史上的「權威結論」展示平臺，其實是應該通過具體的分析作出再評價的。

首先，《文學旬刊》的某些編、作者對通俗文壇的批判缺乏以理服人的態度，對部分通俗作家有「趨新」和「靠攏」的表現也不予理會，採取的是以「痛斥」爲主要手段的「嚴拒」。該刊的「記者」在回答讀者來信時說：

> 《禮拜六》那一類東西誠然是極幼稚——亦唯幼稚的人喜歡罷了——但我們所不憚勞的再三去指斥，實是因爲他們這東西，根本要不得。中國近年來的小說，一言以蔽之只有一派，這就是「黑幕派」，而《禮拜六》就是黑幕派的結晶體，黑幕派小說只以淫俗不堪的文字刺激起讀者的色欲，沒有結構，沒有理想，在文學上根本沒有立腳點，不比古典派舊浪漫派等等尚有其歷史上的價值，他的路子是差得莫明其妙的；對於這一類東西，惟有痛罵一法。〔註14〕

把先鋒文學之外的常態文學「一鍋腦兒」都歸入黑幕派本來就已很成問題了。而對待此類東西，「惟有痛罵一法」，更令人感到只有簡單地「扣帽子」，而缺乏理性的分析。因此在文章中經常出現「文丐」、「文娼」、「狗只會作狗吠」等誣衊性的謾罵，認爲通俗文壇已「無可救藥」。而對周瘦鵑的表示要關心「社會問題」與「家庭問題」的回音，則是斥爲：「什麼『家庭問題』咧，，『離婚問題』咧，『社會問題』咧，等等名詞，也居然冠之於他們那些灰色『小說匠』的製品上了。他們以爲只要篇中講到幾個工人，就是勞動問題的小說了！這眞不成話！」〔註15〕究竟不成什麼話呢？語亦不詳。這其實是一種「不准革命」的翻版——「不准進步」！

在「痛罵」通俗作家之外，還有一個缺點就是「遷怒於讀者」。在他們看來，中國的讀者們不僅僅是幼稚的問題，「說一句老實話罷，中國的讀者社會，還夠不上改造的資格呢！」〔註16〕它是個「懶疲的『讀者社會』」。〔註17〕「現在最糟的，就是一般讀者，都沒有嗅出麵包與米飯的香氣，而視糞尿爲『天下的至味』。」〔註18〕總之，在《文學旬刊》的某些編、作者看來，「一般口味低

〔註14〕 記者：《通訊》，載《文學旬刊》第 13 期，1921 年 9 月 10 日出版。

〔註15〕 玄（茅盾）：《評〈小說彙刊〉》，載《文學旬刊》第 43 期，1922 年 7 月 11 日出版。

〔註16〕 西諦：《雜感》，載《文學旬刊》第 40 期，1922 年 6 月 11 日出版。

〔註17〕 西諦：《新文學觀的建設》，載《文學旬刊》第 37 期，1922 年 5 月 11 日出版。

〔註18〕 西諦：《本欄的旨趣和態度》，載《文學旬刊》第 37 期，1922 年 5 月 11 日出版。

劣的群眾正要求著腐爛的腥膻的東西」，是「不生眼睛的『豬頭三』」。〔註19〕

不過我們也應該看到，在《文學旬刊》的編、作者中，除了上述的很激憤地「痛罵」所謂「灰色小說匠」和「懶疲的『讀者社會』」者之外，也有另一種經過思考的較為清醒的聲音，那是以葉聖陶和朱自清等為代表的具有建設性的意見：

> 呼號於碼頭，勞作於工廠，鎖閉於家庭，耕植於田野的，他們是前生注定與文學絕緣，當然不會接觸新文學。有的確有接觸的機會，但一接觸眉就縐了，頭就痛了；他們需要玩戲的東西，新文學卻給他們以藝術，他們需要暇閒的消磨，新文學卻導他們於人生，所得非所求，惟有棄去不顧而已。於是為新文學之抱殘守缺者，止有已除舊觀念，幸而不與文學絕緣，能欣賞藝術，欲深究人生的人；這個數目當然是很少了。就是這少數的人，一邊提倡鼓吹，一邊容納領受，便作潮也不能成其大。看看成效是很少，影響是很微，奮勇的心就減了大部；應說的已經說了，其餘的還待創作，還待研究，於是呼聲低微了，或竟停息了。現在的情形就是這樣了。……重行鼓起新文學運動，向多方面努力地運動！……我們不願聽『就是這樣了』，願新文學一天有一天的發展與進步！〔註20〕

在《文學旬刊》的第26、27期的《民眾文學的討論》專刊中，葉聖陶提出，現在沒有可能去培養民眾讀新詩與新小說，而是要「就他們（指民眾）原有的種種以內，加以選輯或刪汰，仍舊還他們以各人所嗜好的；這是一。或者取他們舊有的材料，舊有的形式，而為之改作，乘機賦以新的靈魂；這是二。創作各種人適宜的各種文學；這是三。不論改作或創製，第一要於形式方面留心的，就是保存舊時的形式。」而朱自清在那次討論中也贊成葉聖陶的意見，認為就創作與搜輯相比較，搜輯民眾文學比創作更為重要，在搜輯後應該作內容上的修改，但「也只可比原意作進一步、兩步，不可相差太遠。——太遠了，人家就不請教了。「民眾文學底目的是享樂呢？教導呢？我不信有板著臉教導的『文學』，因為他也不願意在文學裏看見他教師底端嚴的面孔。」因此他認為要保留「趣味性」與「鄉土風」，應該用「感情的調子」對他們「稍稍從理性上啟發他

〔註19〕玄：《評〈小說彙刊〉》，載《文學旬刊》第43期，1922年7月11日出版。

〔註20〕斯提（葉聖陶）：《雜談‧就是這樣了嗎？》，載《文學旬刊》第18號，1921年11月1日出版。

們」，以發揮「『潛移默化』之功」。這些意見在當時都是難能可貴的諍言，可惜以後也很少有人去做那種「搜輯」而又加以「修改」的工作。

在當時這批通俗刊物的內容中，當然也有葉聖陶和朱自清等所提到的低俗的東西，有的甚至是「俗不可耐」的趣味。典型的如在 1921 年 5 月 28 日的《申報》中登載了一則《禮拜六》的廣告。且是用王鈍根的「墨寶」製版，格外醒目：「寧可不娶小老姆，不可不看《禮拜六》」。這實際上是繼 1914 年王鈍根發表《〈禮拜六〉出版贅言》，將讀小説代替「平康買笑」的「代用品」的惡性發展。葉聖陶立即寫了《侮辱人們的人》：「我從不肯詛咒他們，但我不得不詛咒他們的舉動——這一舉動。無論什麼遊戲的事總不至於卑鄙到這樣，遊戲也要高尚和真誠的啊！」〔註 21〕因此，我們一方面不贊成「惟有痛罵一法」的簡單化；但另一方面也應該肯定，對庸俗低下的東西也須要進行必要的批判。在這方面，《文學旬刊》也曾發揮了一定的作用。

（五）《小説世界》的創刊與雅俗文壇各得其所格局之形成

世界書局與大東書局辦了這麼一大堆通俗刊物，生意興隆，儼然向出版界的「龍頭老大」有挑戰的意味。不久，商務印書館也發現自己的「改刊」策略雖然贏得了聲譽，卻未必見得贏得了實惠。把老牌的陣地讓給新文學是順應時潮之舉，但市民讀者我們也不能放棄，否則正合「世界」與「大東」的「胃口」，猶如為淵驅魚。這時在 1922 年 7 月 3 日的《晶報》上出現了幾首打油詩，其中一首是：「看客雙眉皺不停，《瘋人日記》忒沓騰。股東別作週刊計，氣煞桐鄉沈雁冰。」下有小注云：「桐鄉沈雁冰先生，新文化巨子也，主任商務之《小説月報》，務以精妙深湛自炫，銷路轉遜於前。商務主人，乃別組《小説週刊》，為桑榆之收焉。《瘋人日記》，《小説月報》中篇名也。」〔註 22〕這大概是較早傳出的一個信息：商務要另辦通俗小説刊物了。

在商務改組《小説月報》至創辦《小説世界》其中隔了整整兩個年頭。有的中國現代文學史上往往將《小説世界》看成是殺回商務的「還鄉團」。是那批通俗作家向商務施加了「壓力」才得逞的「復辟」。事實並非如此。試想：

〔註 21〕 聖陶：《侮辱人們的人》，載《文學旬刊》第 5 號，1921 年 6 月 20 日出版。

〔註 22〕 清波（畢倚虹）：《稗海打油詩（半打）》，載《晶報》1922 年 7 月 3 日。《小説週刊》乃指後來（1923 年 1 月）出版的《小説世界》週刊。《瘋人日記》係冰心的小説《瘋人筆記》之誤，刊於《小説月報》第 13 卷第 4 號，1922 年 4 月 10 日出版。

「鴛鴦蝴蝶派」向商務施壓，「壓」了整整兩年，才如願以償，他們的力氣也太不濟了；商務老闆「頂」也頂了兩年，終於頂不住了，「英雄本色」喪失殆盡，實在可憐可憫。是這樣嗎？非也。其實要辦一個通俗小說刊物，最著急的不是那些通俗作家們，因為世界書局與大東書局已經給了他們廣闊的地盤，況且周瘦鵑手中還有《申報・自由談》，嚴獨鶴手中還有《新聞報・快活林》。問題的癥結是在於商務要將世界書局和大東書局搶佔去的市民讀者的份額奪回來，至少自己也要分一杯羹。對通俗作家而言，當然是陣地多多益善；再說還能挽回被商務逐出的面子。因此談不上是因《瘋人筆記》小說引起了一場「另辦風波」。

《小說世界》從 1923 年創辦到 1929 年終刊，共出版 264 期。先後由葉勁風、胡寄塵編輯。如果不以成見看問題，這個刊物還是經得起評價的。這個刊物的靈魂人物是被茅盾稱為「自己束縛自己」的胡寄塵。在 264 期中除他寫的《編輯部報告》之類的文字不算，他的作品足足在 200 篇以上。而寫稿較多的幾位是徐卓呆（約 70 多篇，他的長篇《萬能術》連載 16 續，譯話劇《茶花女》連載 14 續，均算一篇）、程小青（約 40 餘篇）、范煙橋（約 30 多篇）、何海鳴（近 30 篇）。這幾位作家在他們各自的「強項」中皆有自己的特色。徐卓呆在民初《小說月報》上發表的《賣藥童》、《微笑》等，在那時就是第一流的短篇，而在《小說世界》時期，他的小說向幽默滑稽的格調上發展，被稱為「東方卓別林」。而何海鳴在 20 年代初，在《紅》上發表的《一個槍斃的人》、在《小說世界》上發表的《先烈祠前》、在《半月》上發表的《老琴師》等短篇決不在新文學家的優秀短篇之下；而他在《半月》上連載的長篇《十丈京塵》的若干片段，直可令人拍案叫絕，頗有果戈理的《死魂靈》風；程小青的偵探小說、范煙橋的文化掌故等雖非獨步，但也可算佼佼者之屬。由於新文學的某些刊物的門戶把守較嚴，因此，有些外稿也會流到《小說世界》中來。這裡只舉一部連載了 8 續的「長篇」（以現在的標準係中篇小說）《戀愛與義務》，作者是羅琛女士。小說前有一蔡元培寫的「敘」。限於篇幅，這裡只錄一小段：

> 羅琛女士，華通齋先生之夫人也。原籍波蘭，長於法國。兼通英德俄諸國語及世界語。工文學。居北京既久，於治家政外，常盡力於慈善事業；尤喜為有益社會之小說。近日以新著《戀愛與義務》小說漢本見示。余方養病醫院，受而讀之，心神為之一

振。其敘事純用自然派做法。……1921 年 12 月 31 日蔡元培敘。
〔註 23〕

　　羅琛女士嫁給一位留法的中國高級工程人員，久居北京。曾譯過魯迅的
《阿 Q 正傳》。她的小說既能瞭解中國的倫理規範，又參之於外國的道德準則，
故事既曲折，人情又練達，讀了令人既感動又信服，眞是難得的好作品，無
怪連蔡元培也要「心神爲之一振」。其他的外稿這裡就不能一一介紹了。

　　在當時，在文壇上有兩個事件是具有標誌性的。一件是商務既出版新
文學刊物《小說月報》，又另辦以通俗小說爲主的《小說世界》；在商務的
上層看來，這兩本面向不同的讀者群的文藝刊物應該「各得其所」。第二件
事是《文學旬刊》改版爲《文學》週刊，發表宣言：「認清了我們的『敵』
和『友』」：

　　　　以文藝爲消遣品，以卑劣的思想與遊戲態度來侮蔑文藝，薰染
　　青年頭腦的，我們則認他們爲『敵』，以我們的力量，努力把他們掃
　　出文藝界以外。抱傳統的文藝觀，想閉塞我們文藝界前進之路的，
　　或想向後退去的，我們則認爲他們爲『敵』，以我們的力量，努力與
　　他們奮鬥。〔註 24〕

　　在當時，也有人一再提出「新舊文學的調和」的問題。例如黃厚生就寫
過《調和新舊文學譚》、《調和新舊文學進一解》〔註 25〕等。但《文學旬刊》
在刊登黃厚生的文章的同一期上，就發了西諦的《新舊文學果可調和麼？》、
《血和淚的文學》兩篇文章予以批駁。其實「調和」的確是有困難的，但「並
存」卻是可能的，也是應該的。在若干中國現代文學史中總是將 1921～1923
年出了那麼多的通俗文學期刊，說成是「鴛鴦蝴蝶派」對新文學的一種反撲。
這種論調是值得商榷的。

　　在中國文學史中市民大眾往往是具有巨大導向性的動力源。魯迅在談到
宋代的志怪、傳奇時，對當時文人的此類作品頗有微詞，但對市民中興起的
「另類」的鮮活的文藝卻大加讚賞：「宋一代文人之爲志怪，既平實而又乏文
采，其傳奇，又多託往事而避近聞；擬古且遠不逮，更無獨創之可言矣。然

〔註 23〕蔡元培：《〈戀愛與義務〉・敘》，載《小說世界》第 1 卷第 6 期，1922 年 2 月
　　　　 9 日出版。
〔註 24〕西諦：《本刊改革宣言》，載《文學》第 81 期，1923 年 7 月 30 日出版。
〔註 25〕厚生：《調和新舊文學進一解》，載《文學旬刊》第 6 號，1921 年 6 月 30 日出
　　　　 版。

市井間，則別有藝文興起。即以俚語著書，敘述故事，謂之『平話』，即今所謂『白話小說』者是也。」〔註26〕而鄭振鐸在日後撰寫《中國俗文學史》時也談及古代的「變文」與「講唱」，「愚夫冶婦樂聞其說」。〔註27〕章培恒、駱玉明主編的《中國文學史新著（增訂本）》對市民在文學史上所產生導向性作用也特別予以強調：「唐宋的俗文學主要是適應市民的需要而產生的，隨著市民在社會上的日益壯大，這類文學也越來越顯示出它的生命力，並擴展其影響於士大夫階層；當然同時也從士大夫的文學中吸取營養。……總之，由於唐代俗文學的興起，一方面爲宋詞的繁榮奠定了基礎，另一方面又爲宋代以後的通俗小說和戲曲的發達直接或間接地提供了條件。」〔註28〕可是「五四」了，向外國文學學習了，中國市民也就被某些新文學家所蔑視，嘴裏一口一個「封建小市民」。不可否認，當時有了新的導向性的動力，那就是對我們頗有啓示的外國文學，但市民的導向作用並沒有從此消失。特別是在 19、20 世紀之交，中國社會轉型之際，上海等等的新式大都會的建成，華洋雜居的新世態，鄉民急需轉化爲市民的迫切的要求，凡此種種都必然會對文學進行了一次大導向——也就是說，在新形勢下，市民又會站出來對文學進行一輪新導向，也就必然會形成中國的現代通俗文學的興旺與流行。某些知識分子蔑視它，可是市民大眾需要它。魯迅說：「現在的新文藝是外來的新興的潮流，本不是古國的一般人們所能輕易瞭解的，尤其是在這特別的中國。」〔註29〕這是很實在的話。但古國的一般人總要有自己看得懂的文藝。新文學作品不僅探求人生，優秀的小說還研究「國計」——作「中國向何處去；中國要不要經過資本主義歷史階段等等之類」解——例如茅盾的《子夜》。可是老百姓還沒有達到研究「國計」的高度，他們關心的是「民生」——直白地解釋：就是「我們要吃飯」。在新文學家中好像也只有朱自清懂這個道理。他認爲古人從實際政治中懂得了「民以食爲天」的道理，直到現在，我們的老百姓也還只認那「吃飯第一」的理兒。朱自清認爲，相對老百姓而言，知識分子有

〔註26〕魯迅：《中國小說史略·第 12 篇·宋之話本》，《魯迅全集》第 9 卷第 110 頁，人民文學出版社 1981 年版。

〔註27〕鄭振鐸：《中國俗文學史（上）》第 191 頁，上海書店 1984 年版。

〔註28〕章培恒、駱玉明主編：《中國文學史新著（增訂本·中卷）》第 7～9 頁，復旦大學出版社 2007 年版。

〔註29〕魯迅：《關於〈小說世界〉》，《魯迅全集》第 8 卷第 112 頁，人民文學出版社 1981 年版。

時還不太認識到「吃飯問題」嚴峻性，或者他們願意為自己的理想去忍受暫時的飢餓，「不像小民往往一輩子為了吃飯而掙扎著」。〔註30〕想當年，天災人禍將許多難民災民或其他想找飯吃的人驅進了像上海這樣的大都市。但正如包天笑所說：「都市者，文明之淵而罪惡之藪也。覘一國之文化者，必於都市。而種種窮奇檮杌變幻魍魎之事，亦惟潛伏橫行於都市。」〔註31〕通俗作家就是應老百姓之需，告訴他們在這個五光十色、千奇百怪的冒險家的樂園裏，老老實實的鄉民們要隨時警惕暗處潛藏著的陷阱與捕機，千萬不能踩上「路邊炸彈」，以致被炸得「粉身碎骨」。再進一層，就是關心鄉民進城以後如何從鄉民轉型，融入市民社會的問題了。鄉民市民化也是一項現代化的工程，也需要「啓蒙」。從如何解決吃飯問題到如何角色轉型，這對老百姓說來是一個「安身立命」的大問題。應該說，幫助鄉民懂得此類問題也是一種人文關懷。也許在當前的所謂「鄉下人進城」的熱潮中，我們更加會感到「鄉民轉化為市民」的工程的重要性與迫切性；由此反觀，也會聯想到當年知識精英文學與市民大眾文學的確有「並存」的必要。

在「五四」以後，通俗文學作家曾在「趨新」中希望「靠攏」新文學文壇，得到它們的承認。可是在《文學旬刊》等刊物的猛烈的批判聲中，他們才懂得「趨新」是應該的，但「靠攏」是「靠不攏」的。不過，他們得到了市民大眾的無言無聲的擁戴，這就夠了。我們從《文學旬刊》的多篇文章中，也能從另一視角看到通俗文學在市民讀者中的影響，同時在這些文章中也不時地透露出某些新文學家深感在市民讀者中的「寂寞」的身影：

他們似乎對於供消遣的閒書，特別歡迎。所以如《禮拜六》、《星期》、《晶報》之類的閒書，銷路都殊別的好。〔註32〕

我親見有許多人，他們從來不關心時事，從來不看報紙裏的新聞記載，但因為他們要看《自由談》，要看《快活林》，要看李涵秋的小說，要看梅蘭芳的劇評，所以都要買一份報紙看看。〔註33〕

〔註30〕朱自清：《論吃飯》，《朱自清全集》第3卷第155頁，江蘇教育出版社1996年版。
〔註31〕包天笑：《上海春秋‧贅言》第1頁，灕江出版社1987年版。
〔註32〕西諦：《雜感》，載《文學旬刊》第40期，1922年6月11日出版。
〔註33〕化魯（胡愈之）：《中國的報紙文學》，載《文學旬刊》第44期，1922年7月21日出版。

　　這給我們一個總的印象是，在當時，輿論的評判上主要是由新文學掌控的；但通俗文學卻也是在「悄悄地流行」，他們擁有大量的讀者，倒是處於「默默的強勢」之中。事實上，祈願梁啓超式的「雅量」是不現實的。「蜜月」本來就是短暫的，蜜月是不能年年、月月、日日、常常過的。從 1921～1923 的歲月之中，分道揚鑣是定局的了，但《小說月報》與《小說世界》等通俗文學刊物的「並存」，的確是一個標誌性的事實，說明了新文學與通俗文學是「各有受眾」的，它們正在「各盡所能」，在未能達到「超越雅俗」的高水準的融會之前，必然也會「各得其所」的。這樣的局面在某一時段中就如此「定格」了。

　　〔附注〕本文中所提及的先賢們，在日後是各有其發展的。如西諦（鄭振鐸）寫出了可以傳世的《中國俗文學史》等；但本文論及的是僅限於 1921～1923 年的一場具有歷史關節性的文壇的論爭。它不像過去所說的是一方的凱旋與另一方的「淡出」，而是在某一歷史時段中，雙方各有自己側重的讀者群體與各自發揮自己的作用的相對「定格」。

論「都市鄉土小說」

（一）

「鄉土文學」作爲一個新文學流派是在「五四」以後自發形成的文學景觀。1923 年，周作人就提出應重視「鄉土藝術」。作家要「把土氣息泥滋味透過他的脈搏，表現在文字上，這才是眞實的思想與文藝」。〔註1〕1928 年，茅盾也曾論及作品的「地方色彩」，認爲「地方色彩是一地方的自然背景與社會背景之『錯綜相』，不但有特殊的色，並且有特殊的味」。〔註2〕但他們皆沒有談及中國是否有一個「鄉土文學」的流派的問題。直到 1935 年，魯迅在爲《中國新文學大系・小說二集》作序時，才正式提出「鄉土文學的作家」這一概念，在剖析作品時，將蹇先艾、裴文中、許欽文、王魯彥、黎錦明等青年作家的作品作爲「鄉土文學」的示範標本。自此，文學史家才沿用魯迅的指認，將他們視爲文學上的一個流派。有許多文學研究者則指出，魯迅小說筆下的未莊和魯鎭就是一個具有象徵意義的文化符號，開了「鄉土文學」之先河。

魯迅在《中國新文學大系・小說二集・序》中說：「凡在北京用筆寫出他的胸臆來的人們，無論他自稱爲用主觀或客觀，其實往往是鄉土文學，從北京這方面說，則是僑寓文學的作者。」魯迅指出，他們是「被故鄉所放逐，生活驅逐他到異地去了」，於是他們在從事文學創作時，就「將鄉間的死生，泥土的氣息，移在紙上……」，「活潑的寫出民間生活來」。〔註3〕魯迅的主要

〔註 1〕周作人：《地方與文藝》，見《永日集》第 310 頁，嶽麓書社 1988 年版。
〔註 2〕茅盾：《小說研究 ABC》，見《茅盾全集》第 19 卷第 76 頁，人民文學出版社 1991 年版。
〔註 3〕魯迅：《中國新文學大系小說二集・序》，《魯迅全集》第 6 卷第 198 頁，人民文學出版社 1963 年版。

的意圖是對這批青年作者加以揄揚與褒贊，但我認為其中也隱含著對他們有分寸的批評：他們是一批寄居都市的遊子，在都市中是無根的浮萍，他們缺乏對都市生活的較為深入的瞭解，因此他們一拿起筆來時，就只能動用自己的「原始積累」——熟悉的故鄉的生活經歷。也就是說，他們「胸臆」中的儲存也僅僅是「鄉土」中攜來的貨色，他們不約而同地選取了這唯一可行的創作通道，他們是靠著「回憶」在做作家；魯迅既非常愛護，又很含蓄地指出他們的局限：「僑寓的只是作者自己，卻不是作者所寫的文章，因此也只隱現著鄉愁，很難有異域情調來開拓讀者的心胸，或者炫耀他的眼界。」〔註4〕他們身居都市卻寫不出活潑潑的都市民間生活的廣闊畫卷來。

　　「鄉土文學」流派的貢獻是在於用「知識精英」的目光，看故鄉的民間民俗生活，以人道主義與民主主義的現代眼光重新估價沉滯封閉的古老鄉村生活，寫出兩種文化碰撞中的民族文化的積澱以及他們自己內心的悲憤與哀愁。他們寫鄉風舊俗，如水葬、冥婚、典妻、械鬥、沖喜、拜堂……，但他們不僅是為了揭示僻壤奇聞，他們還能在字裏行間作犀利的文化批判，窺視人們精神異化。有些鄉土文學作家也是想使自己演化轉換成「都市社會剖析派」的小說家的，但當他們要拓展題材時，往往只能用既定的概念框子去分析他們眼中的都市生活，大多顯得板滯而帶有說教味。看來以知識精英的姿態與目光去注視都市的民間生活，有時會顯現出格格不入的扭曲和居高臨下的疏離。

　　但是，除了知識精英文學中「鄉土文學」之外，我們從另一個與之並列的文學創作的大系統中——「大眾通俗文學」中去進行一番考察，我們就能發現，還有一種可以稱之為「都市鄉土文學」的文學作品。目前，文學史研究者們正在逐漸取得共識，認為「鴛鴦蝴蝶——《禮拜六》派」是一個現代都市通俗文學流派，而本文要進而論證的是，這一都市通俗文學流派的作品中的最精華部分乃是它的都市鄉土小說。

（二）

　　也許精英文學的評論家們在分析「鄉土文學」作品時，往往只舉那些描繪鄉村或小城鎮的生活風味的小說為例，於是形成了一種思維定勢，似乎鄉

〔註4〕魯迅：《中國新文學大系小說二集·序》，《魯迅全集》第6卷第198頁，人民文學出版社1963年版。

土文學就是寫鄉村或小城鎮生活的地方特色的文學；但是當他們在作理論性的闡述時，「鄉土文學」這個概念是既包括鄉村，但決不單單是指鄉村。或許有人從周作人的「土氣息泥滋味」等語句中得出結論，「鄉土文學」就是「鄉村文學」。但我覺得還是應從這些評論家們對鄉土文學的總體界定中去作全面的理解。當周作人在論述「鄉土文學」這個概念時，其第一層面當然是指某一鄉村的獨特的地域特色在文學中的反映；可是他在爲「鄉土文學」作界定時，還有第二層面的涵義，那就是泛指以文學爲載體的反映某一地方居民的特殊的「風土的力」。周作人在 1923 年提出「鄉土藝術」之後，就在同一年，他還說過：「不過我們這時代的人，因爲對於褊狹的國家主義的反動，大抵養成一種『世界民』（Kosmopolites）的態度，容易減少鄉土的氣息，這雖然是不得已卻也是覺得可惜的。我仍然不願取消世界民的態度，但覺得因此更須感到地方民的資格，因爲這二者本是相關的……」，「我於別的事情都不喜歡講地方主義，唯獨在藝術上常感到這種區別。……風土的力在文藝上是極重大的」〔註5〕。在這裡，他的「鄉土」氣息的對應概念是指「世界」共性。正如茅盾的文章中也認爲鄉土文學是泛指鐫刻著某一地方的「地方色彩」的作品。茅盾說：「……民族的特性是不可忽視的，比民族的特性範圍小而同樣明顯且重要的，是地方的特性。湖南人有湖南人的地方特性，上海人也有上海人的」〔註6〕，這就是我們提出「都市鄉土小說」這個概念的理論依據。

上海是國際型的大都會，但它有自己的鮮明的地方特色：它與異民族的大都會紐約、倫敦、東京相比，除了大都市的共同點之外，它們各有自己獨特的「民間面容」；而與本民族的大都會北京、天津相比，它們除了民族共性之外，也各有自己的「錯綜相」。上海從一個濱海漁村起家，到宋代設鎮，元代建縣，而在清末它還是松江府治下的一個普通縣城，其發展是漸進的。可是，自 1843 年開埠以來，在不到一百年的歷史瞬間，它從一個只有十條街巷的「蕞爾小邑」一躍而成爲「東方巴黎」，成爲遠東第一大都會。那時的東京、香港等城市與她相比，皆不在話下。也就是說，在近代的 1843 年到現代的 20 世紀 30 年代，上海的巨變眞是令人驚詫不已。它不像世界上有些大城市是臺階式的發展，它簡直是坐上直升機。

〔註5〕周作人：《舊夢‧序》，載《自己的園地》第 103 頁，人民文學出版社 1988 年版。

〔註6〕茅盾：《小說研究 ABC》，見《茅盾全集》第 19 卷第 62 頁，人民文學出版社 1991 年版。

　　直到 1843 年上海開埠時，城北李家場一帶仍是典型的自然經濟下的田園風光。時人這樣描述道：「最初的租界是以黃浦江、洋涇浜和今北京路、河南路爲四至邊界的 150 畝的地盤，這裡的土地上大部分是耕作得很好的農田，部分是低窪沼澤地。許多溝渠。池塘橫互其間，夏季裏岸柳蓋沒了低地，無數墳墓散綴在這裡。」（〔美〕卜舫濟：《上海簡史》，第 3 頁）誰也沒有想到，短短幾年後，這塊一直供養幾十户人家的土地的價格，會幾百倍、幾千倍地暴漲，並導致整個社會以一種全新的觀點來看待土地的價格和商業的地位。〔註7〕

　　這就有它自己的特色了：它從雛形、興建、伸展、建成乃至建成以後，它固有的農本主義文化積澱在兩種文化衝撞中所激起的浪花；在它的都市現代化系統工程中的豐富多姿的民間民俗生活流變與平民百姓價值取向的演進以及他們心態的波蕩，這些動感的圖畫都應在文學作品中得到充分的反映。這裡不僅是物質上的飛躍，而且還有精神上的巨變。作爲一個以農本經營爲主的小縣，除了它自己的本土居民之外，還有大量外來的移民（據說當時上海每 6 個居民中有 5 個是外來移民），他們的思想觀念是怎樣更新成爲現代市民的？這就是「都市鄉土小説」的取之不盡，用之不竭的大好題材。有一位通俗作家就敏鋭地感覺到上海有著林林總總的書寫不完的都市生活的素材：

　　　　有錢的想到上海來用錢，沒有錢的想到上海來弄錢，這一個用字和一個弄字，就使斗大的上海，平添了無數奇形怪狀的人物……高鼻子的驕氣，富人的銅臭氣，窮人的怨氣，買辦的洋氣，女人的騷氣，鴉片煙的毒氣，以及洋場才子的酸氣。……〔註8〕

　　在這位作家所提及的許多生活面中，都可顯示出濃重的鄉土性。大量的用錢與弄錢的人湧進上海，也就有一個移民的鄉民觀念有待都市市民化的問題；洋人驕氣十足卻又人地生疏，他們是要靠買辦的媚氣來支撐的，而上海的買辦先是從廣州輸入的，然後才由本土自培，或就近取材，這裡又有許多鄉土故事；女人的騷氣是只指那些供人玩弄的賣笑女子而言的，她們是如何從四面八方彙集到這個「人肉超市」中來的？這裡又有多少鄉土血淚。而科舉的廢除，又使

〔註7〕熊月之主編：《上海通史》第 5 卷《晚清社會》第 380 頁，上海人民出版社 1999 年版。

〔註8〕張秋蟲：《海市鴛花》第 170 頁，春風文藝出版社 1997 年重印版。

多少「士人」要到洋場來找尋新的安身立命的「位置」，從傳統的士人變成洋場才子是需要大大拓寬自己的思維空間的，這裡有著一個全新的調適過程。而反映上述諸種題材，特別是要在一個「變」字上做足文章，這卻是都市鄉土小說的強項。從總體上看，它的確寫出了在這片爛泥灘上，如何榨出了億萬資產；也寫出了鄉民心態、移民心態在經歷了漸變後的新的價值觀念。都市鄉土小說不僅較為忠實地反映了這一過程，還因為它具有符合大眾欣賞習慣的優勢，作為一種向社會中下層全面開放的文學作品，它又能反過來成為鄉民與市民的形象教科書，成為從鄉民到市民的「潛移默化」的引橋。

另一個與知識精英文學的「鄉土文學」的不同點是，知識精英是僑寓在北京、上海而寫作家本鄉本土的民間生活，而都市鄉土小說的作家中當然也有北京或上海的本地人，但大多數乃是「外來戶」，他們卻善於寫異地的大都會生活。例如寫《海上繁華夢》的孫玉聲是上海人，而寫《海上花列傳》的韓邦慶是松江人，但當時上海乃松江府所轄的一個縣治，因此也算他是本地人吧。可是寫上海「都市鄉土小說」的作家，大部分不是上海本地人，那麼他們怎麼會沒有「僑寓」感，他們怎麼會不與現代都市生活產生隔膜，而是如魚得水似的寫出「異地」的「都市鄉土小說」？這裡有主客觀的原因。從客觀來說，他們雖不是本地人，但這些「士人」都是在科舉廢除後到上海來做「文字勞工」的，在中國人自己的新聞事業剛起步不久就參與辦報辦刊，成了大都市中的「報人」，通過辦報辦刊，他們熟悉了這個客居的異鄉社會。且不說孫玉聲，他既是本地人，又是與《申報》齊名的《新聞報》的「本埠新聞編輯主任」。而另一位有代表性的重要作家——蘇州人的包天笑，作為客籍「報人」，他開始任職於上海第三大報《時報》，他在《上海春秋‧贅言》中說：「上海為吾國第一都市，愚僑寓上海者將及二十年，得略識上海各社會之情狀。隨手掇拾，編輯成一小說，曰《上海春秋》。」而作為安徽潛山人的張恨水也在北京做了五年記者，才開始動筆寫《春明外史》這部長篇小說的。可見他們都有很好的客觀條件。就主觀而言，他們是完全融入了市民生活中去的。他們是以市民的目光看市民的喜、怒、哀、樂，從而去反映他們的動態生活。他們沒有像知識精英文學的作家一樣，習慣於以「封建小市民」這個概念來框範都市民間的許多生活現象，動輒嗤之以鼻。其實「封建小市民」這個概念並不屬於馬克思主義的階級分析範疇。這僅僅是一個蔑稱或是一頂帽子。例如在上海過去的里弄中，知識精英們可以看到許多「封建小市民」

的言行，可是這些言行的「主人」可能是某紗廠的女工，或底子是鄉間雇農的人力車夫，用階級分析的「出身學」去衡量，他們最終還是革命的動力。或許是源於高爾基所寫的劇本《小市民》，劇中的主人公別斯謝苗諾夫是個很庸俗而空虛的人。而我們再在「小市民」的頭上冠以「封建」兩字，作爲一種狹隘、保守、自私、無聊、迷信的庸俗之輩的「代名詞」。你看他們在「觀賞」《火燒紅蓮寺》時那種狂熱的態度，也許是極爲可笑的，可是在不久之後的抗日戰爭中，那種支配他們在影劇場中狂呼的善、惡、邪、正的基本愛憎感，就是他們在前線戰壕裏義無反顧的獻出生命的動力。知識精英容易以一種居高的視角「俯瞰」市民的生活情趣，可是都市鄉土小說作家則往往取「平等」的態度去淋漓盡致地摹寫他們的社會價值取向，是站在市民階層當中去反映他們的「社會流行價值觀」。

所謂「通俗」，即是與「俗眾」相通。這種以「平視」的態度寫出來的作品，歷來被某些文藝批評家視爲只能反映出一種不加修飾的「低層次」和「爬行」的眞實，但它們卻爲我們存留了當時的照相般的眞實畫面，在今天，研究這種不走樣的客體，另有很高的學術價值。「這些暢銷書是一種有用的工具，我們能夠透過它們，看到任何特定時間人們普遍關心的事情和某段時間內人們的思想變化」。〔註9〕

如此說來，我們是否排除了知識精英文學的社會分析派小說的「鄉土性」？問題似乎不能提得如此絕對。周作人在談知識精英文學時說過：「中國現在文藝的根芽，來自異域，這原是當然的，但種在這古國裏，吸收了特殊的土味與空氣，將來開出怎樣的花來，實在是可注意的事。……若在中國想建設國民文學，表現大多數民眾的性情生活，本國的民俗研究也是必要的，這雖然是人類學範圍內的學問，卻與文學有極重要的關係。」〔註10〕我認爲，相對而言，我們的都市分析派小說的作家，是站在「世界民」的角度思考「普遍性」和「共同性」的問題的時間與機會比較多，作爲「人類——分子」去思考社會的改革的步調與途徑比較多；而對都市民俗的地方情趣的考察就比較少；對民間的三教九流芸芸眾生接觸得比較少。因此不能簡單化的說他們的作品裏沒有鄉土性，但相對而言，卻沒有都市通俗小說流派的作品中的民間民俗味那麼濃。這是可以從都市鄉土小說中的大量實例來回答這個問題的。

〔註9〕蘇珊・埃勒里：《暢銷書》，見《美國通俗文學簡史》，灕江出版社，1988年版。
〔註10〕周作人：《在希臘諸島》，見《永日集》，嶽麓書社1989年版，第35頁。

(三)

1894 年出版的《海上花列傳》的第一章,作者韓邦慶無意中寫了一個很有意思的開端,鄉民趙樸齋到上海來找自己娘舅,謀求糊口生機。上海雖相傳是「淘金之地」,可是大馬路上是沒有黃金可拾的,這位移民在四處碰壁之後,只好脫下長衫,以拉人力車為生。某日被他的娘舅看到,以為是坍了他的臺,就叫自己店裏的夥計押著趙樸齋上回鄉的航船,待店夥回去覆命,趙樸齋就在航船將要離岸的一剎那間,一躍又上了「上海灘」。據魯迅在《中國小說史略》中說,此人乃真人真名,後來他事業有成,在上海闖出了個世界,真所謂「英雄不怕出身低」!不知是否是受了韓邦慶的影響,以後許多通俗小說都以外鄉人來滬作為小說的開端。例如孫玉聲的《海上繁華夢》就是寫謝幼安與杜少牧從蘇州到上海,以各種誘惑對他們進行的考驗作為這部勸懲小說的引線。而後來孫玉聲又寫了一部名為《黑幕中之黑幕》,開頭就是寫崇明人到上海從事商業等多種活動,其中有不少篇幅寫到他們在商海中與各類外國人的瓜葛。接著是包天笑的《上海春秋》,以寫蘇州人到上海為開頭,中間也寫揚州人到上海安身立命。畢倚虹的《人間地獄》的開端是寫杭州人到上海討生活。嚴獨鶴的《人海夢》是寫寧波人到上海,而平襟亞的《人海潮》共有五十回,前十回寫蘇州,而後四十回寫的是前十回中出現的蘇州人紛紛到了上海,演出一幕一幕的人間話劇。中外小說中寫「鄉下人進城」的題材不乏其例,但中國現代通俗小說中將外地人到上海作為「文字漫遊熱線」,主要是反映了當時上海這個新興城市對周邊破產農民的吸引力;同時也因為資金投向租界,不受國內政局與戰事的影響,所以有許多內地的有錢人挾鉅資到上海來落戶。這的確如張秋蟲所說,一類是來弄錢的,一類是來用錢的;當然也有些例外的,如嚴獨鶴筆下的主人公華國雄是到上海來求學的。而姚鵷雛筆下《恨海孤舟記》中的主人公趙棲桐從北京到上海受聘參加辦報。這兩部小說後來皆涉及主人公參加了辛亥年間的有關革命活動。在小說中作家大多將上海比作是一隻漆黑的大染缸。可是有人偏偏說它是「染白缸」。在平襟亞的《人海潮》中,寫一戶蘇州農村的赤貧人家逃荒到了上海,在極度無奈中將女兒銀珠送進了妓院。那老鴇先是施以「安心教育」,然後又灌輸「前途教育」:

> 你心裏定定,不要胡思亂想,一個人看風駛蓬,運起來,春天
> 弗問路,只管向前跑。太太奶奶又沒有什麼窯裏定燒的。一樣是泥

坯子塑成功的。你現在是個黃毛小丫頭，説不定一年二年後，喊你太太奶奶的人塞滿屋子，你還不高興答應咧。

上海地方堂子裏眞是你們一隻漂白缸，只要有好手替你們漂，憑你黑炭團一般，立時立刻可以漂得天仙女一般，可惜你們心不定，有了這隻漂白缸不肯跳進去漂。阿因啊！像你這副樣子，漂一下，一二年，一定弗推板。現在呢，現在呢，還講勿到生意上種種過門節目，只要你一定心，我會得一椿一件教導你，學會了種種訣竅，生意上就飛黃騰達，憑你一等一的大好佬，跳不過你如來佛的手心底。你將來正有一翻好戲在後頭。

日後，銀珠果然漂成了明麗煥發、嬌豔無比的紅妓淩菊芬。她遇見同鄉沈衣雲，不僅沒有半點驕氣喜色，反而微微唱歎：「我吃這碗飯，也叫末著棋子。養活爺娘是頂要緊。當初爺娘弄得六腳無逃，我沒有法想，只得老老面皮，踏進堂子門，平心想想，總不是體面生意經。結蒂歸根，對不住祖宗，沒有面孔見親親眷眷。……想我這樣一個小身體，今生今世，再也沒有還鄉日子，幾根骨頭將來不知落在誰手裏咧。……我見同鄉人，眞像親爹娘一般。」後來她被賣給一個軍閥做小妾，可是在新婚中，她的「丈夫」就被暗殺了。像這樣反映民間移民的命運的小說，在都市鄉土小說中是俯拾皆是的。

上海既是特大的移民城市，在衣食住行中，當然以住房爲最緊張。歷史上，上海有幾次移民高潮，特別是戰爭時期，租界地區似乎成了一隻保險箱。如太平軍三次攻打上海，上海的房地產業，熱的幾乎發了狂。而包天笑的《甲子絮談》則反映了 1924 年江浙軍閥齊盧大戰時的種種社會動態，其中涉及上海的房荒問題。寫了一幢一樓一底的石庫門，住了十一戶人家。這實際上是爲上海的「建築民俗」留下珍貴的一頁：

把前門關斷，專走後門，客堂裏夾一夾，可以住兩家。竈間也取消，燒飯吃只好風爐的風爐，洋爐子的洋爐子。竈間騰出來，可以住一家。樓上中間，像我們這裡一夾兩間，可以住兩家。至多扶梯頭上搭一隻鋪，也可以住一家。有亭子間的至多也住兩家。算來算去，也只好住八家，怎麼能住十一家？

我告訴你噓，他們在扶梯旁邊走上去的地方，搭了一層閣樓，這閣樓就在半扶梯中間爬進去的。這裡可以住一家。樓上扶梯頭上也可以搭一個閣樓，也好住一家，並了你所說的八家不是已滿十家

了嗎？還有一個方法，在曬臺上把板壁門窗一搭，也可以住一家。
這不是十一家了嗎？

　　不差，我從前看見過一篇短篇小說，叫做《在夾層裏》，就是講
的那種閣樓，在樓上樓下之間的，這真是太擠了。

這是長篇中人物的一席對話，讓我們看到在難民潮中上海老百姓的居住
狀況。可是「從前看見過一篇短篇小說，叫做《在夾層裏》」的，又是誰做的
呢？也是包天笑。如果上面所引的是寫難民潮，那麼《在夾層裏》〔註11〕寫
於1922年，卻是反映移民城市中的貧民窟的擁擠。他寫一個醫生在為貧民義
診時，看到的居民條件極端惡劣的種種「慘況」。作品的結尾是很沉痛的：

　　上海房子本來是有夾層的，就是地板與天花板之間。後來工部
局為防鼠疫起見，把所有的人家天花板拆除了，教鼠子沒有容身之
地。現在你所瞧見夾層樓，是人住的，不是鼠子住的，當然沒有鼠
疫發生，無庸拆除。可惜窮人的身體，還是和那些富人一般大小，
要是窮人身體小的和鼠子一般大小，這個一樓一底的房子，可做好
幾層夾層咧。

與之對比的是鳥目山人所寫的《海上大觀園》，上海當時的首富的房地產
——哈同花園（小說中為罕通）的情景，這簡直是豪宅中的豪宅了。這個取
名「愛儷園」的，「總計園中共有樓八十，臺十二，閣十六，亭四十八，池沼
八，小榭四，十大院落，九條馬路，七乘轎，大小樹木，約八千有奇，花數
百種，真是洋洋大觀」。而園內「朝西那條馬路，名曰『廣學路』。曲折以達，
一乘大轎臨前，橋上造起牌樓，題『西風東漸』四字」。在愛儷園的「圍牆之
外，即後買之一百餘畝，擬開闢『罕通路』，作為官路，路西造數十條弄，擬
取名「民德里」，約有千餘幢房屋出租，中間造小菜場，此是外面之布置，容
後再述」。這是靠炒地皮和販鴉片起家的英籍猶太人哈同大興土木，造了兩年
又五個月才完工的私家花園的鳥瞰以及他作為當時上海最大的房產主的簡略
的寫照。

在都市鄉土小說中，對普通老百姓的生活起居的反映當然是很詳盡的，如
果要談到衣著的時髦，小說中是存留著大量的民間民俗描寫的。特別是女性的
時尚沿革：即所謂晚清學妓女，民國學明星。在上海開埠以後，那種農本經濟

〔註11〕《甲子絮譚》與《在夾層裏》均可見《包天笑代表作》，華夏出版社1999年
　　　　版。

時期的美德，開始被視爲落伍者所遵行的生活規範，如視「節儉乃無能者的寒酸」；相反，在努力向財富表示敬意的同時，崇尚一種炫耀式的消費觀念。人們在日常生活中，拼命的花錢是爲了拼命的賺錢，因爲越是表現自己有錢，自己的商業信用度也就越高。所以在這些小說中對茶館、酒樓、戲園、堂子、賭場等炫耀式消費場所的民俗描寫是很充分的。於是，社交不再是一種單純的休閒，而是一種謀生的必需。這些豐富的民間民俗的嬗變內容，我們不可能在這篇文章中去一一列舉了。但過去有一種誤解，認爲都市鄉土小說只是津津樂道一些民間的不登大雅之堂的瑣事，無關宏旨的茶餘酒後的談助，其實也不盡然，都市鄉土小說的題材是極其廣闊的。如寫中外商戰的有姬文的《市聲》，寫中國最早的交易所及上海「信交風潮」成因的有江紅蕉的《交易所現形記》，寫民初政壇風波及軍閥混戰的有張春帆的《政海》，他還寫過鴉片戰爭的起因的《黑獄》。因此，對這位寫《九尾龜》的作者，也不能因爲胡適說《九尾龜》是「嫖學教科書」而認爲他僅給文學造成了負面影響。

都市鄉土小說較爲集中地寫上海，是非常必要的，因爲在國內外不少學者認爲上海是開啓現代中國的一把鑰匙。但都市鄉土小說寫北京與天津的都市面容，也是極爲出色的。張恨水的《春明外史》，陳慎言的《故都秘錄》，葉小鳳的《如此京華》，何海鳴的《十丈京塵》，皆是較爲優秀的北京都市鄉土小說。而劉雲若的津門小說膾炙人口，戴愚庵的《沽上游俠傳》、《沽上英雄譜》等使他成爲寫天津「混混小說」的專業戶，通過他的小說我們可進一步懂得魯迅雜文中所提及的「青皮精神」。

如果說，張秋蟲用一個「錢」字概括近商的上海，那麼葉小鳳以一個「官」字來概括北京的「特種商品」：

> 自古政府所在的地點，原不異官吏販賣的場所。試睜著冷眼向北京前門車站內看那上車下車的人，那上車的，車從煊赫，顧盼談笑裏邊，總帶著一臉旌旗，此去如入寶山的氣概；那下車的望門投止，有如饑渴，總帶著幾分蘇子入秦不得已的神情，這就可以略識政治界的結構哩。

而陳慎言在《故都秘錄》的《序》言中說：「故都有三種特殊人物：『滿貴族』、『清遺老』、『闊伶官』。」他這部長篇就是寫民初特殊環境中的三種北京的特有土產的。他的小說中北京社會轉型期中的若干特色是非常鮮明的。例如錢柏明做壽的場面就是一個北京官僚紳商所謂高層社會的縮影：

　　錢宅門前，汽車、馬車，把一條胡同完全塞滿。來賓可說是無奇
不有。單就服裝說來，有戴珊瑚頂穿團龍馬褂的王公貝勒，有朝珠補
褂拖小辮子的遺老，有掛數珠穿黃馬夾紅長袍的嘉章佛，有戴頂帽佩
荷包的宮門太監，有光頭黃僧衣廣濟寺的和尚，有蓄長鬍闊袖垂地的
白雲觀的道士，有寬袍闊袖拿大摺扇的名流，有禮服禮帽勳章燦爛的
總次長，有高冠佩劍戎裝糾糾的師旅長，有西裝革履八字小髭的官
僚，濟濟一堂，奇形怪狀，盛極一時。至於女界方面，福晉、格格、
老太太、太太、小姐、少奶奶，一切服裝，更是光怪陸離，說也說不
盡。若把他們聚在一堂，盡可開一個古今服裝博覽會。

　　莫看這是服裝打扮上的一番熱熱鬧鬧的描寫，實際上是民國初年的各種
政治社會勢力的大聚會，平日裏幕前幕後，勾心鬥角，今天卻趁錢府壽期，
打恭、作揖、合十、軍禮……，匯流在一起來了。這樣的場面在上海是看不
到的。

　　在都市鄉土小說中不僅有許多關於上海、北京、天津等大都市的五光十
色、琳瑯滿目的民間民俗生活的仿真寫生，而且對南京、蘇州、杭州、揚州
等文化名稱亦留下許多珍貴的文字瑰寶。就以寫南京為主要反映地域的姚鵷
雛的《龍套人語》而言，他自謂，此小說是「記載南方掌故，網羅江左軼聞」。
而戲劇界的老前輩，也是通俗小說家的馮叔鸞，雖不認識作者，也樂於為其
寫序；以為此書的內容「更廿年後，必將無人能悉，且無人能述」。此書在解
放後，是根據柳亞子的三卷手抄本得以重印，改書名為《江左十年目睹記》。
作為儒將的陳毅是深知此人的，姚鵷雛經陳毅的推薦，當選為解放後松江縣
的第一任縣長。

　　《子夜》與《包身工》這些都市社會分析派的小說固然重要，但也需要
都市中生動活潑的民間民俗生活與之相互補，才能視野更寬廣地瞭解都市，
瞭解中國。那些認為通俗小說是一堆垃圾的「因襲思想」，它本身就是人們頭
腦中一堆垃圾，應該擲進歷史的垃圾箱中去。

（四）

　　有些評論家認為，都市鄉土小說所反映的生活面的確廣闊，可是這些「都
市鄉土小說」作為一些社會學的資料尚可，可是作為文學作品，其文學藝術
性實在欠缺。其實，就內容與藝術而言，知識精英文學與大眾通俗文學這兩

類文學中皆有上、中、下品之分，皆有自己的優秀或拙劣的作品。這是不言而喻的。

就以我們上文所提及的《海上花列傳》為例，它是被魯迅歸入狹邪小說門類的。但是有四位文學大師級的作家，對它推崇備至，褒揚有加：那就是魯迅、胡適、劉半農與張愛玲。人們通常認為魯迅對這部作品的評價是「近真」、「平淡而近自然」。其實魯迅對它的最高評價是「……固能自踐其』寫照傳神，屬辭比事，點綴渲染，躍躍如生』之約者矣」〔註12〕。這16個字是韓邦慶的自評，但魯迅首肯他已「自踐……其約了」。胡適不僅認真地考證了韓邦慶的生平，而且說它是「吳語文學的第一部傑作」〔註13〕。劉半農稱贊作品中的人物不是平面的，而是「立體的」，就像站在你面前一樣真切。可見它的人物塑造也是一流的。作為一位語言學權威，他認為在「語學方面，也可算得很好的本文」〔註14〕。而張愛玲在晚年花了十年時間，先將它譯成英文，還將這部吳語小說「譯」成普通話本，並說它是自《紅樓夢》後，「填寫百年前人生的一個重要空白」〔註15〕。這部現代都市通俗小說的開山之作，就藝術性而言，可與知識精英文學的任何一部優秀的長篇小說相媲美，而它的都市「鄉土性」也是極為濃重的。都市鄉土小說作家中是有一批而不是一兩個，其作品的藝術性都達到較高的水準。

還應該認識到，知識精英文學與都市鄉土小說的藝術性的評定標準是應該按照它們的不同特色有著不同的要求。知識精英文學以塑造典型為其追求目標；而大眾通俗文學中也有寫得成功的典型人物，不過這類小說主要是以「傳奇」為其目的，作品只要對讀者產生強大的磁場，如出現了「《啼笑因緣》迷」，出現了「霍迷」（《霍桑探案》迷），這在他們看來，才算莫大的榮耀。這才達到了「傳奇」的目的。因此，知識精英文學崇尚「塑人」，塑造在文學史畫廊中永不磨滅的典型人物；而大眾通俗文學則偏愛「敘事」，能續出傳諸後代的奇事。而他們筆下的「奇」，又往往與都市中出現的「新」字掛起鈎來。他們是寫大都市中民間民俗中的新鮮生動的故事以吸引讀者，從中看到文化

〔註12〕 魯迅：《中國小說史略》第26篇《清之狹邪小說》。

〔註13〕 胡適：《海上花列傳·序》，見遠東圖書公司《胡適文存》第3集。

〔註14〕 劉半農：《讀〈海上花列傳〉》，《半農雜文》第1冊，中國人民大學新聞系文學教研室編，中國人民大學1958年出版，第227頁。

〔註15〕 張愛玲：《國語本〈海上花〉譯後記》，見《張愛玲文集》第四冊，金宏達、于青編，安徽文藝出版社1992年版，第351頁。

的流變創新，民俗的漸進更迭，有時還重彩濃墨地寫出城市成型的沿革，而都市小說中的「鄉土性」也賴以流露其間。因此，藝術性的評定的標準是應該各有不同的。而在過去這種有特色的敘事功能，往往被知識精英文學作家作為批評的對象。認為「在藝術方面，惟求記帳似的報得很清楚。這種東西，根本上不成其為小說」〔註16〕，其實，「惟求報帳似的報得很清楚」卻正是通俗小說異於知識精英文學的特點之一。它們的「精細的記述」正是文化味汁與鄉土性濃鬱的必有條件。例如在孫玉聲的《海上繁華夢》的第 2 集第 5 回中，他「報帳」似的記錄了 1893 年 11 月「上海開埠 50 週年紀念大遊行」，讓讀者看到歐風美雨登陸後的上海灘，在民俗方面的「中西合參」：

> 耳聽得一陣西樂之聲，恰好洋龍會已來，衝前幾個三道頭西捕，兩個騎馬的印捕，一路驅逐行人讓道。後邊接連著十數架龍車，那龍車是紮著無數個絹燈彩，每一架有一班救火西人，一樣服式，手裏高擎洋油火把，照耀得街上通明，內中有部龍車，紮成一條彩龍，舞爪張牙，十分奪目。又有幾部皮帶車，裝點著西字自來火燈，並有西人沿途施放炮竹取樂。後隨著幾部食物車，滿載著洋酒架非（即咖啡）茶等，預備會中人沿途取食，車上也紮有彩燈，真是熱鬧異常……

如果參看吳友如的《點石齋畫報》為開埠 50 週年慶典所畫的 9 幅圖畫，更能形象地看到中西合參的味道。外國救火車上，紮了一條地地道道的長長的中國龍燈，前面還有一個水龍戲珠的大火球光芒閃爍。因為在當時的上海，這西式的救火會是非常先進的東西，猶如今天的遊行隊伍中出現了新式的導彈一般，所以作了重點描寫。下面不妨再來看一則，中國的科舉制度雖已廢除，但西方的教育制度引進上海的初期，也竟有人籍此使科舉借屍還魂的。那是嚴獨鶴的《人海夢》中寫華國雄從寧波到上海來求學，他參加新式學校的入學考試竟與科舉考試一般無異：

> 但見人頭攢動，來考的倒也足有三四百人，都擠立在校門外。那兩扇門卻緊緊的閉著，門外有許多公差一樣的人，在那裏伺候。還有幾面虎頭牌掛在那裏，牌上卻寫著不准搶替、不准懷挾等字樣。等了好一會，裏面跑出一個戈什哈來說道：「點名了。」頓時

〔註16〕茅盾：《自然主義與中國現代小說》，載《小說月報》第 13 卷第 7 號第 3 頁，1922 年 7 月 10 日出版。

校門大開，有十幾個人每人掮著一塊高腳木牌，整整齊齊的走出來。每一面牌上寫著三十個名字，應考的人須自己認清名字在那一塊牌上，就跟著那一塊牌進去。唱名，接卷……就放炮封門。……只見大廳上設著公案，一個人一蟒袍補掛紅頂花翎，端端正正的朝外坐著……旁邊站著一個人，戴著空梁紅纓帽，穿著灰色布袍，在那裏唱名。

試題當然是科舉格式的，只有一門「英文翻譯」是「新」的，題目卻是要將「古氣磅礡」的《爾雅》原句，譯成英文。考生誰也譯不出來。可是有一位學生卻一揮而就，得了第一名。據他介紹經驗：「教人翻《爾雅》明明是外行，我是猜透了這層道理，便故意造了些極長的字在中間，又隨意加上些冠詞和介詞，看看好像很深的文字，其實完全弄玄虛騙外行罷了。」這就是當時的所謂「將科舉、學校冶為一爐」的「一時矜式」。

這種「記帳式」的小說，為我們記下了我國現代化過程中的一環一節一鏈，我們就是通過這環環相扣，節節相連，構成了現代化工程進度的長鏈，可以看到轉型期中的一串蹣跚的步履足跡。社會的進步靠幾個抽象的概念或許可以概括，可是能概括並不等於能真正懂得創業維艱的曲折進程。現代化的歷史或許可以說是鄉土性的逐漸沖淡，而世界一體化的共同點的不斷增強，但淡出並不等於民族特點和地方色彩的泯滅。知識精英文學有他自己的優長，但不能因此一筆抹煞大眾通俗文學的存在的必要性。只有讀了都市鄉土小說的若干代表作，才知道它的廣博的內容和有自己特點的藝術性皆不容小覷。它不僅與知識精英文學中的社會剖析派小說相互補，而且還能與中國近現代史相互補。古代的歷史偏重於帝王將相，改朝換代：現代的歷史則寫階級搏鬥的大勢，以及政局的更迭。而都市民間民俗生活則配以老百姓的凡人小事，以及他們備嘗的酸甜苦辣，最終來解開大勢更序的民間的深層動因。豈不是微觀與宏觀相輔相成，相得益彰嗎？我以為這就是都市鄉土小說對中國文學寶庫的獨特貢獻！